JN329433

文学の権能

漱石・賢治・安吾の系譜

翰林書房

文学の権能——漱石・賢治・安吾の系譜◎目次

序章　漱石・賢治・安吾の系譜

(一) 本論の目的と方法

文学のイデオロギー性?

本論は、「日本近代文学」を代表する三人の文学者、夏目漱石・宮沢賢治・坂口安吾のテクスト分析を中心に据えながら、さらに三人の系譜を辿ることで、「日本近代文学」が歴史的にどのような言説と重層的、横断的に関わりながら展開し変容していったのかを究明することを目指している。あまたの日本近代文学者の中で、なぜこの三人が選ばれたのか、あるいはこの三人だけで日本近代文学のどれだけを語れるのか、といった疑問が当然予想される。だが、その疑問に答える前に、そもそも「日本近代文学」とは何を指すのかという前提を先に問い直したほうが、その疑問に答えるための回路になるに違いない。まずは、本論の研究対象の自明性への懐疑から始めざるをえない。なぜなら、日本・近代・文学のそれぞれの自明性と領域の確定性を問題視する研究が蓄積されつつあり、そうした研究は本論とも多くの点において、問題意識を共有しているからである。

そうした自明性への問いへの端緒となったのは、柄谷行人の『日本近代文学の起源』[*1]であった。柄谷は、近代文学の自明性を強いる基礎的条件を、「言文一致」の形成に求める。なぜなら、文が内的な観念にとって透明な手段でしかなくなるという意味において、内的な主体を創出すると同時に、客観的な対象を創出するからである。たとえば、「風景の発見」の章において、柄谷は、日本の前近代の文学において、あれほど風景が主題化されているにもかかわらず、ひとびとはわれわれが見るような意味で風景を見ていなかった。彼らが見ていたのは、先行するテクストであり、「風景」は、言文一致に収斂される「認識論的な転倒」――かつて存在しなかったものがあたかもそれ以前からあるかのように自明化されるという転倒――の中で発見されたと述べている。同様の「認識論的な転倒」によって、「内面」や

「児童」などが発見されたと言う。

さらに柄谷が注目するのは、明治二十年代に言文一致が、国家やさまざまな国家的イデオローグによってではなく、もっぱら小説家によってなされたという点である。ベネディクト・アンダーソン[*2]は、国家（nation）の形成において、出版資本と言語の俗語（ヴァナキュラー）化が不可欠であること、新聞と小説がそれを果たすことを一般的に指摘しているが、柄谷の主張はその説と軌を一にする。

したがって、柄谷のこの書は文学史ではなく、古典をふくめた文学史及び日本のナショナリズムの批判である。「起源」への遡行としての批判は、同時に、「起源」の批判である。日本文学のオリジナリティを近代以前の起源に求めようとするナショナリズムそれ自体が、起源の忘却にほかならないからである。

このような柄谷の分析の背後には、世界的には一九六〇年代後半に始まり、とりわけ日本では八〇年代に流行するポストモダンの思想がある。フレドリック・ジェイムソン[*3]によれば「モダニズムの終り」＝「芸術の終り」を宣言されたこの時期は、レヴィ＝ストロース、ジャック・ラカン、ロラン・バルト、ジャック・デリダ、ジャン・ボードリヤールらの〈理論〉の出現によって特徴づけられる。つまり、あらゆる境界を横断し脱領域化していく思考方法によって批評的なものと創造的なものの区分がなくなり、文学研究も哲学から人類学、言語学から社会学にわたる広範囲の学問分野へと広がり、その結果、文学及び文学研究のアイデンティティと意義が疑問に付されるという知的状況が出現する。

それ以降、「文学研究」に代わって「文化研究」が隆盛する。その研究対象領域は、国民国家生成期の明治から敗戦までの日本の帝国主義・植民地主義時代に集中し、国民国家の形成に果した「文学」及び「国文学」の役割などが批判的に検討された[*4]。

しかし、今では「国民国家批判症候群[*5]」と皮肉られる程、国民国家やナショナリズムを批判する研究が溢れている。文学の機能を過大に評価しているという意味では、そうした試みは、実は裏返された文学至上主義と呼んでいいだろう。国民国家の形成には、文学のみならずさまざまな文化政策、国語政策等の関与があったわけであり、最近では、文学の関与はむしろ低かったとみなすような研究も現れている。[*6]

今日において、文学及び文学研究の意義が問い直され、その地位も相対的に低下していく中、それでは、文学のイデオロギー分析はもはや無効となるのだろうか。つまりは、今日において、文学には批判されるに足るイデオロギー性があるのかどうかという懐疑でもある。

美的イデオロギーにまみれていたはずの「日本近代文学」は、今でも変わらずそのイデオロギー性を有効に機能させているのだろうか。かつての明治の文豪たちに代表される近代文学が、日本人の価値観や感性の形成に何らかの形で寄与してきたとして、現代の文学も同様にそのような重要なポジションを担っているのか、といった疑問が当然出てくるだろう。実際、文学の終焉をめぐる言説が台頭してきた。

終焉をめぐる言説

近年、文学の終わり、あるいは終焉という言葉が再び登場する。ひろく、文学の危機をめぐる言説であるならば、早くは日本近代文学成立期の明治二十年代初頭から、『女学雑誌』誌上を中心に、福沢諭吉、北村透谷らによって現状の文学状況（「文学極衰」）を危惧する発言はあったし、当時人気を博した矢野龍渓の海洋冒険小説『浮城物語』（明治二三年）の評価をめぐって、文学の娯楽性を重視する矢野と、文学の写実性や芸術性を重視する内田不知庵（魯庵）や石橋忍月らとの間で論争が起こっており、大衆文学／純文学といった対立、あるいは、大衆文学の台頭に対する純文学の側からの危機意識といったものは既に／いつもあった。このような危機感は、たとえば横光利一「純粋小説論」（昭和一〇年）でも反復された。また、一九六〇年代、松本清張らの社会派ミステリの台頭を背景に平野謙の提起から始まった「純文学変質論争」なども、純文学の危機をめぐる言説の変奏である。

確かに、一九八〇年代の「ポストモダニズム」を経験し、大衆文学／純文学、あるいはカルチャー／サブカルチャーといった対立図式が再編、あるいは解消された今日においては、それ以前の文学の危機言説とは同一視しえない部分が当然ある。文学の衰退や危機は語られてはいたが、新たな文学の台頭を期待する進歩史観は温存されていた。あるいは、文学の危機をあおることによって、文学を延命させてきた。たとえば、川西政明は、二葉亭四迷の『浮雲』[*7]から持ちこしてきた「私」「家」「性」「神」といった小説の主題が、一九七〇年代にはほぼ書き尽くされ、いま小説は終焉を迎えようとしていると言うのだが、川西は「小説は終焉した」場所から小説の魅力を語り、そうした場所から新たな小説の可能性を待望しているように、今日においても、文学の終焉を語りながら、新たな才能による文学の延命を願うロマン派的な心性は残っている。

しかし、今日における近代日本の文学の終焉の理由には、作家の精神性や創造性の枯渇といった問題ではなくて、別の条件があるのではないのか。

「日本近代文学」の起源を問うた柄谷行人も、同じく「近代文学の終り」[*8]を宣言するのだが、柄谷のそれは、「近代文学を作った小説という形式は、歴史的なものであって、すでにその役割を果たし尽くした」という、文字通りの意味で、小説という形式の賞味期限切れを宣言した。近代以降、「たんなる娯楽」でしかなかった『小説』に、哲学や宗教とは異なるが、より認識的であり真に道徳的であるような可能性が見出される」のだが、日本だけではなく世界的に近代文学が、一九八〇年代のポストモダニズムといわれた後期資本主義の時代、いわゆるバブルや高度消費社会の到来によって、コンピュータの電子メディアとテレビやビデオや映画などの映像メディアの大衆文化が社会と人間の中に深く浸透したことにより、印刷技術のようなテクノロジーに支えられて発展した活字文化あるいは小説がそれまでに持っていた社会における思想的、道徳的、革命的な面での役割や意味が無くなったと言う。端的にいえば、読者がいなくなったのである。あるいは、文学が商品として成立しなくなりつつある。[*9]

それでは、近代文学の後には何が来たのか。柄谷によれば、近代文学は自立的な「主体」を確立することに努めてきたのであるが、八〇年代以降、そのような「主体」や「意味」を嘲笑し、形式的な言語的戯れに耽るスノビズムやグローバルな「他人志向」が普及し、近代小説にかわって、マンガ・アニメ・ゲームといった世界的商品としてのサブカルチャーが支配的になったと言う。

そうした見取り図に基づく柄谷の「近代文学の終り」を、笠井潔[*10]は批判し、ミステリや新興のサブカルチャーから現れた若手の作家たちを「近代文学」とは別系統の「ジャンルX」として擁護する。笠井の命名した「ジャンルX」（コミック、アニメ、ゲーム、ライトノベルなどの新興サブカルチャーを指す）には、「ハリウッド産業化に帰結する『ただの娯楽』性には還元できない、しかも近代的な文学性の論理では位置づけることのできない奇妙な過剰性」があり、柄谷の図式——歴史的使命を終えた近代小説と世界的商品としてのポスト近代小説という図式——はわかりやすすぎると批判する。

文学や小説から道徳性や倫理性が一九八〇年代に失われたと言う柄谷に対して、笠井は、そのような十九世紀的でロマン主義的な文学は一九二〇年代に既に終わっていたと言い、大戦間探偵小説、戦後探偵小説は「ラディカルな形式主義」を追求していった点で、延命を図った「近代文学」とは異なる。日本の一九九〇年代探偵小説もその流れであり、そこから生まれ出た西尾維新、舞城王太郎、清涼院流水らも「ジャンルX」からの影響を受けつつ、同様に「近代文学的な理念」（作品の固有性や作家性など）とは無縁であり、彼らには二一世紀性が孕まれていると言う。

笠井のサブカルチャーに包摂される「ジャンルX」の可能性を称揚する振る舞いは、基本的に六〇年代的なカウンターカルチャー（対抗文化）としての「ジャンルX」という認識に留まっている。それを批判しているにせよ、近代的な「文学」性に過剰に拘っている点において、文学至上主義的である。サブカルチャーから文学を批判したところで、あるいは文学の代わりにサブカルチャーについて語ったところで、文学から遠く離れることができるというわけではない。それどころか、文学の名の下にサブカルチャーを搾取する、悪しき植民地主義に陥らないとも限らない。近年のアカデミズムにおけるサブカルチャーを対象にしたような学部や学科の新設にはそのような植民地主義が感じられてしまう。論者が所属する大学院にも二〇〇五年に「映像・表現文化論講座」が新設された。新講座の一員である論者に対する自戒でもある。

もちろん論者の立場も、文学という場所で倫理的、政治的、美的課題を思考するという意味では、やはり文学至上主義ではあるが、文学の終焉論には与しない。

確かに、文学が読まれなくなったのは事実だが、その結果、世の中はうんざりするほど通俗的に文学化してしまった物語、例えば純愛ものや成長ものに溢れかえっている。それは活字媒体に限定されない、映像メディアも含めてである。大塚英志[*11]は、八〇年代後半にイデオロギーによる社会設計が有効性を失い、複雑化する世界を見通すことが出来なくなった時、人々は説明の原理を、善と悪、敵対者、援助者など単純化された要素により成り立つ「物語」の因果律に求め、政治をも動かし始めたと言う。真理を僭称できたイデオロギーから、消費の対象としての物語へという大塚の図式は、「物語」の用法は異なっているとはいえ、「大きな物語」から「小さな物語」へといったジャン＝フランソワ・リオタールらの八〇年代のポストモダンの議論を引き継いだものとみなしうる。八〇年代の多文化主義・相対主義に対する反動として「物語」が回帰している状況を大塚は批判したわけである。

文学は通俗化された「物語」の姿を借りて、生き延びている。だから、近代文学が終ったと宣言して、文学をやり過ごしても何も解決しない。近代文学が終わったことと、文学が読まれなくなったというのは別物である。もちろん、われわれの「物語」に対する態度は大塚が述べるほど、そう単純ではない。それがキッチュでまがいものであることを知りつつ享受することができる。それを洗練化させたのは、サブカルチャーやオタク文化である。そういったところにも、美的イデオロギーの別の形態をみたいのである。

新しい美的イデオロギーの意匠を可能にしたのは、紙の活字メディアから電子メディアや映像メディアへと近年急速に世界的規模で進んできた伝達・表現手段の変更である。これら電子メディアや映像メディアは、日常生活や人間の意識の中に深く浸透して人間の生き方そのものをも変えてきたものである。そうした中で、近代文学の役割が終ったわけではなく、役割や意義が変容したのである。それは文学の衰退を意味するのではなく、従来の文学が対象としていたリアルなものが変容したのであり、またそうした新たなリアリズムに対応した文学も現れている（終章参照）。

他方、構造的に反復されるリアルなものも当然ある。東浩紀[*12]は、従来の「現実」の反映としての自然主義的リアリズムが失効し、今や「私」や「物語」を複数化するメタ物語的な想像力によるリアリズム＝ゲーム的リアリズムが台頭してきたと言う。

しかし、そのような虚構性の自覚、あるいはメタフィクションの無限階梯化とメタレベルの侵犯というのは、一九二〇年代のモダニズム文学が得意とするところであった。八〇年代のポストモダン小説と呼ばれた作品群も、二〇年代の反復という側面がある。ハイカルチャー／サブカルチャーの枠を超え、今日のわれわれの感性を支配する条件を問い直すのに、過去の文学が孕んでいた美的イデオロギーを参照するのは無駄であるとは思われないし、今日のリアルなものは、戦前・戦中の美的イデオロギーと全く無縁であるとも思われない。新しく登場したメディアと結びつき、変容を遂げてはいるが、美的なものは回帰してくる。グローバリゼイションの流れの中で、新たな形の文化ナショナリズムも台頭している。日本のサブカルチャーの世界化をめぐる言説などはその典型例である[*13]。

イデオロギーを空虚で虚偽的な観念として批判するのではなく、そのようなものでありながら、なぜにそれなくしては生きられず、死を賭けてまでひとを魅了するのか、と内在的に問おうとする時、本論で中心的に取り上げた、夏目漱石・宮沢賢治・坂口安吾らのテクストの美的イデオロギー分析は有効であり、ベタな物語とスノッブなまでに洗練されたメタ物語的想像力の並存という今日の文化状況の分析にも供するものである。本論のタイトルが含意するのは、文学が形を変えて今でも保持し続けている「権能」とそのからくりを明るみに出すことである。

さらに、本論で取り上げる三人の文学者の選択の偶然性と恣意性は、文学史記述の因果律や線条性に対する抵抗ともなるだろう。実際三人の作家は、影響関係で整理できるような作家たちではない。むしろ文学史的には没交渉的で交わることのない、傾向の異なる作家たちといった方がいい。ではなぜ三人なのか。日本近代文学をめぐる非連続的な連続性をみたいがためである。つまり、日本近代文学の歴史を連続的な「変化」としてではなく、非連続的な「変換」としてとらえ、同時に構造的な反復性とそれを支える諸条件を明るみに出すことを目指している。

非連続的な接続

ミシェル・フーコーの考古学＝系譜学[*14]とは、ニーチェの系譜学の影響を受けて案出した方法である。この方法によって問題とされるのは、テクストに隠された主題などではなく、その時代の人々が無意識に従っている規則である。これは発展や連続性を前提とする歴史とは異なり、段階的追跡をするのではなく、資料を横断してそこに特有の構造を浮かび上がらせるものである。フーコーにおいて、人々を規定する構造はギリシア語で「知」を表す「エピステメー」と呼ばれ、その資料は「集蔵体（アルシーヴ）」と呼ばれている。「エピステメー」とはわれわれがものを見る際のまなざしの前提であり、そのまなざしにより作られた物の秩序に従って、ひとはものを認識する。つまり「系譜学」とは、ある社会が持っている固有の「真理体制」に着目し、政治的・経済的な要請にもとづいて何が真であるかを決定するメカニズムの生成・維持の歴史的過程を解明することで、権力と真理（およびそれを創出する「知」のルール）の相互依存関係を分析していくことだと考えられる。

このようにフーコーの研究は、自明なものであるはずの「理性」や「真理」といったものが、実は歴史的産物であったということを明らかにするものであり、それらは、近代というものを問い直す性格を帯びていた。

その意味でフーコーの方法は、学の前提の段階において歴史学とは対立するものであった。歴史学が、ある歴史的事実が継起したあとに、それらを貫く「法則性」を発見しようとするのに対して、系譜学は、どうしてある歴史的出来事が起り、そうではない出来事は起らなかったのかについて、そこに関与した無数のファクターを考慮する。系譜学が教えるのは、歴史とは非連続の連続であって、ある出来事が起き、別の出来事が起きなかったのは、多くの場合

「偶然」だということである。

本論はフーコー的な意味において系譜学的な試みである。もちろん、系譜学と呼べるような、数世紀にもわたる、ある時代の「エピステメー」とその変容を語れるほどに「集蔵体」を縦横無尽に駆使した言説分析はとうてい本論の射程を大きく越えている。本論が対象とするのは、たかだか一世紀ほどのスパンでしかない日本の近代であり、しかも文学をめぐるごく限られた言説でしかない。本論はあくまで、言説分析というよりも、作家主体を立ち上げている点において、やはり文学史記述を含む文学研究である。

だが、今日の認識の下で過去の文学及び文学研究を整理しつつ、連続的な「文学史」を書くことではなく、ましてや「日本近代文学」の未来（末路？）を予言するものでもない。それぞれの同時代の文脈における文学についてのリアリティを記述する作業を通じて、今日のわれわれと文学との関わりをとらえ返し、照射することである。文学を通して、過去において人々を規定した「エピステメー」の一端に触れると同時に、現在の文学を成立させている「エピステメー」をも炙り出そうとするものである。

三人の作家たちとの接続と切断を可能にするキーパーソンは、坂口安吾である。本論においては、三人を論じた中では分量としては一番少ないのであるが、彼の小説と批評はさまざまなモノ・コト・ヒトを結びつけ、場合によっては異和を発生させもする触媒となる。

例えば安吾は、戦時中の「軍神」などを例に挙げて、現実は〈歴史化〉されると言う。「美談はおおむね歴史化であり、偉人も悪党も、なべて同時代の人間の語りぐさもあらかたそう」[*15]であり、むしろ、ぐうたらで、だらしのない「堕落」する人間を安吾は擁護する。つまり、安吾は大文字の歴史というものは、出来事そのものではなく、語り直された物語であると言うのだ。そして「堕落」とはそのような美談＝フィクションに抵抗するための倫理的態度ではなかったか。本論もまた「日本近代文学」の〈歴史化〉を目指しつつ、〈歴史化〉に抗するという戦略をとる。それはフーコーの方法とも遠くで響き合っている。

また、安吾は漱石を徹底的に罵倒した希有な批評家であった。「彼の大概の小説の人物は家庭的習性というものにギリギリのところまで追いつめられているけれども、離婚しようという実質的な生活の生長について考えを起した者すらいないのである。彼の知と理は奇妙な習性の中で合理化という遊戯にふけっているだけで、真実の人間、自我の探究というものは行われていない」[*16]と言う。安吾の漱石批判は極めて明快である。男主人公が女性のことであれだけ悩んでいるのなら、さっさと離婚すればいいだけではないか、ということだ。結局のところ、封建的な「家庭的習性というもの」から抜け出せない、或いは堕ちようとしない漱石に、安吾が苛立つのも無理はない。

だが、制度にとらわれながら、制度の内部で徹底的につきつめようとした漱石のテクストは、所与の性差の関係性の臨界点を示さずにはいない。安吾のように、そこで通用している規範の外に立てば、いともたやすく相対化されてしまうような諸前提にこだわり、それを内在的に克服しようとしたのだ。少なくとも、内側から問い続けたのであった。このように安吾は、両者の差異を際立たせる媒体ともなる。

それとは対照的に安吾は数少ない賢治作品からその可能性を掬い取ってもいる。また、漱石と賢治というミスマッチとも言えるような結びつきにも、別の文学の系譜が見出されうる。そして、ゆるやかには「明治的なるもの」「大正的なるもの」「昭和的なるもの」の文学と言説が浮かび上がってくるだろう。元号という歴史区分にいまだにとらえられている現在のわれわれの歴史意識を対象化させる試みでもある。他方、一九二〇年代とか、六〇年代、八〇年代といった西暦による区分によって逆にみえてくる歴史性や意味作用も当然ある。本論においては、文脈に応じて年号と西暦を混用するゆえんである。

さて、賢治と安吾の非連続的な接続の試みは、拙著『宮沢賢治の美学』で既に行われ、また本論第三章第四節でも別の角度から行うので、次節では漱石と賢治との接続の一端を示したい。

(二) 系譜学的試み

「国民作家」の系譜

『朝日新聞』（二〇〇〇年七月三日）の「この1000年『日本の文学者』読者人気投票」によると、一位、漱石（三五一六票）、二位、紫式部（三一五七票）、三位、司馬遼太郎（一四七二票）、四位、宮沢賢治（一一七五票）という順位であった。

二位の紫式部を除く、漱石、賢治、司馬という上位に名を連ねた文学者たちは、明治、大正、昭和をそれぞれ代表し、かつ「国民作家」と呼べる存在であろう。漱石は言うまでもなく、司馬も、日本人の歴史意識の形成に多大な影響を与えている。たとえば、今日の「自由主義史観」の典拠になっているのがこの「司馬史観」である。このことからも、「国民作家」に値する。賢治も、大正・昭和初期のナショナリズムのイデオロギーに美的幻想を与えたという意味で、「国民作家」の名に十分にふさわしい存在であった[*1]。

ここでは、漱石と賢治にしぼり、「明治的なるもの」から「大正的なるもの」への連続と断絶、あるいは認識論的転倒をみることで、「国民作家」成立の要件を明らかにしてみたい。

慶応三（一八六七）年に生まれ、大正五（一九一六）年に亡くなった漱石は、明治という時代を表象するにふさわしい。他方、賢治は、明治二十九（一八九六）年に生まれ、昭和八（一九三三）年に亡くなる。明治、大正、昭和の時代を通過したことになる。主たる創作時期も、大正中期から昭和初頭にわたっている。つまり、ここで言う「大正的なるもの」とは、厳密には天皇の在世期間とは対応していない。

もともと元号とは、日本だけにしか通用しないローカルな区分であり、外部との関係を忘れてしまう。しかし、われわれが今どのような言説空間に閉じ込められているのかを喚起するという意味で、あえて元号にこだわってみたい。「明治」「大正」という区分の観念が、どのような「明治的」「大正的」意味を与え、どのような現象を生み出していったのか。柄谷行人[*2]が言うように、「明治的」「大正的」と呼ぶものは、ある関係構造を象徴するかぎりにおいて存在するのである。本節において、ある種の図式化は免れえないけれども、明治と大正の関係構造の歴史性を素描できればと思う。

高等遊民から知識人へ

宮沢賢治「よだかの星」のよだかは、鷹にお前の名前は紛らわしいから「市蔵」という名に改名しろと迫られる。恩田逸夫[*3]は、その市蔵という名が、『彼岸過迄』の須永市蔵に由来するのではと推測している。よだかは、市蔵という命名によって「高等遊民」のレッテルをはられることを「つらい」と感じたというのである。しかし、「よだかの星」から、市蔵＝高等遊民という読みはどうしても出てこない。確かに賢治は、詩「不貪慾戒」の中で「そのときの高等遊民は／いましつかりした執政官だ」と記してはいるが、そもそも「高等遊民」という言葉は、漱石の造語ではないし、『彼岸過迄』の執筆当時、この言葉が社会問題として取り上げられ、流行語のようになっていたのである。[*4]賢治の盛岡中学の先輩、石川啄木も「遊民」の語を用いて時代を批評している（「時代閉塞の現状」明治四三年八月）が、大正期後半にロシア語の知識階級を表す「インテリゲンチャ」という語が流行する以前の、明治末から大正期にかけて用いられた語ととらえるべきであろう。

帝政ロシアにおけるインテリゲンチャは、大多数の遅れた人民＝農民の中にあって、一握りの西欧的教養を身につけた知識人であり、西欧に対しては絶望的な遅れを、そして遅れの根源をなす農民層をも意識せざるをえなかった。それでは明治期における農民に対する知識人の意識とはどのようなものであったか。石川啄木の「'V NAROD!'」と叫び出づる者なし」[5]（「はてしなき議論の後」『創作』明治四四年七月）に代表されるように、ナロードニキ的な意識を知識人が持ち始めるのは、明治の末まで待たなければならなかった。

たとえば、自然主義文学の流れから派生した農民文学は、農民生活の悲惨さや小作人の悲劇を描くことを専らとして以後、ステレオタイプ化するのだが、持田恵三[6]は明治期における農民に対する二つのまなざしを抽出する。一つは、漱石や森鷗外のような士族出のエリート知識人のまなざしであり、もう一つは、農村的、地方的出自の自然主義文学者たちによる体験に根差したリアルなまなざしである。前者は、漱石の長塚節の『土』に対する評価に代表されるように、特異な農村の風俗や生活に対する関心が中心で、真山青果のように農民に対する侮蔑意識をあからさまに表明した知識人もいた。

『土』は、漱石の推薦によって『東京朝日新聞』（明治四三年六月一三〜一一月一七日）に連載された。そして漱石は、長塚節『土』（明治四五年、春陽堂）の序（「『土』に就て」）に次のように書いた。

> 「土」の中に出て来る人物は、最も貧しい百姓である。教育もなければ品格もなければ、たゞ土の上に生み付けられて、土と共に生長した蛆同様に憐れな百姓の生活である。先祖以来茨城の結城郡に居を移した地方の豪族として、多数の小作人を使用する長塚君は、彼等の獣類に近き、恐るべく困憊を極めた生活状態を、一から十迄誠実に此「土」の中に収め尽したのである。彼等の下卑で、浅薄で、迷信が強くて、無邪気で、狡猾で、強欲で、殆んど余等（今の文壇の作家を悉く含む）の想像にさへ上りがたい所を、あり〱と眼に映るやうに描写したのが「土」である。

さらにこの小説は、読みづらく、重苦しいけれども、「我々と同時代に、しかも帝都を去る程遠からぬ田舎に住んで居るといふ悲惨な事実を、ひしと一度は胸の底に抱き締めて見たら、公等の是から先の人生観の上に、又公等の日常の行動の上に、何かの参考として利益を与へはしまいかと」思い、この小説を若い男女に薦めるのである。持田は、こうしたエリート知識人としての漱石の『土』評価――真山のように農民を切り捨てはしなかったものの、農民に対する差別意識――に対しては批判的である。確かに、このような漱石の態度は、農民だけに留まるものではない。

赴任先の四国の田舎に対する『坊つちやん』（明治三九年）のまなざしは、明らかに差別的である。『坑夫』の下層階級に対するまなざし、『満韓ところぐ』（明治四二年）の中国人に対するまなざし、さらには女性に対するまなざしと、そこに漱石の差別意識を見るのはたやすいだろう。

だが重要なのは、漱石の差別意識を糾弾するだけでなく、そうした差別意識を構造化する知の布置とその変容をたどることだろう。明治期においてはそれほど知識人の農民に対する負い目は感じられないということだ。柄谷行人[*7]が言うように、知識人とは「知」に対して「実践」を重んじ、その外部に情念や生活、大衆といったイノセントなものを想定し、自らの根拠をそこに見出そうとするのである。だから、知識人の心性とはロマン派的なものなのだ。漱石や鷗外は大衆からの孤立などといった意識を持たなかったという意味において、そもそも「知識人」ではなかったと言うこともできる。

漱石には、自らの根拠を大衆に求め、大衆を獲得するといった意識はなかったであろう。自分の小説を読むであろう読者の数は想定しても、「知識人／大衆」という認識はなかった。そもそも漱石の想定する読者には、女性や子供は排除されていた。「実を云ふと創作をやる時にかつて女の読者を眼中に置いた事がない。女の十中八九迄は僕の作に同情を有して居らんと信じてゐる」（明治三九年一一月一三日野上豊一郎宛書簡）と言い、また『こゝろ』を連載してまもない頃、小学生からの感想に対して、「あなたは小学の六年でよくあんなものをよみますね、あれは小供がよんでためになるものぢやありませんからおよしなさい」（大正三年四月二四日松尾寛一宛書簡）とも書き送っている。

知のありようが大きく変容したのは明治末期である。明治末は、日本の近代化に対する疑問がさまざまな形で噴出してくる。柳田民俗学に代表されるように、村や農民が再評価され始める。

そして、近代日本の知識人と農民というプロブレマティックが最もリアルに機能した時代は、大正時代である。武者小路実篤、有島武郎、賢治などがそうした知識人の典型である。農民は多くの知識人によって改めて見出された。賢治の農民芸術論は、室伏高信の『文明の没落』(大正一二年)などが参照されていることから分るように、第一次世界大戦後に西欧で起こった物質文明の自己批判と田園ブームなどを背景に、武者小路実篤の「新しき村」運動などの同時代の思想状況も視野に収めながら構想されたものである。漱石はそうした知識人の系譜の外部にあったが、「則天去私」の影響を受けた武者小路実篤を経由して賢治へと連なる線を引くこともできる。

ここでもう一人、大正期の知識人の典型として芥川龍之介を挙げておこう。坂口安吾「文学のふるさと」(『現代文学』昭和一六年八月)は、芥川の晩年のエピソードを紹介している。食いぶち減らしのために、生まれた子供を殺すという事実に基づいた小説を持参した農民作家に、知識人芥川は突き放される。農民を発見したのである。おそらく漱石にはそのような突き放される体験は理解できなかっただろう。その証拠に、未知の青年から教えられた悲惨な坑夫の生活を、やすやすと小説にしているのだから。

明治天皇の死と大正天皇の病

始まりは、終わりから規定されている。「明治の精神」を語る『こゝろ』とは、明治という終わりの言説を振りまきながら、多様でありえたはずの明治を総括し、またそれとの差異において大正という始まりの言説を組織する。天皇の在位期間に過ぎない明治/大正というローカルな区分に、普遍的妥当性を与えた物語といえる。つまり、先生の殉死は、一つの価値転倒をもたらしたのである。先生は「明治の精神」に殉じたのではなくて、先生が死ぬことで「明治の精神」が捏造された。

無能な乃木という明治期の一般的イメージは、その殉死によって美化されたことは言うまでもないだろう。それを漱石は新たに、殉死に値する崇高な「明治の精神」として語り直した。だから、芥川龍之介「将軍」（『改造』大正一一年一月）における乃木に対するシニカルな態度に世代のギャップをみるのは間違っている。漱石は明治天皇崩御に際しては、「明治のなくなつたのは御同様何だか心細く候」と言っているものの、これを報道する新聞の「オベツカ」を批判している（大正元年八月八日森次太郎宛書簡）。また、講演という公の場（「模倣と独立」大正二年一二月一二日、第一高等学校）では、乃木の「死んだ結果が悪いとしても、不成功に終つたとしても、行為自身に感動すれば成功だ」と述べているが、「御尻は最後の治療にて一週間此所に横臥す。僕の手術は乃木大将の自殺と同じ位の苦しみあるものと御承知ありて崇高なる御同情を賜はり度候」といった小宮豊隆宛書簡（大正元年九月二九日）の一節にもあるように、漱石自身は痔の苦しみと乃木大将の自殺を等価なものとしてとらえているように、乃木の死を特権化していない。乃木大将の殉死や、その殉死に触発されて自殺した先生の死の美学は、『こゝろ』というテクスト固有のものであって、漱石の体験に還元されるものではない。

こうして、『こゝろ』において、大正三年に遡及的に「明治的なるもの」が語り直されたのであって、いわばそこに遠近法的倒錯があった。フーコーの言葉で語るとするなら、乃木にとっての明治天皇は、具体的他者としての「伝統的権力」であったはずのものが、先生にとっての「明治の精神」は、「規律・訓練的権力」へと反転していったのである。

鷗外が天皇制の無根拠性を、日本の近代化の根拠である「かのやうに」振舞うことで受け入れたのに対して、漱石は、近代的な天皇制の起源を問わず、終わり（＝目的）から帝国の物語に普遍性と正当性を与えた。

ところで、明治天皇の死という出来事が、大きな物語を誘発したように、大正天皇の病気が、大正期の言説を決定的にしたといえば、言い過ぎだろうか。大正天皇が践祚したばかりの大正十二年末から翌年にかけて大正政変が起こったが、鈴木正幸[*8]が指摘しているように、そこで「天皇の実質上の不親政が、『塁を皇室に及ぼさず』（＝天皇神聖不可侵）という政治道徳を保障し、この政治道徳の定着が天皇の実質上の不親政を保障していたのである。こうした状況が出現することによって、明治憲法の二大原則、すなわち建前としての天皇親政と天皇神聖不可侵は両立可能となった」と言える。大正期には、明治期のような、「天皇＝国家＝公という三位一体性」は薄らいだが、大正天皇の親政の不可能性によって、天皇が政治責任を問われることが回避され、むしろシステムとしての天皇制を強固なものにした。千葉一幹[*9]もこの鈴木の説を援用しながら、この時期に「無責任の体系」（丸山眞男）が生み出されたのだと言う。

こうした皇室イメージと照応しているかのように、この時期は「デモクラシー」「コスモポリタン」「人類」「生命」等の標語に代表される普遍主義の時代[*10]であり、差異の消滅による同一的な言説が支配した。事実の分析へとは向かわず、具体性を欠いた抽象的な観念で楽天的に語られた時代なのである。

飯田祐子[*11]は、大正期の文壇における批評的言説の特徴として、「渾然」という流行語に代表されるような個と普遍といった二項対立の一元化を挙げている。さらにそれは、同時期に量産される『こゝろ』的欲望を語るテクスト——内的媒介的三角関係の枠組に依拠するもの——の特徴と連動していると言う。つまり、「自らが依拠する枠組みを抽象化し後退させ無視していること、そして類似性を無視すること、微妙な差異を前景化しオリジナリティの抽出に関心を集中させること」が、同時代の心性の特徴と重なっているというわけである。そういう意味でやはり、漱石が「大正的なもの」を準備したといえる。

均質的な共同体を前提にした大正的な普遍主義は、目の前にいる異質な他者の存在を隠蔽してしまう。つまり、大正期は日本の植民地主義が自明の前提となった時期なのである。こうして大正期の言説空間は、あらゆる領域にまたがって、日本の植民地主義を自明化していくことになる。そして、表向きは、他者との平和的で調和的な共存のスローガンとなって現れ、その実、自己同一化のイデオロギーに容易に転嫁しうるのである。

ここで賢治を召還するなら、『春と修羅』序にあるごとく、自我は実体ではなく「わたくしといふ現象」に過ぎず、「有機交流電燈」であると同時に「幽霊の複合体」でもある。そして、「(すべてがわたくしの中のみんなであるやうに／みんなのおのおののなかのすべてですから)」という言葉に示される、一体主義の傾向が賢治にはある。

ライプニッツのモナド論や梵我一如思想、あるいは仏教の唯識論、そのほか、大正期の生命主義や神秘主義、そしてコスモポリタニズムとも共振するだろう。賢治は大正的な言説の中で生き、思考していた。賢治の自他未分の融合化は、則天去私とも通じている。

蓮實重彥[*12]によれば、「二個の者が same space ヲ occupy スル訳には行かぬ。甲が乙を追ひ払ふか、乙が甲をはき除けるか二法あるのみぢや」（明治三八、九年　断片三三）と漱石は、西欧的な思考としての排除と差別の体系の野蛮さを認知していた。そして、その野蛮な思考を回避するのは、「代表」という概念であると言う。大正デモクラシーとは、そのような他者との葛藤緩和の格好の装置であったのかもしれない。つまり、排除＝差別（明治）の時空から、共生＝自己同化（大正）へのシフトチェンジである。『こゝろ』の青年と静との共生の可能性という読解[*13]もこのレベルでは、妥当性を持ちうるのである。もちろん、排除＝差別が大正期に無くなったのではなく、単に隠蔽されただけである。

「銀河鉄道の夜」（生前未発表）のジョバンニの家族を想起してみよう。父親が不在で、病んだ母親とジョバンニは暮らしている。ジョバンニは父になるべく、銀河の旅をするのだが、結局牛乳を手に入れて、母の元へ帰る。作品を支えているのは、父ではなく母の方である。ソフトな母の支配は、大正天皇の役割と酷似する。また、旅の途中で語られる自己犠牲は、どれも具体的な他者に対するものばかりであった。カムパネルラは溺れたザネリを救おうとしたのだし、難破した青年と子供たちは、ほかの乗客のために命を犠牲にした。ジョバンニはそうした死者たちの証人となって、自らは「みんなの幸」のために死ぬことを決心する。小国民たる自覚をもったジョバンニの誕生である。ここにも、乃木の殉死から先生の殉死へと至るのと同様の転回をみることができる。個人の死を普遍化し、有意味化すること。国家とはだから死を管理するシステムであり、国民作家とは、死を美学化することで、国に奉仕する。川端康成は、芥川の「末期の眼」を文芸の極意として称讃したが、賢治（「眼にて云ふ」他）も末期の眼にとらわれていたし、そもそも「末期の眼」の起源は、漱石にあったのではないだろうか。

……病中の余は自然を懐かしく思つてゐた。

空が空の底に沈み切つた様に澄んだ。高い日が蒼い所を目の届くかぎり照らした。余は其射返しの大地に洽ねき内にしんとして独り温もつた。さうして眼の前に群がる無数の赤蜻蛉を見た。さうして日記に書いた。——「人よりも空、語よりも黙。……肩に来て人懐かしや赤蜻蛉」

(『思ひ出す事など』二四)

(三) 本論の構成

問題設定

本論において中心的に論じるのは、漱石・賢治・安吾の三人の作家ではあるが、ほかにもさまざまな作家や作品が登場する。それらは独立的に論じられているわけではないし、影響関係といったわかりやすい糸で結び合わされているのでもない。むしろ、無関係と思われていたもの同士を結びつけ、異質なジャンルと出会わせるという方法が取られている。三人の作家の系譜とそれに連なる作家や作品は、線条的な連続性において記述されるのではなく、むしろ非連続性において〈歴史化〉しようと試みる。

本論は以上のような問題設定と構想のもとに、三章から成る。第一章「夏目漱石と同時代言説」では夏目漱石を同時代の諸言説との重層的な関係性において分析した。第二章「病と死の修辞学」では、文学テクストの修辞学的分析を中心に、文体と身体との共犯的関係を明らかにした。第三章「詩と散文のあいだ」においては、詩と散文というジャンル的差異に着目し、文学テクストのイデオロギー分析を試みた。終章「文学のフラット化に向けて」では、今日の文学を取り巻く現状とその問題点を明らかにしつつ、自らの今後の課題を提示する。

以下に章ごとにその論旨を述べる。

第一章「夏目漱石と同時代言説」

第一章第一節「『平凡』をめぐる冒険――『門』論」においては、『門』の不妊小説的側面、冒険小説的側面を同時代の家族をめぐる言説、恋愛スキャンダル、成功熱などを手がかりにして明らかにすることで、「平凡」な小説として非難もされ評価もされるこの小説の「平凡」の内実を組み替えた。

第一章第二節「〈浪漫趣味〉の地平――『彼岸過迄』論」は、語り手敬太郎の浪漫的感性が、当時の植民地主義的な欲望と共鳴する共同性を帯びていることを明らかにし、国民作家の意味を再考した。血統という垂直に貫かれた時間的な座標軸と、日本の外延としての植民地という空間的な座標軸にこの小説を位置づけた。

第一章第三節「『こゝろ』における抑圧の構造」においては、先生の奥さんである静の視点から『こゝろ』をとらえ直し、先生と青年の言説がいかに男性中心主義的であったのかという、性差の政治学を問題にした。女性を差別する言辞に溢れながらも、差別の構造が反転し、男たちを脅かす者として、静が立ち現れてくる点を強調した。

第一章第四節「漱石と『大逆』事件論争の行方」は、漱石と「大逆」事件をめぐる近年の論争の過程を通して、漱石批判の潮流の背景とその問題点を炙り出した。「国民作家」漱石の「文学」の政治性を暴き出し、漱石を相対化するという近年の研究方法によって、逆に漱石を特権化しているというパラドックスを指摘した。

第二章 「病と死の修辞学」

第二章第一節「〈痔〉の記号学――夏目漱石『明暗』論」において、ロマーン・ヤーコブソンによる隠喩と換喩の記号学を援用しながら、漱石の遺作となった『明暗』を「痔の文学」として読み直す。結核が隠喩としての病になるのに対して、痔はそのような隠喩化=物語化を否認する。『明暗』の終らなさを、換喩的な持続に支えられた小説として評価した。

第二章第二節「夢の修辞学――宮沢賢治『ガドルフの百合』論」では、夢の内容を解読して無意識を明らかにしようとする俗流フロイト主義的な夢分析を批判しつつ、フロイト自身が着目した「夢の作業」を宮沢賢治「ガドルフの百合」に対して行った。垂直と水平の運動性を見出し、さらにはフロイトのフェティシズム論も参照することで、賢治の書くことの欲望を修辞学的に形式化した。

第二章第三節「〈クラムボン〉再考――宮沢賢治『やまなし』論」は、宮沢賢治「やまなし」に登場するクラムボンという言葉を従来のようにさまざまに解釈するのではなく、クラムボンが発話される場を問題にする。さらに、フランツ・カフカの短編「父の気がかり」との対比を通して、「やまなし」においてナンセンスとセンスのあいだで死がいかに表象されているのかを明らかにする。

第二章第四節「ばらまかれた身体――モダニズム文学と身体表象」では、江戸川乱歩、葉山嘉樹、宮沢賢治という日本のモダニズム期の同世代の作家たちが一様に描いた、破砕さればらばらにされた身体が、一九二〇年代から三〇年代の都市と身体、国家と身体、資本主義と身体をめぐる言説とどのようにつながっているのかを検討した。

第三章「詩と散文のあいだ」

第三章第一節「南島オリエンタリズムへの抵抗――広津和郎の〈散文精神〉」は、広津が大正期のオリエンタリズムに対していかに抵抗したのかを、小説「さまよえる琉球人」を中心に論述した。紋切り型に陥ることなく、対象を描写の累積・持続によってとらえようとした「さまよえる琉球人」は、広津の「散文精神」を体現した小説であると位置づけた。

第三章第二節「ファシズムと文学(Ⅰ)――坂口安吾『真珠』の両義性」は、安吾の「真珠」のもつ時局性と同時に、その小説の意図を裏切ってしまう「本末顚倒」のレトリックに着目し分析した。同時代の多様な層を写し出す一つの装置として「真珠」を、詩と散文というパースペクティブからとらえ直した。

第三章第三節「ファシズムと文学(Ⅱ)――『十二月八日』作品群をめぐって」では、前節に引き続き「真珠」を同時代の言説空間の中に位置づけることで、逆に同時代の言説の編成のあり方を浮び上らせた。そうした問題系をいっそう明瞭なものにするために、太宰治の「十二月八日」小説を参照項とし、彼らの作品の同時代性の意味を探った。

第三章第四節「『雨ニモマケズ』のパロディ――坂口安吾『肝臓先生』の戦略」において、これまでほとんど論じられることのなかった安吾の「肝臓先生」を「雨ニモマケズ」のパロディという視点から、再評価した。この小説は、愛国者である肝臓先生の歴史的美談を、「雨ニモマケズ」の引用を通して過剰に語ることで、逆に「雨ニモマケズ」のイデオロギー性を弱体化させてしまった小説であると結論づけた。

第三章第五節「六〇年代詩の帰趨――天沢退二郎論」では、天沢退二郎の六〇年代から今日に至る詩的営為を詩と散文というパースペクティブから通史的にとらえていく。天沢の六〇年代の作品行為論・詩的ラディカリズムは七〇年代以降、急速に変容する。それに対応して八〇年代以降は、物語を志向する散文詩に移行する。起源の遡行の不可能性を担保に詩作を行った天沢が辿りついた散文詩の寓意性の意味を探った。

終章　文学のフラット化に向けて

終章「文学のフラット化に向けて」において、本論の射程と限界を踏まえた上で、今後の展望を述べる。これまでの文学が帯びていた権能性及びそうした文学に対する抵抗の方法が電子メディア社会における情報のフラット化等によって、今日では変容しつつある。

例えば、先行する作品を引用する行為において、そのような作品の系譜に批評的に連なろうとするこれまでのパロディや引用の理論では、今日のミステリというジャンルをトータルにはとらえられない状況にある。本格ミステリを読むためには、読者には「教養」が必要であったが、そのような「教養」がなくとも、ミステリ作品中の特定のキャラクターの描写のみを拾い読みする読者も登場してきた。ミステリ読者のリテラシーが両極化しつつある中で、そのような条件を所与のものとして受け入れ、なおかつ論理的な謎解きを可能にするミステリも存在する。

ミステリというジャンルをポスト「日本近代文学」をめぐる言説と接続させつつ、新たな「フラット文学」の可能性を提唱して締めくくる。

第一章　夏目漱石と同時代言説

一 「平凡」をめぐる冒険――『門』論

藤村の「家」／『門』の家

漱石の『門』が発表された同じ年に、島崎藤村は『家』（『読売新聞』明治四三年一月一日〜）の連載を始める。両作品にはさまざまな共通性と対照性がみられる。読売に藤村の小説を推薦したのは、『門』評を書いている正宗白鳥であった。『家』は、橋本家、小泉家という地方ブルジョア家の日清戦争から日露戦争後にいたる崩壊の過程を描いた長編小説である。『門』の結末「うん、然し又ぢき冬になるよ」（二十三）という宗助の言葉は、『家』の最後の一句「外はまだ暗かった。」（下・十）[*1]と対応している。[*2]

藤村は、「屋外で起った事をいっさいぬきにして、すべて屋内の光景にのみ限ろうとした。台所から書き、玄関から書き、庭から書きしてみた。川の音の聞える部屋まで行って、はじめてその川のことを書いてみた。そんなふうにして『家』をうち建てようとした」（「『家』奥書」）と執筆の意図を説明している。『門』の主たる舞台も、社会から孤絶したような宗助夫婦の崖下の家の内部に限定される。橋本家の長男である正太夫婦には望む子供ができない。妻の豊世は「宅では、わたしが悪いから、それで子供がないなんて申しますけれど」と、豊世の責任に帰せられている。医者に診てもらったらどうかとすすめる叔母に「どっちが悪いか知れやしません」（上・五）と夫にも問題があることを示唆している点、御米ほどの罪悪感と自責の念は抱いてはいないものの、子の不在が橋本家の没落を予告している。正太は家を母親と養子夫婦にまかせ、一旗挙げるべく東京に飛び出すものの、客死する。

橋本家に嫁いだ家長の妻お種の生家、小泉家も没落の一途を辿る。座敷牢の中で狂死した父の跡を継いだ長兄の実は、さまざまな失敗と入獄を重ね、土地財産を人手に渡す。たまりかねたほかの兄弟は、既に五十を越えていた長兄を満州に出稼ぎに追いやる。橋本家の家長の達雄も、芸妓を連れて家出し、果ては実を頼って満州へと流れていった。『家』において満州は、「家」からはじき出された二大家族の家長たちの流刑地であった。それとは対照的に『門』においては、満州に渡った安井が帰国することで、宗助の家を脅かす。小泉家の三吉は、「家」の呪縛から逃れようと、夫婦だけの新しい家をつくろうとするが、妻のお雪とはうまくいかない。宗助夫婦とは対照的である。

藤村は、狂気と淫蕩の遺伝をふりまく「家」を、逃れることのできない血として説明し、「家」を非歴史的にデーモン化し、その背景となる歴史的・社会的な事象を捨象するのに対して、漱石は、「〈家〉の不在」[*3]を通して、明治末の家族のあり方を可視化していく。

それは、子供観の違いに現れている。両作品とも子供のいない長男夫婦を描いているが、それは藤村の『家』では、世継旧家の血筋の断絶を意味している。それに対して『門』では、もとから家長の役割を降りている宗助にとって、世継が問題なのではない。宗助夫婦があれほどまでに子供を欲しがるのは、新中間層の子供観を前提にしないと理解できない。愛情と教育の対象としての「子供」というのは、明治末に都市部の新中間層において発見されたものである。近代的＝ロマン主義的児童文学の嚆矢とされる小川未明の童話集『赤い船』が刊行されるのが、『門』発表と同じ年の、明治四十三年である。時代は、『家』の大家族的「家」から、『門』の核家族的「家庭」へとシフトしていく過渡期であった。

だが、『門』は単純に同時代の歴史的文脈には還元されない。さまざまな歴史的な事象と駆け引きしながらも、小説固有の時空を描いているのも確かである。

二重化された時空

役所に勤務する宗助は、日露戦争後に急速にふえた新中間層の一人である。宗助の一日は、「出勤刻限の電車の道伴程殺風景なものはない」（二）という殺伐とした通勤に始まる。生活のほとんどは「六日半の非精神的な行動」（二）である、労働のための時間に費やされる。たまの休日が宗助にとっての生きられた時間である。こうしたルーティン・ワークに規定された、毎日変わることのない均質な近代的な時空を宗助は生きながら、その身体は別の時間を生きている。宗助は、三十歳そこそこの年齢であるにもかかわらず、「少時御目に掛ゝらないうちに、大変御老けなすつた事」（四）と叔母に言われるように、老化が一気にすすんでいる。上京後の宗助は、叔父夫婦には「二三年見ないうちに、丸で別の人見た様に老け」（四）てみえる。御米からも参禅後、帰宅した時に「けれども貴方は余まり爺々汚いわ」（二十二）と言われる。見かけだけではなく、その老化を裏づけるように宗助の歯の根はぐらぐらする。歯医者に診てもらうと歯の中がエソになっていると言われ、「宗助は此宣告を淋しい秋の光の様に感じた。もうそんな年なんでせうかと聞いて見たく」（五）なる。内面的にも宗助自身自らの性格の急激な変化を自覚しているように、心身ともに老化している。急速な老化は、むしろ変身に近い。『門』は、変身小説でもある。老化の一途を辿る宗助に対して、御米は「現代の女学生に共通な一種の調子」（一）を持っており、まだ若い。眠り薬を与えられた御米は、眠り姫のように「眠りから覚める気色もな」（十一）い。一緒に暮らしながら、異なる時間を生きているかのような二人である。

　このような二重の時空を生きなければならない原因が、十四章以降に明らかになる。御米と宗助が親友の安井を裏切り、二人が結ばれたことが現在の二人の生を決定づけている。二人のそうした過去は、「大風」（十四）、「焔に似た烙印」（十四）、「幽霊の様な思」（十七）、「結核性の恐ろしいもの」（十七）といった誇大な語彙で語られ、小説の文体も変わる。「此復讐を受けるために得た互の幸福に対して、愛の神に一弁の香を焚く事を忘れなかつた。彼等は鞭たれつゝ、死に赴くものであつた。たゞ其鞭の先に、凡てを癒やす甘い蜜の着いてゐる事を覚つたのである」（十四）といった過剰な隠喩（メタファー）は、換喩（メトニミー）を基本とするリアリズム小説とは異質である。[*4]

　御米は、易者にみてもらい、「貴方は人に対して済まない事をした覚がある。其罪が祟つてゐるから、子供は決して育たない」（十三）と言われ、ショックを受ける。宗助は占いを信じる御米の旧弊を戒めるが、宗助も自分の苦しみを宗教に求める。要するに二人とも、過去に呪われている。二人の罪意識をいくら合理的に解釈したところで明確にならないのは、彼らが前近代的な呪いや祟りにとらわれているからだ。

御米は、三度目の子供を失い、床に臥している間「不幸を繰り返すべく作られた母であると観じた時、時ならぬ呪詛の声」（十三）が鳴り続く。二人は「都会に住みながら、都会に住む文明人の特権を棄てた様な結果」（十四）、奇妙にねじれた時空を生きることになる。この小説の舞台のほとんどは、「山の手の奥」（三）の宗助の家の内部とその周辺である。宗助は自宅から歩いて、電車の終点から電車に乗り、駿河台下で降りるのだが、彼の住まいがどこなのか具体的な地名は書き込まれていない。宗助の家は、「外側の都市空間にそくした座標軸によっては規定しえない場所、名づけられない場所[*5]」なのだが、あえて名づけるのなら、彼らが住んでいる場所は、内なる植民地なのではないのか。

キャサリン・ロングは、宗助と御米の抱く特異な罪意識を日本社会の特異性と結びつけ、これに類似する世界は、ウィリアム・サマセット・モームやグレアム・グリーンの描くイギリスの旧植民地ではないかと述べる。なぜなら「このせまい世界の中ではあらゆる感情が誇張される。そこでは集団から排斥されるということが最も重い懲罰として人々から恐れられる[*6]」からである。宗助夫婦は、易者の占いが的中し、呪いが生きている未開社会の心性をも共有している。後述するように、二人もまたこの内なる植民地で、「平凡」という名の冒険をしていたことになる。

そしてその呪いが二人の関係の絆を確認する拠り所ともなっている。この呪いが解けたなら、二人はもはや理想的な夫婦[*7]などとは呼ばれなくなるはずである。だからこそ、宗助は呪いを恐れつつ、呪いの呪縛にとらわれ続けようとする。安井との再会を回避することがそのことを示しているのではないのか。果たして安井が、二人のせいで身を持ち崩したと言えるのか。その後の安井の生き方が自分たちのせいであるとする罪悪感は傲慢ですらある。御米と別れた安井は幸せでなかったと誰が言えるのか。「冒険者」になることが身を持ち崩すことなのか。『彼岸過迄』（明治四五年）の敬太郎のように、「冒険者」になることは、男たちの憧れではなかったのか。今の安井は、過去のことなどきれいさっぱり忘れているかもしれない。おそらく、宗助はそれを恐れているのである。彼らは、「自分たちのせいで人生を台無しにした安井」という物語を欲しているのではないだろうか。

だが二人が共有している「物語」は、読者には全貌がよく分からない。親友から御米を奪ったプロセスは、前述したように誇張されたレトリックで抽象的に語られるだけである。田山花袋[*8]のこの小説に対する不満もそこにある。こうした隠喩と黙説法のレトリックによる空白は、ほかの箇所にもあるのだが、漱石の他作品や歴史的文脈との参照において、ある程度充填可能である。

宗助が参禅した折、与えられた公案は「父母未生以前の面目」であった。宗助は熟考した挙句、老師にどう答えたのか。

此面前に気力なく坐つた宗助の、口にした言葉はたゞ一句で尽きた。
「もつと、ぎろりとした所を持つて来なければ駄目だ」と忽ち云はれた。「其位な事は少し学問をしたものなら誰でも云へる」
宗助は喪家の犬の如く室中を退いた。後に鈴を振る音が烈しく響いた。（十九）

宗助が口にした一句はこのように明らかにされないが、少なくとも老師がどのような答えを求めていたのかは、類推しうる。『夢十夜』（明治四一年）の第三夜の文化五年辰年に行われた子殺しは、明治四十一年から数えて正確に百年前のことであり、漱石の父母はまだ生誕していなかった。三好行雄はこの第三夜の「父母未生以前の面目」は「子殺し」であり、「『門』の宗助のついに想到することのできなかった見解[*9]」であると言う。確かに、「子殺し」の罪意識を抱いているのは宗助ではなく、御米の方である。当時は、不妊症や流産も婦人病と等しく、女性の病としてみなされ、子供を生めないことは女性の側の責任に帰せられていた。

不妊小説としての『門』

『門』を不妊小説としてとらえた場合、どのような風景が見えてくるだろうか。ホワイトカラーの宗助にとって当然のことだが、御米との時間は、夜か休日のうちにしかない。「御米、御前子供が出来たんぢやないか」（六）と宗助が御米の体調が悪いのを、つわりと勘違いしたように、日常的にセックスは行われている。浅野洋は、『門』は夫婦の就寝のシーンが非常に多い小説であり、作品全体で七例（うち四章に三例）存在することを指摘している。そして、小六同居後にお米が体調を崩すのも、夫婦の性的な営みがこれまで通りいかなくなったことが要因なのではと推測している。[*10]

『門』が不妊小説なら、『道草』（大正四年）は出産小説である。『道草』の健三と御住の夫婦は、不仲でいつもいがみ合いながらも、子作りだけはやめないのに対して、『門』の宗助と御米は、夫婦仲はいいが、望む子供は生まれない。もちろん、宗助夫婦が理想的であるかどうかは、議論のあるところだろう。宗助と安井のホモソーシャルな関係性においては、宗助は御米を潜在的に憎んでいるとも解釈できる。[*11]

宗助夫婦の関係を、同時代の文学の中で位置づけたらどうなるか。「この時期には、みずからの意志で取り結んだはずの性的な関係を女性からの〈誘惑〉の結果とし、自分を堕落させた存在として当の女性を憎む、という話型が頻出し」「こうした女性嫌悪的な物語の一つとして『門』を位置づけることも可能である」と指摘されている。[*12] しかし、ここでは、未亡人との関係を描いた作品群（水野葉舟『未亡人』、森鷗外『青年』、志賀直哉『濁った頭』）のようなあからさまな女性嫌悪の小説ではなく、当時の妊娠小説群と対照させてみよう。恋愛や子供をめぐる当時の新中間層の「家庭」の理念のネガが浮かび上がってくる。

御米は、広島時代に流産し、福岡時代に出産した子は未熟児ですぐに死亡し、上京後も死産する。二人が居を構えたそれぞれの場所で、流産・早産・死産を経験する。「私にはとても子供の出来る見込はないのよ」(十三)と、彼女自身は子供の産めない体であると認識し、それが自分への罰であると考えている。

産みたくても産めない御米、それに対して時代は、望まない妊娠や堕胎を描く「妊娠小説」が登場していた。斎藤美奈子[*13]によれば、刑法の改訂にともなう堕胎罪の強化の三年後の明治四十三年に「第一次妊娠小説ブーム」が起こったと言う。ブームに先鞭をつけた小説として小栗風葉『青春』(明治三九年)が、プロットの一部に望まない妊娠や堕胎が盛り込まれた小説として長塚節『土』(明治四三年)や徳田秋声『黴』(明治四四年)が挙げられている。堕胎小説として、鈴木三重吉『小猫』(明治四三年)、長塚節『隣室の客』(明治四三年)、水野葉舟『石塊』(明治四三年)が挙げられている。

堕胎罪の強化の結果なのか、明治末において婚外妊娠によって生まれた、私生児・庶子の割合が今日と比べてはるかに高い。村上信彦[*14]は、明治末における東京市の庶子と私生児の数の異常さを報告している。村上の報告する数値によれば、私生児と庶子を合わせた結婚外出生割合は、明治四十二年で十五・七%、明治四十三年十六%、明治四十四年十六%となる。

漱石は、御米に子殺しの罪を着せたのに対して、宗助には、「廃嫡に迄されかゝ」(四)る罰を与える。だが宗助の罪は本当に「廃嫡」に値するものだろうか。明治三十一年施行された民法では、被相続人が家督相続人の「廃除」を裁判所に請求できる事由として、被相続人に対する虐待、身体及び精神の病、準禁治産者等が挙げられているが、いずれも宗助には該当しない。「家名ニ汚辱ヲ及ホスヘキ罪ニ因リ刑ニ処セラレタルコト」が最も近い事由ともいえるが、宗助が刑に処せられるような「罪」を犯したとは記されていない。二人が姦通を犯したとしても、夫の安井が告訴しなければ、姦通罪は成立しない。そもそも、御米と安井は法的な婚姻関係を結んでいたのだろうか。安井は宗助に、表向きは御米を自分の妹であると紹介していた。石原千秋[*15]が推測しているように、安井と御米は、ほとんど駆け落ち同然のような形で結ばれたと思われる。

宗助と御米の結婚は世間からは望まれなかったにせよ、二人の「罪」にはやはり誇張が感じられる。正宗白鳥が[*16]、後半部で突然明かされる二人の過去に作為性を感じたように。しかし、このような描かれざる二人の過去を歴史的文脈から埋め合わせてみると、不自然さはあまり感じないのかもしれない。というのも明治末においては、スキャンダラスな恋愛事件が頻出しており、そうした事件が、二人の過去を類推的に含意しているともいえるからだ。

明治四十一年には『煤煙』事件があり、明治四十二年には、妻子ある島村抱月と松井須磨子との恋愛問題がスキャンダルとなり、抱月は離婚できぬまま、須磨子と同棲する。そして『門』と同じような恋愛事件としては、明治四十二年に管野スガと荒畑寒村と幸徳秋水の三角関係のもつれがあった。管野と内縁関係にあった寒村が大杉栄、堺利彦らと一緒に赤旗事件で逮捕される。管野も赤旗事件に連座し、未決監で拷問を受けるが、無罪判決であった。寒村が入獄中に、幸徳秋水は妻と別れ、管野と結婚し、二人は同志たちから批判を浴びることになる。出獄後、寒村は、二人が滞在していた温泉宿に拳銃をしのばせて乗り込むが、二人は既に出発しており、会うことはかなわなかった[*17]。

明治四十三年五月、管野は天皇暗殺計画を立てていたことが発覚し、計画に参加しなかった幸徳秋水までも逮捕され、処刑されることになる。いわゆる大逆事件である。赤旗事件のかげで寒村は偶然大逆事件を逃れる一方、幸徳秋水の方は、恋の代償は大きかった。明治四十五年七月には、北原白秋が、隣家に住んでいた松下俊子の夫から姦通罪で告訴され、二人は留置所に拘留される。同年八月に免訴となったが、この事件はスキャンダラスに報道された。

いずれの事件でも、正式な婚姻関係以外の男女関係は徹底的に糾弾されることになる。しかし、上述したように、実態は、正式な婚姻関係以外の男女の性交渉によって、子供たちがたくさん生まれていた。もちろん、宗助の父のように、既婚男性の場合は、妾を囲う婚外恋愛は許されてもいた。

明治末、恋愛をめぐって理念と実態が駆け引きをしていた。『門』をそうした文脈に置いてみると、現在の「道義上切り離す事の出来ない一つの有機体になつた」（十四）夫婦関係と過去の恋愛の三角関係を描いた本作は、恋愛結婚というロマンチック・ラブ・イデオロギーと、実際に頻繁した恋愛スキャンダルの共存していた言説を時間軸に沿って統合化した小説とみなしうる。

「平凡」と「成功」

『門』の前半部は、宗助夫婦の平凡な日常が淡々と描かれ、彼らの隠された過去が明かされ、物語が急展開するのは最後の最後である。正宗白鳥は、「貧しい冴えない腰弁生活の心境に同感」[*18]する。谷崎潤一郎も、二人の日常生活の描写を評価するのだが、白鳥がそこにリアリズムを感じているのに対して、谷崎は、「今日の青年に取つては到底空想にすぎない」[*19]と感じている。佐藤泉はこの谷崎の『門』評を踏まえつつ、「『門』に描かれているのは平凡な人そのままというよりも、平凡趣味の理念にかなった人工的な平凡だ」[*20]と指摘している。宗助夫婦が理想的であるというのは、このような意味においてである。宗助の生活は、新中間層の一つの典型であった。日露戦争後の不況下にあって、リストラもされずに（それどころか俸給が上がる）、「下女」を雇うことのできる宗助たちの生活は、「平凡」という理想的な生活であった。二人に足りなかったのは、子供のいる一家団欒の風景だけであった。

小森陽一は、「『門』の登場人物たちは、日露戦争前後の、大日本帝国という国家の歴史——地政学的な在り方そのものに、自らの人生を規定されるように設定されている」[*21]と言う。確かにその通りなのだが、『門』の規定する歴史性を、宗助夫婦以外の周辺人物たちも同様に被っている。宗助と対照的なのが従弟の安之助である。宗助の安定志向と安之助の上昇志向は、どちらも当時のライフスタイルの典型例だったのではないのか。

宗助は、歯医者の待合室で退屈紛れに自分の生活とは無縁な『成効（ママ）』という雑誌を手に取る。それに対して安之助は、明治三十五年十月に創刊された『成功』の言説を支えた一人である。「親譲りの山気」（四）があり、今で言うところのベンチャー企業を立ち上げる。しかし、どうもうまくいっていないらしい。最初の野心は、鰹船に石油発動機を取り付ける開発と販売であった。明治二十九年には石油発動機の試作（池貝鉄工所製作）が行なわれ、明治三十五、三十六年頃になると鰹釣り船に発動機を搭載する試みが行われる。日本の石油発動汽船は、明治三十九年の「富士丸」（静岡）が最初であり、確かに安之助の挑戦は、先駆的なものであった。だが、発動機付き鰹船は無動力船に比べて倍以上の漁獲をしているが、まだ造船費も高い上、石油と機械油などに多大の出費がかかるので、普及するまでには、まだまだ時間が必要であった。石油発動機船が増え始めたのは大正に入ってからであり、大正五年の段階でも、全国の石油発動機船は二千五百隻程であった。[*22]

この試みが失敗するや否や、次に安之助が挑戦したのは、インクのいらない印刷機器の開発であった。専門知識のない小六が安之助から聞いたという話自体が、どこまで安之助の試みを正確に伝えているのか怪しいのだが、「電気の一極を活字と結び付けて置いて、他の一極を紙に通じて、其紙を活字の上へ圧しつけさへすれば、すぐ出来る」というインクの代わりに電流を利用した方法がとられているという。「色は普通黒であるが、手加減次第で赤にも青にもなるから色刷抔の場合には、絵の具を乾かす時間が省ける丈でも大変重宝で、是を新聞に応用すれば、印気や印気ロールの費を節約する上に、全体から云つて、少なくとも従来の四分の一の手数がなくなる点から見ても、前途は非常に有望な事業である」（十）らしい。安之助の印刷技術開発が小六の言うとおりなら、当時としては、画期的というほかないだろう。まず「色刷」が可能であるということ自体、新しい技術であった。明治三十五年の七月号の『文芸倶楽部』の口絵に美人画の三色版が掲載されたのが、実用化の最初であった。[*23] しかも、インクが不要であるために、時間とコストを節約できる。まさに「前途は非常に有望な事業」であろう。

そして確かに、イギリスでそれを発明した人物がいた。小六の説明は正しかった。「此印刷術は近来英国で発明になつたもの」（十）とは、ウィリアム・フリース＝グリーン（William Friese-Greene 1855~1921）の電気的インク不要印刷術である。フリース＝グリーンは発明王の一人で、写真植字機の発明や、前史的映画カメラとその映写機の特許をとり公開実演もした。彼の印刷方法は一種の電解発色法で、一八九七年に特許をとり、シンジケートを組織して、大々的に実施をはかったが、インク会社の猛反対のために蹉跌し、この事業に金銭を使い果してしまう。漱石が渡英した一九〇〇年ごろは、このインクいらずの印刷法が、ジャーナリズムを賑わせている最中であった。[*24]

冒険小説としての『門』

宗助の生き方と対照的なのは安之助ばかりではない。一箇所に定住することなく大陸を放浪する「冒険者」たちも宗助の周囲に配置されている。明治の中期から大正の初期にかけては、「探検」や「冒険」のブームで、多くの冒険記や探検記が書かれている。その探検地として選ばれたのが、アフリカ・南アメリカ・東南アジアのジャングルといった植民地であった。明治三十九年に『探検世界』が、明治四十一年には『冒険世界』、『殖民世界』が創刊された。大谷光瑞の仏教遺跡の学術調査、中村直吉の日本初の世界一周冒険、白瀬中尉の南極探検など、世間の注目を集めた探検や植民を勧める言説が生産され、流通していった。

とりわけ、『彼岸過迄』にはそのような言説が多く書き込まれており、当時日本が実質的に植民地化したところのほとんどすべてが出そろっている（次節参照）。

『門』においても、小六が「もし駄目なら、僕は学校を已めて、一層今のうち、満州か朝鮮へでも行かうかと思つて」（三）いる。満州や朝鮮は、伊藤博文の暗殺事件について言及されているような危険な場所であると同時に、一攫千金を夢見る場所でもあった。

ところで、安井と坂井の弟は、蒙古で何をやっていたのだろうか。坂井には牧畜で成功していると言うが、今まで法螺を吹いて騙されている坂井はそれを信じてはいない。例えば、馬賊にでもなっていたと仮定してみよう。覆面浪人による『馬賊になるまで』は、「満州浪人」であった筆者が、満州馬賊になるまでの経緯や、馬賊の生活を綴ったものである。大正十三年に発行されたものだが、著者が馬賊になったのは、明治四十年頃のことであり、小説時間の安井や坂井と同じ時間を大陸で過ごしていた。覆面浪人が馬賊になった理由の一つには、日露戦争の時に、馬賊を駆り集め、満州義軍を組織して活躍したことが広く知れ渡り、大陸に渡り馬賊になった者が続出したという歴史的背景があった。覆面浪人は、辛亥革命を指導した孫文の側につき、清と対立した「支那系」の馬賊の頭目にまでなった人物である。坂井の弟は名目上は、清に支配されていた蒙古王のために資金の調達をしていた。だがしかし、どちらも政治的なビジョンを持って大陸に渡ったわけではなさそうである。『馬賊になるまで』には、「馬賊となる者の種類」として次の八種類を挙げているが、純粋に政治的な理由で馬賊になる者などいなかった。

（イ）木杷と称する材木者の成り上がり
（ロ）兵隊上りの者
（ハ）官憲に反抗心を抱く者
（ニ）殺人の如き重罪を犯して官憲の捕縛を避けつゝある者
（ホ）貧困の結果に依る者
（ヘ）厭世の念を起したる者
（ト）金儲の為めになれる者
（チ）官憲の圧迫に堪へ得ずして投じたる者[*25]

坂井の弟は、「何うしても、ありや万里の長城の向側にゐるべき人物ですよ。さうしてゴビの沙漠の中で金剛石でも捜してゐれば可いんです」（二十二）とあるように、（ト）の「金儲の為めになれる者」に該当しそうであるし、安井は、（ヘ）の「厭世の念を起したる者」に該当すると、とりあえずは言えようか。

蒙古への関心は、日露戦争前夜に遡る。日露戦争は明治三十七年に起こるのだが、それ以前から、ロシアとの戦争は避けられないと判断した軍部が注目したのは、ロシアとの国境を接する蒙古であった。蒙古の要所に情報機関が秘密裏に設けられ、その要所の一つがカラチンであった。そこで日本は、明治三十六年にカラチン王を極秘に招いたり、親日の教育を施したりした。[*26]

鳥居君子は、明治四十年蒙古探検を行った鳥居龍蔵の妻で、明治三十九年三月、河原（一宮）操子の後任として、カラチン王府の教育顧問となり単身蒙古に赴くのであるが、それが世間の注目をひいた。[*27]

こうした蒙古への関心がさらに高まるのは、日露戦争後においてで、ロシアに勝利し、清が蒙古への支配を弱めつつある中、日本がその支配に乗り出す。竹中清の『蒙古横断録』はその頃刊行された旅行記である。筆者は自序で蒙古研究の必要性を説き、蒙古が「第二の満州」[*28]になることを期待する。

坂井は、弟が「何とか云ふ蒙古王のために、金を二万円許借りたい。もし借してやらないと自分の信用に関わるつて奔走してゐる」（十六）という話しも信じてはいない。確かに山っ気のある弟が、蒙古王のために金策に腐心しているというのは、にわかに信じがたいのではあるが、「彼等が支那人のために段々押し狭められて行く事」（十六）に関しては歴史的な事実である。清朝の蒙古への支配は長きに渡っていたが、一九〇六年の清の対蒙新政策によって清への不満が噴出し、独立の気運が高まる。この新政策は清王朝が弱体化する中で打ち出された延命策ともいえる。対ロシア防備をかねて貧農に蒙地を開放し、満人の不満を緩和しようとした。そして、従来の蒙古の王公たちを通した間接支配を廃して、蒙古を北京政府の直接統治下に置くために中国官吏が続々と送り込まれたのであった。蒙古王のための二万円というのも、清に収める税のために、多くの王公たちが中国商人たちから負債を負っていたという歴史的な事実と関連しているのかもしれない。

辛亥革命を経て蒙古が独立宣言するのは、『門』発表の翌年、一九一一年十二月のことである。その間日本は、英・米の資本進出を警戒しつつ、ロシアと一九〇七年、一〇年と一連の密約協定を結んだ。日露戦争に敗れ極東進出の可能性を失ったロシアの視線は蒙古へと向けられ、日本が外蒙をロシアの勢力範囲として認める代わりに、内蒙、特に東部を日本の勢力範囲に入れ、中国東北・モンゴルの市場で優位を確保しようとしたのであった。一九〇五年にはウリヤスタイに、一一年にはコブトに領事館が開設された。[*29]

西原大輔[*30]は、「冒険者」の人物造形にはモデルとなった人物がいたのではないかと推測している。それは、明治時代にモンゴルの荒野を駆け巡り、「蒙古王」の異名で呼ばれた佐々木安五郎である。著書としては、照山の号で『二千九百年前西域探検日誌』（明治四三年、日高有倫堂）などを残している。佐々木は日清戦争の勃発と共に満州へ渡り、後に台湾総督府の官吏となるが、総督の交替と共に退職し政府の植民地政策を弾劾した。明治三十四年、川島芳子の養父川島浪速の妹と結婚し、蒙古に入り孫文の第一次中国革命を援助する。明治三十九年四月十七日の『東京朝日新聞』には、軍事教育のために日本に留学する蒙古のトルハト王を佐々木安五郎が門司まで出迎えたという記事がみえる。『門』連載中の明治四十三年五月十日の二葉亭追悼会で二人は出会っている。漱石の近傍にいた大陸放浪者であった。

冒険とは一見無縁な宗助と御米ではあるが、若林幹夫[*31]が指摘しているように、彼らが安井を裏切ったことが冒険であっただけでなく、その後の彼らの生もまた「日常性の冒険」であった。少なくとも宗助にとっては、参禅することが「彼の平生に似合はぬ冒険」（十八）であるという自覚はあった。

冒険の地は植民地に限らない。二重化された小説の時空の中で、二人の「平凡」をめぐる冒険は、安井が二人の前に現れない限りいつまでも続くし、その冒険を終わらせようとはしないはずだ。過去の記憶の共有と不在の安井のみが、今の二人の関係を支えている。「又ぢき冬になるよ」というのは、冒険が継続することを意味する。季節のめぐりのように訪れる危機が、新中間層にふさわしい冒険を活性化させる。壮年の宗助は老人に変身し、御米は呪いにかけられ、彼らの住まいは異界のようなところにある。そこに泥棒が現れたり、万に一つもありえないような、安井という「冒険者」と遭遇しかかったりする。植民地的な小説空間の中で、偶然と運命とスキャンダルを描いた『門』は、地味な中年小説などではなく、明治末の時代をも映し出す冒険小説の条件を十分に備えている。

二 〈浪漫趣味〉の地平――『彼岸過迄』論

植民地主義の中の叙法

漱石は「彼岸過迄に就て」の中で、自分が自然派だの、象徴派だの、ネオ浪漫派だのといった当時の文壇の流派に色付けされることを拒んでいる。なぜなら、漱石が相手にしているのは、文壇といったギルド的世界ではなく、「実に何十万といふ多数に上つてゐる」「朝日新聞の購読者」だからである。その「全くたゞの人間として大自然の空気を真率に呼吸しつゝ穏当に生息してゐる丈」の抽象化された読者を喜ばすために漱石は、「個々の短篇を重ねた末に、其の個々の短篇が相合して一長篇を構成するやうに仕組」む。さらに、大患後の久しぶりの小説だけに面白いものを書こうとしたのであった。

そして、聞き手としての敬太郎と森本から譲り受けたステッキが個々の短編を有機的に結びつけるメディアとなっていて、とりわけ前半部の狂言回しとしての敬太郎の重要性は言うまでもないが、さらに敬太郎のロマンティックな物語を欲する感性は、不特定多数の読者と共有しうるような共同性を持つという点が重要である。しかもそれは、日露戦争後の極めて歴史的なものであり、それをここでは植民地主義的想像力と呼びたい。敬太郎も、「全くたゞの人間として大自然の空気を真率に呼吸しつゝ穏当に生息してゐる丈」であるが、時々、その平凡な生活を忌み嫌い、空想の世界へ逃避する。しかし、その国境を越える想像力が現実とは無縁な空想どころか、当時の植民地政策を反映したものであり、須永親子の秘密を「白状」「自白」させる敬太郎の探偵的あり方も一つの権力構造を示唆している。

要するに現実の政治とは無縁と思われる個人的な感性の中に、当時の国民国家的な感性と共鳴するものがあるということである。漱石が国民作家たるゆえんは、文壇ではなく、多数の国民に向けて書き、支持されたというばかりではなく、国民国家の共同性を感性的に支えたところに求められる。『彼岸過迄』は、換喩的な想像力（領土の空間的隣接性）と、血縁幻想（歴史的連続性）を通して描かれる帝国の物語なのである。

植民地文学としての『彼岸過迄』

『彼岸過迄』（明治四五年）が植民地文学であるということは、どういうことか。主に入植者や移民あるいは、旅行者の手によって、その視点から書かれ、植民地に関わる事象を作品化した小説やエッセー、旅行記等の総称をとりあえず植民地文学と呼ぶならば、漱石の作品の中では、旅行記『満韓ところぐ』（明治四二年）がそれに一番近いといえる。しかし、植民地を転々とする森本、入植を夢想する敬太郎、そして『彼岸過迄』という小説全体が、日露戦争以後の日本の植民地主義の実態を見事に写しだしている点において、植民地文学といえる。そもそも、敬太郎の好む冒険譚や探偵譚、そして彼のエキゾチシズム、浪漫趣味は、植民地主義の時代を背景にしている。[*1] 敬太郎の愛読したロバート・ルイス・スチーブンソンの『新亜剌比亜物語』（New Arabian Nights）は、一八八二年に刊行された植民地文学の一つであり、十九世紀末から二十世紀にかけてイギリスでは、ジョセフ・コンラッドの『闇の奥』（一八九九年）を代表として、多くの植民地文学が書かれたのである。

とりわけ、アラビアン・ナイトは、十九世紀のヴィクトリア朝期のイギリスの作家たちのオリエンタリズムを刺激した。ウィリアム・ワーズワース、トマス・カーライル、シャーロット・ブロンテ、ジョン・ラスキン、チャールズ・ディケンズ、トマス・ディ・クインシーといった作家たちが、アラビアン・ナイトに言及している。[*2]

スチーブンソンの短編集もそうしたアラビアンナイトへの関心の表れの一つであり、十九世紀末のロンドンやパリを舞台にした現代版、アラビアン・ナイトである。六編の短編が収められており、最初の一編「The Suicide Club」

は、全編の主要な登場人物であるボヘミアの王子フロリゼルがお忍びでロンドンを徘徊しているうちに、カードによって自殺者を決めるという、平凡な現実に倦怠を感じている紳士たちが集まった自殺クラブに巻き込まれていくという猟奇的な物語である。その後、リチャード・バートンの原典完訳(一八八五〜八年)が出るに及んで、アラビアン・ナイトはヨーロッパで広く知られるようになる。エドワード・サイードを待つまでもなく、植民地主義は、他者の土地を支配するだけでなく、他者の文学も収奪する。[*3]

敬太郎の浪漫趣味もそうした日本版オリエンタリズムの文脈で理解すべきであろう。敬太郎は、南洋の探検家、児玉音松の大蛸と闘った冒険談を夢中で読み、級友からは、卒業したら南洋に蛸狩にでも行くがいいとからかわれる。日本においても、二十世紀初頭は、冒険や探検が流行する。その探検地として選ばれたのが、アフリカ、南アメリカ、東南アジアのジャングルといった植民地であった。例えば、児玉音松の『南洋』(明治四三年)は、東南アジアの「土人」や「蛮人」の奇習を「文明人」の視点から書き留めている。[*4]

敬太郎自身は、南洋の蛸狩は奇抜すぎると考えるが、代わってシンガポールの護謨林栽培で、一獲千金を夢見る。「栽培監督者として」、「彼はあらゆる想像の光景を斯く自分に満足の行くやうに予め整へ」る。結局、その計画は実現することはなかったが、敬太郎のような入植による立身出世の夢は、第一次世界大戦後、日本は敗戦国ドイツから内南洋諸島の支配権を獲得したことが大きな契機となって、南アジアへの関心が高まり、実現されていく。

もちろん、既に須藤南翠『旭章旗』(明治二〇年)、矢野龍渓『浮城物語』(明治二三年)、末広鉄腸『南洋の大波瀾』(明治二四年)のような政治小説的冒険小説で、国家的な使命を伴って南進論が展開されていた。しかし、敬太郎には、国家的な使命感など微塵もなく、明治二〇年代の南進小説とは一線を画している。佐野正人は、移民の表象をめぐって明治二〇年代の矢野龍溪らの小説と、明治三〇年代後半の夏目漱石らとでは断絶があると言う。[*5] つまり、「明治二〇年代というまだ日本というボーダーが未確定だった時期における国家的論理を担った英雄的な〈移動〉から明治三〇年代後半の『外部/内部』が確定された時期の国家的論理とは背馳する周辺的・放浪者的な〈移動〉」という見取り図を描く。
だが、漱石の小説に登場する大陸放浪者が「家庭」や「定住」「小市民」という価値を揺るがしうる〈過剰なもの〉を帯びているというのは、あまりにもロマン派的な解釈である。大陸へと渡っていった日本人は誰であれ、植民地においては周辺どころか中心となって振る舞えたのだから。日露戦争後の大陸は、日本人にとってのフロンティアとして見出され、だから漱石の描く不遇な者たちは、日本を離れ大陸へと渡る。大陸はもはや、外国、日本の外部ではなく、誰でもが自由に行き来できる日本の延長として認識されていたのである。

ほかに、作品中に登場する地名をいくつか挙げてみよう。森本は「まだ海豹島へ行つて膃肭臍は打つて居ない様であるが、北海道の何処かで鮭を漁つて儲けた事」や、同じく北海道を測量して回ったことがある。敬太郎は「満鉄の方が出来るとか、朝鮮の方が纏まるとかすれば、まだ衣食の途以外に、幾分かの刺戟が得られるのだけれども」と思う。松本の話によれば、須永が嫉妬した高木は上海にいる。このように、当時日本が実質的に植民地化したところのほぼすべてが出そろっている。

海豹島（南樺太北東部の小島）は、一八七五（明治八）年に樺太千島交換条約によってロシア領になっていたが、日露戦争後、日本は樺太の北緯五〇度以南を勝ち取る。さらに朝鮮を併合し、清国遼東半島の一角を「租借」の名で領土化し、これらと既に領有していた台湾を合わせて、面積では日本の約七八パーセントに当たる広大な地域を完全に植民地とし、さらに面積では日本本土の三倍をこえる満州、中国東北三省の南半分を勢力範囲にする。日清・日露戦争の勝利によってアジア大陸に巨大な領土と権益を獲得した国民にとって、おそらく島国日本という意識はもはやなくなっていたであろう。[*6]

植民政策の歴史は、北海道に始まる。一八九三（明治二六）年に「殖民協会」が設立されるが、それは、とりわけ北海道を対象にしたものであった。日清戦争以後は、海外移民の関心が高まり、政府も日清戦争開戦の一八九四（明治二七）年、移民保護規則、一八九六（明治二九）年には移民保護法を公布し、移民事業を民間移民会社に移す。その頃はハワイが移民全盛の時期であった。しかし、一八九八(明治三一)年、ハワイがアメリカに併合され、アメリカの契約移民禁止法がハワイにも通用され、移民は困難となる。以後、移民の本流はアメリカ・カナダに移るが、日露戦争の前後からカリフォルニアを中心に日本人移民の排斥問題が起こる。北アメリカへの移民が困難になった時期に登場したのが、ブラジル移民と朝鮮、満州への移民である。[*7]

大連に渡った森本がその例であるわけだが、このほかにも漱石は作品の中に大陸へと渡った人たちを点描する。『草枕』(明治三九年)の那美さんの元亭主は、満州へと旅立つ。『三四郎』(明治四一年)では、三四郎が上京する汽車の中で出あう女の夫は、大連に出稼ぎに行ったまま戻ってこない。『門』(明治四三年)の安井と坂井は大陸放浪者となる。『明暗』(大正五年)の小林は、朝鮮の新聞社に就職する。

イギリスから帰国した高木は、植民地都市上海に渡る。日本が上海の共同租界に加わるのは、日露戦争後の下関条約(明治二八年)による。一八七一(明治三)年にわずか七名だった日本人居留民は、日露戦争後には二千名を超え、一九〇七(明治四〇)年には上海居留民が結成される。森本がもし上海に行ったのならば、横光利一が後に『上海』(昭和三年)の中で描くことになる貧民街に住んだであろうが、おそらく高木は、領事館や銀行、満鉄、紡績、汽船会社のいずれかのエリートとして渡ったのであり、イギリス租界に住んでいたはずである。[*8]

鉄道小説としての『彼岸過迄』

このような日露戦争後における日本の植民地支配の地名の書き込みと同時に興味深いのは、鉄道や電車への言及である。新橋停車場に勤めていた森本。その森本は、どこまで本気か分からないが「鉄道の方へでも御出なすつちや」と職のない敬太郎にすすめ、さらに大連に渡った森本はこれも嘘か本当か、敬太郎に「満鉄」の知人を紹介すると言う。敬太郎の想像力は、鉄道を通して満州へと接続していく。その敬太郎は、小川町の電車の停留所で探偵もどきの仕事を行う。前田愛[9]が指摘したように、『彼岸過迄』が包摂している都市空間の基軸をなすものは、日露戦争直後の明治三十六年に開設され、急激に発展した市電の交通網なのである。

敬太郎が、大連にいる森本への手紙をポストに投函したとき、「受取人の一週間以内に封を披く様を想見して、満更悪い心持もしまいと思つた」とあるように、敬太郎にとって東京から森本が渡った大連までの距離は、手紙で七日以内で届く距離として認識されている。それは船便を想定してのことであるが、仮にこの時期、東京から下関、連絡船で釜山へ渡って、朝鮮から満州の大連まで延びる鉄道網を利用したなら、その郵送時間はもっと短縮できたはずである[10]。

そしてその鉄道網の整備は日本の植民地政策には欠かすことのできない重要な課題であった。まず、一九〇一（明治三四）年五月に山陽鉄道が下関まで開通する。日清戦争の際は、広島までしか開通しておらず、そのために広島に大本営が置かれたのである。さらに、日露戦争中の一九〇五（明治三八）年から三陽汽船が下関―釜山間に航路を開く。日露戦争後、朝鮮における鉄道施設権を獲得した日本は、日露戦争前後に京仁線（京城―仁川）、京釜線（京城―釜山）、京義線（京城―義州）などの幹線鉄道を建設する。一九一〇（明治四三）年の韓国併合後は、朝鮮総督府の管理下に置かれる。一九〇五（明治三八）年九月のポーツマス条約に基づいて、ロシアから南満州鉄道の権益を譲り受け、一九一一（明治四四）年十一月には、新義州―安東間が開通して、朝鮮総督府鉄道と南満州鉄道が連結する。

一九〇六（明三九）年六月七日に、南満州鉄道株式会社設立の勅令が公布され、その初代総裁に就任したのが、後藤新平である。『東京朝日新聞』（明治三九年一〇月八日）によれば、この半官半民の国策会社「満鉄」が第一回の株式募集をしたところ、株式申込者が募集額の一〇七七倍にものぼったという。このような株式ブームは、「満鉄」の植民地経営企業としての経済的機能を目当てにしたものであった。さらに満州への移民が増加し、「満州熱」と呼ばれるようなブームも起こる。満州は、森本がそうであったように、日本人に現状打破、一獲千金の場所としての幻想を植えつけたのであった。その後ろ盾として満鉄があったのは間違いない。

一九〇八（明治四一）年に後藤の後任総裁に就いたのが中村是公である。中村の下で事業は拡大し、鉄道網はこの時期整備される。その中村の招きで漱石は、一九〇九（明治四二）年九月、満州を訪れる。原田勝正[*11]が述べているように、当時満鉄は、その事業内容を内外に広く宣伝することに努めており、中村総裁が漱石を招いたのも、漱石の筆を通じて満鉄の事業を宣伝させるという目的があったからだ。

漱石の旅が単なる物見遊山でないことは、その過密スケジュールと満鉄沿線の要地のほとんどすべてを訪れたところにうかがうことができる。その見返りかどうかは分からないが、漱石は、中村から入手困難な満鉄の株を譲り受けているのである。[*12]

漱石が訪問したときは、そのような鉄道網の整備の真っ最中であった。鴨緑江の橋梁は工事中で、安奉線（安東―奉天）も改築以前で輸送能力がまだ低かった時期にあたる。『満韓ところぐ〵』にはそうした発展途上の大陸の様子が描かれている。

敬太郎が何気なく感知する満州への近さは、日本の植民地政策の政治的、軍事的支配の産物である鉄道というメディアによって加速される。

このような鉄道をはじめとして、速達の手紙、電話、電報、電車等、時間と空間を短縮する近代化のメディアが次々と登場する。敬太郎自身が都市の欲望を写しだすメディアともなっているのだが、その敬太郎にとってのメディアは、何といっても森本である。「森本の二字は疾うから敬太郎の耳に変な響を伝へる媒介」となっているのだ。森本は敬太郎への手紙に「来年の春には活動写真買入の用向を帯びて、是非共出京する」とあるように、森本自身もメディアに深く関わる。一八九六（明治二九）年に日本に初めて輸入された活動写真は、一九〇四（明治三七）年、日露戦争が始まると、これまでの新奇な見世物からマスメディアの一翼を担うようになる。映画産業は、日露戦争の実写もので急激に拡大するのである。一九〇八（明治四一）年には、韓国併合を控え、伊藤博文に伴われて韓国の皇太子が来日する。その時伊藤は、皇太子が日本で歓待されていることを韓国人に示すために、宣伝映画を撮らせている。政治権力と映画との直接的な結びつきは、この時期から始まったのであった。[*13]

さらに敬太郎にとって森本は、「様々な冒険譚の主人公」であり、彼の語る物語は、「殆んど妖怪談に近い妙なもの」であった。敬太郎はそのような森本の物語に惹きつけられるのであるが、それは単に敬太郎の「遺伝的に平凡を忌む浪漫趣味」によるだけではなく、敬太郎の生きた時代こそが浪漫趣味の時代だったのである。

浪漫趣味とロマン主義

明治末は、日清・日露の勝利を経、近代国家としての諸制度の整備がある程度完備し、国民は「一等国」の意識まで持つようになる。このような表層的な近代化の過程を漱石は批判したわけであるが、この時期は漱石に限らず、日本の近代化に対する疑問がさまざまな形で噴出している。知識人と大衆というプロブレマティックが浮上してきたのもこの時期である。一九一〇（明治四三）年の大逆事件に象徴される「時代閉塞の現状」（石川啄木）の中で、知識人たちは、専ら西洋に向いていた視線を、日本の内部へ向け始める。同年、柳田國男の『遠野物語』が刊行され、日本の民俗学が誕生する。それに刺激を受けた伊波普猷は、翌年『古琉球』を書き、沖縄学の端緒を開く。南方熊楠が神社整理による森林伐採の反対運動を展開したのもこの時期である。ここに、平塚らいてうの「元始女性は太陽であった」（『青鞜』創刊号、明治四四年）も加えていいだろう。要するに、日本の近代化を批判する視座として、村・山人・南島・森・女性といった何らかの原郷性を帯びたものが、あるいはマージナルなものが明治末に再評価され始める。

敬太郎は喜んで、『遠野物語』を読んだかもしれない。敬太郎がさまざまな登場人物たちから、話を聞き取るという物語の構成自体が、民俗学的方法の一つであり、都市の細部への関心、当時の民間信仰の記述なども含めて、都市民俗学としての『彼岸過迄』という側面がある。さしずめ、敬太郎にとっての森本は、柳田にとっての佐々木喜善に対応しているといえようか。

近代批判、原郷への回帰というのは、ロマン主義的だが、しかし、敬太郎の浪漫趣味とは、主義と呼べるような理念や思想などではなく、あくまで傍観的に他者の世界を好奇にまなざすことである。敬太郎は、自分とは異質な世界とは一線を画し、区別し続ける。周縁的なものに対するポジションが、漱石と柳田では異なるのではないだろうか。柳田は近代化の外部に位置づけられ、忘れ去られていた山の民を通して、国民としての平地人を相対化しようとした。だが、平地人は真に戦慄したであろうか。周縁に位置づけられたものを通して、制度を批判するという方法は、制度批判にもなりえるが、制度を補強することにもなりかねない。マイノリティに対する過剰な期待や美学化が、解放の幻想を与え、現実的な差別の構造を逆に隠蔽、温存してしまうからだ。

それは、柳田の山人論放棄の軌跡に端的に示されている。社会の下層に排除された賤としての山人による制度批判が、実は、上層に位置づけられた聖としての天皇制の擁護と逆説的に繋がっていることを、柳田の転向に見て取れるだろう。転向ではなく、むしろ、賤の民俗学から、聖の民俗学へと反転させたと言った方がいいかもしれない。柳田の軌跡にみてとれるように、マイノリティの擁護が、実は、差別を隠蔽、固定化するという逆説がある（第三章第一節参照）。柳田に限らず、原点探しが、反近代、近代の超克といったスローガンを掲げながら、往々にして、天皇制を中核とする日本の近代化を擁護してしまうのである。他者が、知識人によってロマン派的に見出されるとき、そこにはこのような陥穽が待ち受けている。一九三〇年代とはそのような時代を最もよくあらわしている。ちなみに、『遠野物語』は、その時代に再版されている。そのようなスパンで柳田と漱石を比較した場合、漱石には柳田のようなロマン派的心性はなかった。

いわゆる知識人の大衆に対する負い目というのは、大正期の文学者には多くみられ、柄谷行人[*14]はそのような知識人をロマン派的と評したが、その意味では漱石は、知識人ですらなかったのである。漱石の作品に登場する、下層の人たちに対するまなざしは、冷淡である。例えば、『坑夫』（明治四一年）の世界への関心である。あるいは、長塚節『土』への賞賛である。漱石の関心は、節の描く農民の悲惨な生活に対する同情と共感にあるのではなく、『坑夫』がそうであったように、漱石の属する世界とは全く異質な生活に対する好奇心からであったといっていい。このときの漱石は、敬太郎に酷似している。

『満韓ところぐ〳〵』はとりわけ、その点で批判されている。それを被植民者、下層民への漱石の侮蔑意識の現われととらえるのはやさしい。その侮蔑意識は認めるとしても、それは差別ではなく、区別であったと考える。確かに差別と区別の差異は微妙だが、両者を差異化することで、漱石の置かれたポジションが明確になるだろう。区別と差別のまなざしが交錯したところに、植民地主義的な想像力が形成されるからである。

立川健二[*15]は、区別とは二つのカテゴリーの間に何の共通基盤を持たない相互無依存的な関係であると言う。つまり、「〈対立〉への萌芽がまったく現われていない段階、〈差別〉が存在するという認識そのものが決定的に欠如した段階の関係」を区別と呼んでいる。もちろん、区別が差別よりましだと言うつもりはない。区別とは立川のいうように、「『対等』や『平等』という関係へむけた意志が徹底的に不在」だからである。

差別がなんらかの形で自己とは異質な他者を下位に位置づけるために差異化しようとするとしたら、区別とは、その字義に反して、他者を忘却し、自己と葛藤する他者などあたかも存在しないかのように振る舞うことであるといっていいだろう。ロマン主義は、他者を見出し、他者を美学的に解釈することで、差別の構造を固定化、ないしは隠蔽してしまうという危険性がある。それに対して漱石は、知識人／大衆、中心／周縁といった二項対立の固定化と美学化には加担することはなかった。敬太郎が遊民たる森本の運命を「のたれ死」と思い描き、森本に何らの聖性も付与しなかったように。確かに、ロマン派的な他者の解釈学的な循環に陥ることはなかったが、自己と他者は区別した。その他者と葛藤することのない自己は、あのぬえ的なステッキのように、いくらでも肥大し、いたるところに遍在していくことになる。だから、敬太郎の「浪漫趣味」は、賤／聖といった転倒をまぬかれているといっても、あるいは葛藤する他者は現れてこないとしても、その浪漫趣味を現実的に無害で無力な空想癖ととらえてはなるまい。

さらに、敬太郎の悲哀の家族の物語への共鳴のあり方にも、国民国家の感性を美的に支えるものがある。

父権の遺伝

ところで、その敬太郎の浪漫趣味は、「遺伝的」なものであった。その関連性はすぐに漱石の「趣味の遺伝」（明治三九年）という短編を想起させるだろう。

「趣味の遺伝」の「余」は、「メンデリズムだの、ワイスマンの理論だの、ヘッケルの議論だの、其弟子のヘルトウイッヒの研究だの、スペンサーの進化心理説だのと色々の人が色々の事を云ふて居る」と述べているように、二十世紀初頭の目覚ましい生物学、遺伝学の知見はかじっている。だが、「余」のいう遺伝とは、「父母未生以前に受けた記憶と情緒が、長い時間を隔て、脳中に再現する」というものである。「余」の戦死した友人の浩一と小野田の妹との因縁は、二人の祖父母の悲哀物語の隔世遺伝として語られている。夢野久作の『ドグラ・マグラ』（昭和一〇年）の世界を先取りしたような「余」の遺伝に関する説が披歴されている。趣味とは後天的で経験的な主体の美的指向性ではなく、先天的な美的判断能力ということである。趣味の経験的な多様性にもかかわらず、実は遺伝という普遍的原理が支配していることを暗示している。こうして、男女相愛する「趣味の遺伝」は、血統の物語を補完し強化するものとして機能する。そして、自らの学説を証明するために、「余」は嫌悪しているはずの「探偵的態度を以て」浩一の母から秘密を引き出そうとする。ホームズの推理が、ヴィクトリア朝のイギリスの紳士たちの、主に海外植民地での過去の犯罪をあばきだすとしたら、[*16] 漱石的探偵とは何よりも血統の秘密を暴きだすものの謂である。

しかも、敬太郎が突き止めた須永といとこの千代子との複雑な恋愛感情、そして須永親子の出生の秘密とは、特定の家族の物語ではなく、悲哀の共同体の物語なのである。高等遊民で、出生の秘密をもつ須永の運命は、貴種にふさわしい。おまけに、物語の話型をなぞるかのように、源氏と同じように須磨・明石に流離する。さらに須永は、千代子との個別的であるほかない関係を、「恐れる男」と「恐れない女」、「哲学」と「詩」という抽象的な対比で一般化するのである。「雨の降る日」以降、次第に聞き手としての敬太郎が作品の背後に隠れていくのも、個別的な聞き手から、匿名の聞き手へと共同性を獲得していくプロセスともいえる。

その共感の共同性は、「憐れ」という趣味を通して形作られる。敬太郎が松本の幼児の死を千代子から聞き、「美しいものが美しく死んで美しく葬られるのは憐れであつた」と同情するように、読者も敬太郎のようにまなざすことを求められ、敬太郎とともに他者を傍観的にまなざしながら、他者の悲哀に共鳴する。同様に、登場人物たちも相互に憐れみ合う。敬太郎は森本に対して「憐れみたいやうな気持」になり、敬太郎は千代子を「運命のアイロニーを解せざる詩人として深く憐れむ」し、小間使いとしての作を「女として憐れ深く」眺める。その須永を松本は「憐れ」に思い、さらに須永の母の「根気の好過ぎる所に却つて妙な憐れみを催」す。憐れむ主体が常に男性であることにも注意しておこう。

そして須永の汚れた母系の血は、須永の父の趣味の遺伝によって逆説的に贖われる。須永が千代子と結婚しないかぎり、母方の血は遺伝しないのだが、継母のその血統への執拗なこだわりに須永はついていけず、そのような母親を憐れんでさえいる。母の血を引き継いだ夭折した妹は、須永を「市蔵ちゃん」と言い、決して「兄さん」とは呼ばなかった。母が呼ばせなかったのである。「家名を揚げるのが子たるもの、第一の務」と考える母親の純血のこだわりはそこまで徹底している。にもかかわらず、須永も血統の神話に呪縛されている。

村上信彦[*17]が、明治末における東京市の庶子と私生児の数の異常さを報告しているように、須永のような庶子は明治末においては、ざらにいたという事実をまず考えなければならない。例えば、敬太郎が電車の中で出会った見ず知らずの女性がおぶっていた赤ん坊を、「私生児だか普通の子だか怪しい赤ん坊」と何気なく判断するほど、私生児はありふれていたと考えていいのではないか。また、代々、皇后が皇太子を生むことがなかった天皇家の宿命から、明治天皇も免れなかった。正式に認知されない十人近い人たちが、「御落胤」と称して皇室や宮内省に認知を求める騒ぎがいくつもあった。[*18]

村上はさらに現代に比べてはるかに高い明治末期の離婚率（一六％〜一八％）も指摘している。明治民法によって保証された父権制は、庶子・私生児の数の多さと離婚率の高さに示されているように、その特権の乱用によって、逆に民法の理念、あるべき家族像を裏切ってしまっていたのである。

かつて父親が小間使いの御弖を孕ませた時のように、須永も小間使いの作をまなざしている。「僕の前に出て畏こまる事より外に何も知つてゐない彼女の姿」に女性としての憐れを感じ、須永は「作の為に安慰を得」る。他者としての千代子を手に入れられない代償として、作のような「卑しい召使」という身分ではあるが、単純で従順な女性を理想化する。これは先の定義に従えば、差別というより区別するまなざしである。作を対等な他者として須永は見ていないのだから。こうして、作の存在は、かつての御弖、つまりは須永の実母と二重写しになる。その意味では、父親の趣味は確実に須永に遺伝している。そしてその須永父子の血統の連続性は、趣味の遺伝という生物学的に自然な運命として、さらに、汚れた血をさらに汚すということにおいて自己解体的に示唆される。

また、須永は血のつながっていない叔父の松本とも趣味を共有する。彼らが、散文的世界に背を向けて、趣味の世界、詩の世界に埋没して、高等遊民として生きることのできる条件は、父からの財産贈与があってはじめて可能となる。明治後期の都市中産階級は、多大な財産収入を特色としていた。彼らの趣味を経済的に支えていたのも、父権制である。

このように、趣味が血統以上の普遍性と共同性をもち、さらに『彼岸過迄』における父権制は、強権として顕在化するのではなく、美的感性の共有というレベルで、潜在的に示されている。聞き手としての敬太郎は、それぞれの物語の主体とはなりえない「門外漢」であると同時に、メディアとしての敬太郎は、読者に対してはインサイダーであった。森本のステッキのように敬太郎は、何ものでもなく、何ものでもあるという形で内と外を自在に往還する。その敬太郎の浪漫趣味が、国境が拡張し、父権制がゆらいでいった時代の想像力と感応し、最後に須永の血統をめぐる物語を引き出す。そういえば、敬太郎も須永と同様に、母子家庭で育つ。母系の物語であると同時に、両者共に不在の父の趣味を遺伝によって内面化することで、憐れで普遍的な情緒共同体の物語が完成する。

血統という垂直に貫かれた時間的な座標軸と、日本の外延としての植民地という空間的な座標軸との交錯を通して描かれる悲哀の共同体は、明治末の帝国の姿に近似する。

三 『こゝろ』における抑圧の構造

『こゝろ』論争の行方

夏目漱石『こゝろ』をめぐって、作家を中心においた「作品論」を展開する三好行雄らと、読者とテクストの相互作用を重視する「テクスト論」に基づく小森陽一らとの間でかつて論争が行われ、話題になった。まず、論争の経緯を概観してみる。小森は、従来の『こゝろ』論は、「先生と遺書」のみを中心化し、「『倫理』『精神』『死』といった父性的な絶対価値を中心化する、一つの国家的なイデオロギー装置として機能することになってしまった」ことを批判し、「私」の言葉が先生の遺書を差異化して「殉死の思想（家族の論理）を脱し、新たな生の倫理を生み出」し、「奥さん」と共に新たな生を生きる生の円環構造をもつ対話的多層的に組み合わされたテクストが『こゝろ』であると主張した。[*1] 小森の論と通底し合う形で、秦恒平は「私」と「奥さん」との結婚（小森はあくまでも共生であって結婚ではない）を脚色した戯曲とその解説を発表した。[*2] また石原千秋は、オイディプス・コンプレックス理論を解読コードとして、遺書を公表する「私」に「背信行為」を読み、小森と同様に「私」と「先生」との葛藤の劇をみている。そして「先生の禁止は最後の可能性として、その深層において、妻の『純潔』を犯すな、に反転する」とする。[*3] いち早く大岡昇平が「客観描写なき『物語』のテーマ読み取りとして、最も果敢、かつ秀抜なるものならん」と小森の論に賛同を示したのに対して、大川公一は、作者起源論の立場から小森論は「作品そのものを変形させる方向に働いてしまった」と批判し、[*4] 三好行雄も「その過去を語る〈私〉の現在が〈奥さん〉とともに生き、〈『貰ッ子』ではない子供がすでにいる〉という、含蓄に富んだ結論部の暗示は、やはり深読みに過ぎるといわざるをえない」と批判した。[*5] 田中実も同様に「作品解読作業からの逸脱行為である」と奥さんとの共生の可能性を批判した。[*6] 小森はそれらの論に共通する

「〈作品〉という制度性」に対して反論し、[*8] 石原も小森を擁護する立場から論争に加わっている。[*9] 三好も小森、石原に対して「奥さんは今でもそれを知らずにゐる。先生はそれを奥さんに隠して死んだ」（上―十二）という箇所を拠り所に反論している。[*10]

小森の『こゝろ』論の反響は大きく、そのほか、小森論に言及した論はたくさんあるが、論争の争点もしくは小森の論への批判点は、主に「先生」の死後「奥さん」と「私」の共生の可能性はあるのかという点にあった。それに連動する形で、本当に「私」は「先生」を差異化したのか、あるいは遺書、もしくは手記は公表されたのか（奥さんは遺書の内容を知っていたのか）、手記を書いている「私」の「今」とはいつの「今」なのか、といった読みの解釈が問題になったわけである。論争の枠組みとしては、作品として読むか、テクストとして読むかといった様相を呈している。

この作品かテクストかという問題設定は『こゝろ』論争に限らず、これまでの国文学の研究においても根強く残っている対立点かと思われる。「作品論派」、「テクスト論派」の相違点は、単純化すれば〈作者―作品―読者〉の間のコミュニケーション過程をどのようにとらえるかにかかっている。それは結局、どういう言語観・世界観を選択するのかということであり、そこにおいて研究者の側の政治性が問われることになる。石原は、「テクストは解釈の技術や作品論の新たな意匠などではなくイデオロギーなのだ」と述べている。[*11] そして小森も批評・研究とは、イデオロギー批判、イデオロギー闘争である、と発言している。[*12] つまり〈作品論〉と〈テクスト論〉の差異を、〈文学〉という制度性、イデオロギー性の自覚の如何に求めることもできるだろう。自らの制度性に無自覚な「作品論派」より、「テクスト論派」が優位にあるのは間違いない。しかし、テクスト論が単に作品論に対する批判、カウンター・イデオロギーに終始していいはずはなく、テクスト理論の論理構築、あるいは脱構築をめぐっての活発な議論がもっと行われてもよい。『こゝろ』論争においては、不毛としか言いようがない「私」と「奥さん」のその後が実体論的に議論され、細部の読みの競合が行われただけで、肝心の『こゝろ』というテクストのイデオロギーは問題化されることはなかった。そして、小森、石原の『こゝろ』論を批判するとしたら彼らのイデオロギー性を明らかにすることだろう。

コミュニケーションの（不）可能性

小森は、先生の遺書の読み手である「私」が書き手に変貌する物語が『こゝろ』であり、その過程において「私」による先生の（遺書の書き方を含めて）差異化の可能性を読んでいる。この〈書き手―読み手〉、あるいは〈語り手―聴き手〉の相互関係によるコミュニケーション・モデルが小森の語り論・テクスト論の基本モデルである。その問題点は、それぞれの関係が相互互換的対称的関係としてとらえられている点にある。つまり、発信者から受信者への意味の了解・意味の伝達を前提としており、意味のずれ、意味の遅れは問題化されるが、意味自体が転倒され、無化されることはない。

石原は、『こゝろ』というテクストを「表層」「物語の層」「深層」の三つの位相に分けて論じている。しかし、テクストに「深層」などありはしない。テクストを表層から離れて深さにおいて読もうとするとき、容易に不可視の「大きな物語」（＝「オイディプスの物語」）に回収されてしまうだろう。そして、オイディプス理論のイデオロギーに対する批判的視座が、少なくとも石原の『こゝろ』論には欠落している。「私」と奥さんの姦通の可能性を示唆する石原も、「私」と奥さんの共生の可能性を示唆する小森も、いずれも女性を抑圧する言説に加担している。女性を男性の欲望によって物化・希少品化してしまうオイディプス理論は言うまでもないし、「私」が奥さんと共に生きるとしても、そこに奥さんの声は反映しているのだろうか。男同士のコミュニケーションから奥さんは徹底して排除されており、彼らの善意が逆に「静」の声を封じ、抑圧しているとも限らない。

従来から、「静」のコケットリーは指摘され、[*13] 小谷野敦は、抑圧されているどころか、逆に「『先生』に見切りをつけた『静』が、つぎに自分が頼みとすべき男を巧みに捕獲しにかかった」ものととらえ、さらには日本の母権社会を告発している。[*14] しかし、「静」は純白か策略家なのか、『こゝろ』のテクストが父権的か母権的かといった単純な問題ではないはずであり、それは性差に限った問題でもない。ここで言いたいのは、ロマーン・ヤーコブソン流のコードとメッセージを基本とする対称的なコミュニケーション・モデルは、コミュニケーションの現場に恒常的にあふれているはずの権力関係や暴力を隠蔽してしまう危険性がある、ということだ。

そこで想起されるのが、ウィトゲンシュタインの言語ゲーム論や日本においては柄谷行人[*15]、立川健二[*16]らが主張する共通する規則をもたないもの同士の非対称的なコミュニケーション・モデルである。柄谷や立川らに共通していえるのは、言語というものは、意味の了解の体験である以前に、とてつもなく困難なコミュニケーションの経験ではないのか、という認識である。そして、〈他者〉とは共通の規則、コードを有さず、にもかかわらず不可避的に関わざるを得ないものの謂である。だから、他者とは特別で特権的な存在でも、抽象的な観念でもなく、きわめて身近な存在でありかつ、固有名を有する単独者なのだ。

『こゝろ』における男性相互の対称的コミュニケーションにおいては、「静」は「たつた一人の例外」(下―五十六)として、つまり、共通のコードを持つことが出来ず、男たちとは非対称的な関係にあり差別されている。[*17] また、「必竟女だからあゝなのだ、女といふものは何うせ愚なものなのだ。私の考は行き詰れば何時でも此所へ落ちて来ました」(下―十四)、「女には大きな人道の立場から来る愛情よりも、多少義理をはづれても自分丈に集注される親切を嬉しがる性質が、男よりも強いやうに思はれますから」(下―五十四)等、女性に対する差別的な発言は幾らでも見出せる。

確かに、先生があれほど、「静」の純白にこだわるのは、裏返せば「静」は純白ではない、ということを暗示してしまう。そして、それを認めまいとして、純白という男性が作りだした神話の中に封じ込めようとしている。その意味では「静」を抑圧しているのだが、抑圧されているはずの「静」(彼女と「私」の母「御光」だけが固有名を与えられている)が、反転し男たちを脅かしはじめるのだ。言葉を与えられていないためにかえって彼女は、不気味な存在となり、先生は、「静」の笑いなり、ポーズなりを実体化、固定化しようと企てることになる。しかし、「静」の声は、男たちの網の目をくぐり抜けて確実に届いてくる。その声に耳を傾けることで、先生をはじめ男たちが何を隠蔽しようとしていたのかが露呈してくる。

捏造される「静」

先生の遺書を読み、この手記を書く今の「私」は、明らかにかつての「私」とは「静」に対する認識が異なっている。

今しがた奥さんの美しい眼のうちに溜つた涙の光と、それから黒い眉毛の根に寄せられた八の字を記憶してゐた私は、其変化を異常なものとして注意深く眺めた。もしそれが詐りでなかつたならば、(実際それは詐りとは思へなかつたが)、今迄の奥さんの訴へは感傷を玩ぶためにとくに私を相手に拵えた、徒らな女性の遊戯と取れない事もなかつた。尤も其時の私には奥さんをそれ程批評的に見る気は起らなかつた。私は奥さんの態度の急に輝やいて来たのを見て、寧ろ安心した。(上―二十)

今の「私」は、「其時」は気づかなかったが、遺書を読んだ後、かつての先生と同じく奥さんを「批評的に見」ているのだ。若かりし頃の奥さんは先生にとって技巧を弄する策略家として、「批評的」にとらえられていた。さらに「妻が己れの過去に対してもつ記憶を、成るべく純白に保存して置いて遣りたいのが私の唯一の希望なのです」(下―五十六)という先生の遺志を守り、「私」も、「其悲劇の何んなに先生に取つて見惨なものであるかは相手の奥さんに丸で知れてゐなかつた。奥さんは今でも知らずにゐる。先生はそれを奥さんに隠して死んだ」(上―十二)と記述する。つまり、先生も「私」も何を秘密にしたかったのかといえば「妻が己の過去に対してもつ記憶」、つまり無垢ではありえなかったかつての妻の過去を、本人に気づかせまいとしているのである。よく漱石は女性を「無意識の偽善者」と評していたが、「静」もまた、自身の偽善に気づいてほしくないと先生は願っていたことになる。だが、その隠蔽工作に亀裂が生じてくる。

妻はある時、男の心と女の心とは何うしてもぴたりと一つになれないものだらうかと云ひました。私はたゞ若い時ならなれるだらうと曖昧な返事をして置きました。妻は自分の過去を振り返つて眺めてゐるやうでしたが、やがて微かな溜息を洩らしました。

私の胸には其時分から時々恐ろしい影が閃めきました。（下―五十四）

先生は、妻が自身の罪に気づいたのではないかという不安があり、その不安に先生は脅かされる。それにしても、「静」は自身の過去に無自覚な罪深い女性なのか。男たちによって罪深い女性として巧妙に捏造されたのではないのか。「静」はこの恋のドラマの主役でもあるはずだが、あまり論じられてこなかった。八〇年代に入ってやっと「御嬢さん」に焦点をあてた論が登場してくる。しかし、従来の論は御嬢さんやその母親は、恋に関して潔白なのか、策略家なのかという問いを立て、先生のまなざしと同様に御嬢さんが示す行為なり、ポーズなりを実体化、固定化してしまっている。むしろ、男性が作り上げたこの二項対立の神話を相対化しなければならないだろう。では、果たして「静」とは何者なのか。そもそも、彼女は、先生や「私」のまなざしを通してしか表象されていない。彼女の〝実像〟など抽出できようはずはない。「静」は男たちの言説を裏切るという否定性においてしか顕在化しない。重要なのは、彼らが「静」をどのようにまなざし、いかなる欲望のもとに照らし出しているか、そしていかに「静」を隠蔽し、逆に男たちが彼女に脅かされているのかということだ。「静」は他者性を顕在化するトポスとして不断にテクストの表層に刻み込まれている。

「静」の他者性

「静」は、寡黙である。というより、言葉を与えられていない。日本の女性は「相手に気兼ねなく自分の思つた通りを遠慮せず口にする丈の勇気に乏しいもの」（下―三十四）と認識され、コミュニケーションは専ら「先生」と「私」の男同士に限られる。「静」とコミュニケートしようとさえしない。先生の変わりようについて「静」が何度も打ち明けてくれるように頼んでも「何も云ふ事はない、何にも心配する事はない、おれは斯ういふ性質になつたんだからと云ふ丈で、取り合つて呉れない」（上―十八）。先生にしてみれば、それは「妻君の為に」（上―十）言わないのであり、「私」も「其後も長い間此『妻君の為に』といふ言葉を忘れなかつた」（上―十）わけであり、「妻の記憶に暗黒な一点を印するに忍びなかつたから打ち明けなかつた」（下―五十二）のだ。

この先生の善意（悪意？）は、同じような仕草で「静」にKについて語ることを禁じずにはいない。「静」はKについて「みんなは云へないのよ。みんな云ふと叱られるから。叱られない所丈」（上―十九）しか言えない。「静」の言葉は先生に検閲されている。しかも、Kの名前すら言うことが出来ない。


私は私が何して此所へ来たかを先生に話した。

「誰の墓へ参りに行つたか、妻が其人の名を云ひましたか」

「いゝえ、其んな事は何も仰しやいません」

「さうですか。――さう、夫は云ふ筈がありませんね、始めて会つた貴方に。いふ必要がないんだから」

先生は漸く得心したらしい様子であつた。（上―五）

なぜ先生は「静」がKの名前すら語ることに脅えなければならないのか。単純に言ってしまえば、先生が遺書の中でKという「余所々々しい頭文字」（上―一）が使えなくなってしまうからだ。それは、単に表記上の些事的な問題ではない。小森・石原は、先生が自分の心に決定的な刻印を残した友人のことを、「私」なら「とても使ふ気にならない」Kという「余所々々しい頭文字」で呼んでいたことを問題にし、両者の相互葛藤的なありようを浮かび上がらせようとしている。また、絓秀実も、Kという象形文字に着目し、「『こゝろ』は、『K』という形の物語をさまざまなレベルで遍在させながら、最終的にはその形を消滅させる小説にほかならない」と述べている。[*18] Kという文字の意味作用はテクスト全体に関わる重要なものである。極論すれば、Kというイニシャルが使えなければ、先生の遺書の書法、そして「私」の手記の書法は崩壊するかもしれないのだ。「静」の言葉は男性のエクリチュール（書く行為）を侵犯しかねない。

この抑圧は、「静」から声を奪うと同時に「死」から彼女を限りなく遠ざけることにおいて行われる。先生は「静」にKの自殺の現場を見せることを恐れ、Kの墓参りさえ同伴させない。また、「妻に血の色を見せないで」「妻の知らない間に、こつそり此世から居なくなるやうに」（下―五六）して自殺しようとする。そして、遺書は「静」ではなく「私」に託される。このことと、『こゝろ』に現われた死者たちのほとんどが男（先生や「私」の父の死、Kの死、先生の死、明治天皇の死、乃木将軍の死、「静」の父の死）であるということとは関連しているだろう。確かに、先生の母親や「静」の母も死ぬが、いかにも影が薄く物語の展開に大きな影響を及ぼしているとは思われない。先生は、乃木将軍の殉死に触発され、そして秘匿し続けたKの死を意味づけ所有する欲望を言語化しようとし、その代償として自らも自殺というかたちで死に対して主権的たろうとする。遺書のエクリチュールは、死との関係の中で成立する。先生の死に対する態度は、その前で己を支配しようとすることにある。「私」も死に対して主権的たり得ることの意味を分かち持つべく、実父を捨て代父たる先生の元へ急ぎ、遺書を読み、手記の中にそれを引用する。先生の死は表象・再現されていないが、「私」が先生の「死」を代行的に語る。超越的な「死」を語ること、これが彼らのエクリチュールの根幹にある。そして死は序列化され、〈明治天皇の死〉と〈Kの死〉が特権化される。

乃木将軍は、明治天皇に殉死し、「私」の父も臨終の床にあって「乃木大将に済まない。実に面目次第がない。いへ私もすぐ御後から」（中十六）という譫言をいい、先生も大義名分にしろ、「明治の精神」（下―五十五）に殉じる。「静」の父も日清戦争で明治天皇のもとで殉職したと考えられる。

また、先生は「Kの歩いた路を、Kと同じやうに辿つてゐるのだといふ予覚」（下―五十三）を隠さないし、「私」は（先生の言葉を差異化しただろうが）基本的には先生の心情を忖度した模倣である。確かに、明治天皇の死が登場人物の死のモデルとなり、反復・模倣され、特権化されているようだが、「静」は明治天皇の死に少しも心を動かされない。

すると夏の暑い盛りに明治天皇が崩御になりました。其時私は明治の精神が天皇に始まつて天皇に終つたやうな気がしました。最も強く明治の影響を受けた私どもが、其後に生き残つてゐるのは必竟時勢遅れだといふ感じが烈しく私の胸を打ちました。私は明白さまに妻にさう云ひました。妻は笑つて取り合ひませんでしたが、何を思つたものか、突然私に、では殉死でもしたら可からうと調戯ひました。（下―五十五）

「静」は先生の衝撃に対して「笑つて取り合」おうとしない。彼女にとっては明治天皇の死はなんら特権化されない。それでは、Kの死はどうだろうか。Kの死は明治天皇の死とは全く関係なく、その死因も謎のままであり、何ものにも還元され得ない超越的な死のようである（その「余所々々しい頭文字」自体が既に超越性を剝奪されてもいるのだが）。

奥さんは私の耳に私語くやうな小さな声で、「実は変死したんです」と云つた。それは「何うして」と聞き返さずにはゐられない様な云ひ方であつた。

「それつきりしか云へないのよ。けれども其事があつてから後なんです。先生の性質が段々変つて来たのは。何故其方が死んだのか、私には解らないの。先生にも恐らく解つてゐないでせう。けれども夫から先生が変つて来たと思へば、さう思はれない事もないのよ」

「其人の墓ですか、雑司ヶ谷にあるのは」

「それも云はないことになっているから云ひません。然し人間は親友を一人亡くした丈で、そんなに変化できるものでせうか。私はそれが知りたくつて堪らないんです。だから其所を一つ貴方に判断して頂きたいと思ふの」（上―十九）

ここでも「静」は「私」に対して「それつきりしか云へないのよ」「それも云はないことになっているから云ひません」と、Kについて語ることを禁じられている。しかし、さらに続けて「人間は親友を一人亡くした丈で、そんなに変化できるものでせうか」と述べている。つまり、奥さんは親友が一人死んだだけで人はそう変わるものではないと思っているのだ。親友の死は「変死」という好奇なまなざしによってしかとらえられていない。叔父の裏切り行為も屈折点の一つであろうが、またKの死因がなんであろうと、結局先生は親友が一人死んだだけで変わったのであってみれば、Kの死もまた「静」によって相対化されている。

反転する抑圧の構造

「死」との遠近法の中で男たちは自己を定位し、「死」を特権的に語ろうとする。しかしそれは「死」を模倣することによって行われる従属的な行為に過ぎない。[*19] 一方、「静」には死を語らせない。なぜなら、「静」の言葉は男たちの死の美学を脅かしてしまうからだ。『こゝろ』において自らは何者をも模倣せず、主体的一貫性を保っているのが「静」であり、彼女は男性のエクリチュールを侵犯し攪乱するテクストのノイズなのである。その物語内容に違和を喚起し続ける「静」という固有な存在者のノイズ（声）にさらに共振してみよう。

「私は嫌はれているとは思ひません。嫌はれる訳がないんですもの。然し先生は世間が嫌なんでせう。世間といふより近頃では人間が嫌になつてゐるんでせう。だから其人間の一人として、私も好かれる筈がないぢやありませんか」

奥さんの嫌はれてゐるといふ意味がやつと私に呑み込めた。（上―十七）

「私は嫌はれているとは思ひません」と「私も好かれる筈がないぢやありませんか」という「静」の言葉は一見矛盾しているかにみえて、実は先生を正確に把握している。先生は人間（＝男）というもの一般を恨み、人間は善人に見えても、ある時悪人に変貌するという。人間を善人と悪人に分割しても、そこには、女性の性が排除されている。また一方で、「世の中で自分が最も信愛してゐるたつた一人の人間」（下―五十三）として「静」がいる。つまり、先生は妻を人間の中の一人という一般性と、この世にたった一人しかいないという固有性との二つの分裂した相でとらえている。先生はその分裂のただ中で生き、それを言語化できずに苦悩し、死との同一化を夢みている。一方、「静」はこの先生の分裂のありようを正確に認識している。

それに対して「私」はどうだろうか。

「私に云はせると、奥さんが好きになつたから世間が嫌ひになるんですもの」

「あなたは学問をする方丈あつて、中々御上手ね。空つぽな理屈を使ひこなす事が。世の中が嫌になつたから、私迄も嫌になつたんだと云はれるぢやありませんか。それと同なじ理屈で」

「両方とも云はれる事は云はれますが、此場合は私の方が正しいのです」

「議論はいやよ。よく男の方は議論だけなさるのね、面白さうに。空の盃でよくああ飽きずに献酬が出来ると思ひますわ」

奥さんの言葉は少し手痛かつた。（上―十六）

「私」は「静」から「空つぽな理屈を使ひこなす」者として一蹴されている。「私」は「私の方が正しいのです」と言表の真偽のレベルを問題にするが、「静」は「議論はいやよ」と言う。議論に加わろうとしない者、共通のコードを持とうとしない者に、「空つぽな理屈」で相手を納得させることなど不可能であるし、逆に「静」の言葉に説得され、「奥さんの嫌はれてゐるといふ意味がやつと私に呑み込めた」のだ。「静」の言葉は確かに言表のレベルでは矛盾しているが、言葉が行為であり力であるとき、相手を未知の方向へと導くことができる。「面白さうに。空の盃でよくああ飽きずに」議論する「私」と先生の抽象的で観念的な言葉など「静」に容易に相対化されてしまうものなのだ。だから、遺書の内容を「静」に秘匿したいと先生が希求するのも無理はない。「静」にとって先生の遺書など「空つぽな理屈」でしかないからだ。

妻を純白にしたいという言葉は、今度はそうした妻の他者性を隠蔽したいという意味に置き換えることができる。先生の遺書の言葉は、人間（＝男）の苦悩の記録であったにしろ、あるいは遺書が公表されたところで、決して「静」を説得することはできない。

先生もかつてKに対して策略家として振る舞った。御嬢さん＝「静」も同じように、策略家であった。しかし、先生は「おれは策略で勝つても人間としては負けたのだ」（下―四十八）と言う。それを罪と感じているのだ。しかし、御嬢さんには罪の意識が全くない。先生はそれに密かに苛立っているかのようだ。女性の技巧、あるいはコケットリーとは、男が女性に与えた自由であり、逆に言えば、女性はそのような形でしか、無意識的にしろ、自己を表現する事ができなかったのである。女性はイエスとノー、迎えることと退けることを交互に行い、相手を未決定の動揺に陥れることによって、自身はこのいずれの一義的決定からも身を引き、これに縛られることのない、完全な自由を確保しようとする。だから、御嬢さんが策略家だから悪いと言うのでは決してない。むしろ、男性社会で生きていく上での「技術」なのである。

先生は「とにかく恋は罪悪ですよ、よござんすか。さうして神聖なものですよ」（「上―十三）と「私」に説教する。先生は「極めて高尚な愛の理論家」（下―三十四）なのだ。しかし、それは単に先生がロマンチストであるということ以外ではない。「静」は先生のような「恋愛」というロマン主義的な観念に汚染されていないのではないだろうか。ロマン主義的に恋愛しなければ、先生のように苦悩する必要も、罪意識を抱く必要はない。前作『行人』の直も水村美苗[20]が指摘しているように、一郎が前提としている恋愛と道徳、つまり自然と法という二項対立を共有しない他者である。さらに、その恋愛幻想にとりつかれた一郎ですら、「ある技巧は、人生を幸福にする為に、何うしても必要と見える」（「帰つてから」五）と述べている。

柳田國男は「恋愛技術の消長」[21]の中で、前近代のムラ社会に「自由婚姻」が実践されていたことを述べ、かつて存在した恋愛の「修練方法と、指導の機関」が今日では「各自の自修」に任せられている現状を憂いている。柳田の言うように日本の前近代的のムラに「自由婚姻」が実践されていたという事実は、もっぱら女性を封建的な家制度によって抑圧された者、受け身的存在ととらえるまことしやかな言説を相対化する視座を与えてくれる。さらに柳田は何よりも恋愛を技術としてとらえ、しかもその技術が時代によって変化することを述べている。恋愛とは人間にとって普遍的なものではなく、歴史的なものなのだ。ムラの若者や娘にとって、そして「静」にとって恋愛はロマンではなく現実との関係を取り結ぶための「技術」なのである。つまり、男たちはロマン主義的世界に生き、恋愛に対して幻想を持ち、純白か策略家なのかという二項対立を立て、奥さんを純白の中に留めおこうとしているが、「静」はその男たちの解釈体系からすり抜けている。父のいない母子家庭において、「静」や母親が、Kではなく、財産もあり婿養子として迎え入れることのできる先生を選択するのは当然といえば当然である。「静」は純白なのか、策略家なのか。それは、「静」は声を奪われているという意味で純白であり、ロマン主義の恋愛幻想に従えば、策略家でもあるというだけのことだ。

しかし、「静」はそのような問いかけそのものを無化しうる〈他者〉として立ち現われる。「静」の純白の〈白〉とは、汚れも何もないこと、あるいは無知の象徴であるより、むしろ多様な解釈を誘発する、世界の被解釈性、多義性を示しているかのようである。『こゝろ』というテクストは、「静」を抑圧することによってはじめて返す刃で、男性の言説のイデオロギー性が暴き出される。

抑圧の系譜

確かに漱石は女性を差別し、抑圧しているだろう。三枝和子はそれを「漱石の過誤」として指摘している。[*22] しかし、女性を抑圧しているテクストなどいくらでもあり、また、言語がラカンのいう〈象徴界〉に属する、〈性の政治学〉に汚染された男性的文化の言説であるとするなら、小説とはすべて男性のエクリチュールと言えないこともないだろう。実際『こゝろ』というテクストは、男性の言説が支配している。だが、漱石という作家の認識論的、あるいは素材論的レベルで女性差別を指摘するだけで留まるならば、漱石のテクストの複雑な抑圧の構造はみえてこない。『こゝろ』においては男性の言説によって抑圧されているはずの「静」が、その男性の言説・死の美学化を否認し、男性のエクリチュールに抵抗している。むしろ、女性を被抑圧者・被害者の側にのみ回収してしまう言説の政治性を問わなければならない。逆に女が男を抑圧していると言っても同じことだ。父権か母権か、抑圧されているのは男か女かといった単純な問題ではない。他者のいない世界では、差別は差別のまま留まるほかないだろう。

言いたいのは、言語ゲームを共有していない他者をそう簡単に抑圧などできない、ということだ。本人が抑圧したつもりでも、相手が抑圧と感じなければ、少なくともその人は抑圧という行為に失敗したのである。誰も自分一人だけで抑圧することはできず、他者がその言動によって抑圧されたと認知することにおいて、はじめて抑圧となる。要するに、抑圧するものが抑圧されるものよりも必ずしも強い立場にいるわけではない。そして、他者とは女性に限ったものでは決してなく、性差の問題にすべて還元すべきではない。男女の性差をめぐる二元論的なメタファー化は避けなければならないが、しかし、漱石のテクストにおいて、とりわけ男女の関係は、こうした非対称的なコミュニケーションとして現れるのが普通なのである。関係の不透明性・非対称性の認識とは、意味を前にしたときの不安、つまり、自分の言葉は相手にとって何一つとして意味をもたないのではないかという不安、あるいは相手の言葉の意味が決定できないという不安であり、何よりも重要なのは漱石はこの不安を決して隠蔽していないということなのである。より正確にいえば、この不安を隠蔽しようとしても隠蔽しきれなかったというのが正しいのかもしれない。

図式的な分析になってしまうだろうが、他の漱石のテクストに目を転じ、いかなる性差の政治が実践されているか、鳥瞰してみる。

『朝日新聞』入社第一作『虞美人草』（明治四〇年）の執筆の意図を漱石は、有名な小宮豊隆宛書簡（明治四〇年七月一九日）の中で、「藤尾といふ女にそんな同情をもつてはいけない。あれは嫌な女だ。詩的ではあるが大人しくない。徳義心が欠乏した女である。あいつを仕舞に殺すのが一篇の主意である」と述べている。藤尾は、漱石の意図通り、不慮の死というより、文字どおりの意味で憤死する。しかし、藤尾がなぜ死ぬのかよくわからない。漱石は作品内論理を無視してまで藤尾を抹殺したかったかのようである。しかし、多かれ少なかれ、藤尾のように、男たちの思惑から逃れ、自己主張する女性に嫌悪を示しつつも、その他者性を抹消し切れないところで描かれるのが、漱石の女性たちなのではないか。『それから』（明治四二年）の三千代や『門』（明治四三年）の御米はその抑圧が比較的成功した例であろう。彼女たちが静謐であるということは、言葉を奪われているということと同義である。このような女性像は、一部のフェミニストから批判されるところでもある。

しかし、沈黙、あるいは言葉の放棄が、女性の取るべき道でもある。女性の沈黙と孤立は、男の破滅をも誘発する悪意に充ちているのかもしれない。それは自己主張の抑圧、被害者としての怨念の貯蔵庫であると同時に、したたかな認識と自己肯定の根拠であり、相手を破滅させる力の源泉でもあった。

『行人』（大正元〜二年）の直の沈黙は、反転し、抑圧したはずの長野家の人たちを逆に脅かしていく。直は自らのことを必要最小限度にしか語らない。語れば語ったで相手を多義的な解釈に陥れてしまう。だから直は語らないということ、沈黙を倫理的に選択したのである。そして、寡黙な直の言葉は確実に二郎を変容させる力をもつ。兄一郎の依頼人・観察者として関わってきた二郎が、二度目の対面で直の言葉に接し「自分の最も心苦しく思つてゐる問題の真相を、向ふから積極的に此方へ吐き掛けたのだから、卑怯な自分は不意に硝酸銀を浴せられた様にひり〳〵とした」（「塵労」四）のであり、そこにおいてはじめて二郎が無媒介的に「直」という固有名と関わることになる。そしてそれは、二人の恋愛の可能性を想定させるようなロマンチックな体験では決してない、ということだ。

確かに、沈黙や狂気、或いはヒステリーを女性に振り分け、あたかも女性性の表象として抽出することは、女性の類型化に加担してしまうだろうが、漱石が貴重なのは、そのような女性の紋切り型の表象に加担しかねない小説を書く一方で、そうした小説を否認する小説群が存在しているということだ。先行の小説に対する批評性が内在している。封印したはずの女性の声に形を与えたというか、与えてしまったのが、『道草』（大正四）であり、続く『明暗』（大正五年）である。[*23]

『道草』においては、妻御住は夫健三を絶えず脅かす。知識人健三の論理は、生活者御住の論理によって徹底的に相対化される。そして、夫婦喧嘩が頂点に達し回復不可能になる一歩手前で、関係の障害の病である妻のヒステリーが起こる。ところが、それが「緩和剤」（七十八）となって、再び関係が修復されるという転倒が生じる。とにかく、健三は「世の中に片付くなんてものは殆んどありやしない。一遍起つた事は何時迄も続くのさ」（百二）と苦々しく呟きながら、二人はささくれにみちた関係をどこまでも生き続ける。

遺作『明暗』は、病気の男たちに代わって健康な女たちが活躍する物語である。『明暗』の世界は、女性たちが広義の意味でのファルス（言葉・権力・貨幣……）を行使する。それに関連づけていえば、津田の痔瘻（穴痔）というのも実に象徴的な病である。去勢された身体といえようか（第二章第一節参照）。

こうして、漱石は絶えず、恐れる男と恐れない女といった非対称的なコミュニケーションの世界の中で描き続けた。確かにそこは、女性を差別する言辞に溢れた性差の政治学に汚染された言説空間ではある。たとえ、差別の構造が反転し、男たちを脅かす者として、女性が立ち現れてきたとしても、差別の価値体系それ自体は温存されたままであることには変わりない。

しかし、ここまでの論述で少なくとも漱石を、差別するフェミニストと呼ぶことは許されるのではないだろうか。

四　漱石と「大逆」事件論争の行方

特権的作家の遇し方

今日において漱石批判はどのようにして可能なのだろうか。自戒を込めて言うのだが、「国民作家」漱石の「文学」の政治性を暴き出し、漱石を相対化するという強迫観念によって、逆に漱石をデーモン化してはいないだろうか。これは、漱石研究に限らず、ある種のカノン批判、文化研究には、その意図に反して、結果として「文学」を絶対視してしまうような反転が起きている。もちろん、漱石が批判に値する特権的な作家であることは間違いないが、問題は批判の方法である。どうでもいいようなテクストの見やすいイデオロギー性など批判しても仕方がない。かといって漱石がナショナリズムやコロニアリズムを批判する視座を提供しているという形で漱石を免罪するのも問題があるだろう。特権的な作家をどのように遇すればいいのだろうか。

坂口安吾も特権的な作家の一人である。竹松良明[*1]は、文学研究の旧態依然たる縦割り志向の象徴として、坂口安吾や横光利一などの近年発足した個人作家の研究会を挙げ、批判している。「横割りに、より広範な諸領域へと触手を伸ばし、自在な横断を試みようとする、すぐれて現代的な方向性」に比して、「個人作家に対する求心的な志向には、他の領域からの雑多な介入や豊富な示唆を横目で睨みながらも、ひたむきに日本文学の本源的なものに純一に結びつこうとする止みがたい思いが厳在」しているのだと言う。確かに竹松の指摘するようなファン・クラブ的性格の強い研究会がないわけではない。論者の属している宮沢賢治学会はそれに近い。

だが、「横断」とか「差異」を称揚しつつ、特定の作家なり作品なりを特権化してはいけないという見方はもはやクリシェである。文学研究をほかの例えば、社会学や歴史学等の領域と接続させていく試みがさまざま行われ、そうした文化研究は、「カルスタ」「ポスコロ」といった名称で今や揶揄されるまでに主流となってきた。「文学」の政治性が問題になってから既に久しく、逆に「ひたむきに日本文学の本源的なものに純一に結びつこうとする止みがたい思い」を素朴に抱いている研究者など少数だろう。ここで問題としたいのは、「文学」批判の文脈の中から、逆説的な形ではあれ、形を変えて「日本文学の本源的なもの」＝天皇が回帰しているという現象である。そうした問題を漱石と「大逆」事件をめぐる論争を取り上げて見ていきたい。

論争の経緯

論争は、高橋源一郎による絓秀実『「帝国」の文学――戦争と「大逆」の間』（二〇〇一年、以文社）の書評[*2]に対し、絓が、「批評空間」のウェブサイト「Web CRITIQUE」（http://www.criticalspace.org/special/）上で、反論するところから始まる（「高橋源一郎〈「大逆」と明治〉へ」二〇〇二年一月七日）。以降、同サイト上で、大杉重男、浅田彰、渡部直己、佐藤泉が論争に加わることになる。

絓と高橋の争点の一つは、漱石の大逆事件に対する態度をどう見るかという点にあった。大杉が「夏目漱石という『俗情』――絓秀実と高橋源一郎について」（二〇〇二年三月二五日）の中で、的を射た要約をしているので、そのまま引用する。

高橋と絓の対立点は、夏目漱石が大逆事件について直接には一言も言及していないにもかかわらず、「思い出す事など」等において間接的にそれについてほのめかしていることの意味である。高橋は「漱石が知っていたのは、「大逆」について、直接言及することは、この散文ではできない、ということだ」と、そのことをプラスに評価する。漱石が大逆事件に直接触れたら、島崎藤村や田山花袋のように非文学的な「ぎこちないもの」しか書けなかったろうから、漱石は文学を愛する良心的な「作家」として、文学的完成のために大逆事件について沈黙したというわけである。これに対して、ラカン風の精神分析の枠組を使って「思ひ出す事など」を綿密に読む絓は、漱石が北白河宮との面会を断ったこと（小さな「大逆」）の罰として大患を患い、宮からの許しの手紙（正確に言えば宮の許しの言葉を伝える松根東洋城の紛失した手紙）とほぼ同時に恢復して天恩を感謝すると読むことのできるそのストーリーに、天皇から「恩赦」を受けて則天去私（天皇に則って私を去る）を誓う「国民作家」漱石のみじめな姿を見て取って漱石を批判する。

高橋のレスポンス「絓秀実氏の批判に」（二〇〇二年一月二四日）は、絓が再反論（「高橋源一郎のレスは、あまりにも愚劣かつ恥知らずである」二〇〇二年一月二六日）しているように、確かにおそまつであり、生産的な議論になっていない。しかし、この論争に大杉（前掲）が介入してくることで、がぜん面白くなってくる。まず、大杉は、絓と同様に、絓の書評を書いた漱石研究者（石原千秋・佐藤泉）が漱石と「大逆」事件問題に触れなかったことを問題にして、見解を明らかにするように求める。さらに渡部直己、浅田彰、柄谷行人にも応答責任を求めた。とりわけ、渡部の『不敬文学論序説』（一九九九年七月、太田出版）は、漱石を「不敬小説」家として特権化しているわけだから、絓の主張と対立するはずであり、絓の批判に答えないならば、そこに「俗情との結託」を認めてしまうと言う。

大杉の論争参加の呼びかけに賛同した浅田彰（「大杉重男に同調して討議への参加を呼びかける」二〇〇二年三月二一日）は、編集者としての立場から高橋と絓の論争そのものには言及しなかったが、直接的であれ、間接的であれこれほど天皇について語ることが流行していること自体が異常だと指摘している。しごく、真っ当な感想である。

そしてここからは、主として大杉と渡部との論争へとシフトしていく。渡部（「大杉重男と浅田彰の『呼びかけ』に接して」二〇〇二年三月二八日）も、絓と二人がかりで、漱石が「大逆」事件に対して沈黙を守ったという「国文学界」の定説を破ったのに、それを「黙殺」する研究者たちに憤りを示す。だが、渡部の『こゝろ』のK＝幸徳秋水（＝管野スガ

=桂太郎=絞首刑）説や、絓のK＝キング説に代表される「王殺し」「父殺し」でなんでも説明してしまう性急さ、さらにはいたるところにファルスを見出す論法（和歌「五・七・五・七・七」の「七・七」＝管野スガの鼻＝『明暗』における痔＝ファルスなど）が、説得力があるとはどうしても思えない。「黙殺」するのがいけないなら、そんな説は馬鹿馬鹿しくて話にならないと言えば済むまでだ。既に、小谷野敦[*3]が、『こゝろ』のKが幸徳秋水だのキングだのといった議論は「正視するに堪えない馬鹿馬鹿しさ」であるという批判をしているのである。

しかし、絓は、その小谷野の論文を注釈で引用し、「天皇制とは、その『馬鹿馬鹿しさ』それ自体のことではないのか」と開き直り、「Kとは誰かという問いへと多くの者が必然的に誘われること自体が、天皇（制）的なのであり、その問いを回避して『正解』だけを抽出することは不可能である」と述べているのだが、これは回答にはなっていない。Kというイニシャルは誰なのだろうかと思って読んでいるのは、むしろ少数で、誰もそんなに気にしていないし、ここで言われている「正解」が何を指しているのかも不明である。

確かに、鎌田哲哉が書評[*4]で評価しているように、ラカンやジジェクを参照しなければ、とりわけ、第七章「漱石と天皇」の「修善寺の大患」が「大逆」事件の反復であることを「思ひ出す事など」の精密な読解を通して明らかにした箇所は説得力があり、進歩派的漱石像批判としては有効だと思う。かつて丸谷才一は、『こゝろ』の先生の罪意識の背後には徴兵忌避への負い目が隠されていると指摘したことがあるが、これに「大逆」事件の負い目を加えることで、「国民作家」批判の視座はいっそう明瞭になるであろう。

小谷野とは対照的に大杉（「辻仁成など知るか――渡部氏への応答」二〇〇二年五月一一日）は、渡部の説に対して誠実に反論している。渡部が絓との「連帯」の効用を重視するのに対して、大杉は両者の間に「漱石が天皇制に屈服したかどうかをめぐって決定的な差異」があると反論する。さらに大杉が絓の影響を受けていると言う渡部の指摘に対しては、絓との差異を次のように説明している。

絓氏は天皇と文学という単一的問題圏の中で天皇との関係を特権化しているが、私の漱石批判において天皇の問題は（無視はできないにしろ）その他の多くの問題の中の一つに過ぎない。漱石と漱石をめぐる表象には一つではなく複数のイデオロギーがからみついており、それに対しては単一的ではなく複数的でポリフォニックな批判が必要である。

大杉のこの立場には全面的に賛同する。そして大杉は、一連の「アンチ漱石——固有名批判」（『群像』二〇〇〇年一一月〜二〇〇一年一〇月）においてそれを実践している。ただ、「大逆」事件と「修善寺の大患」とを関連づける際に、大杉は絓とは逆に、天皇＝漱石に反逆したのは、幸徳秋水＝漱石の胃だというアナロジーで説明しているが、これは絓論を前提にした絓批判のためだけの解釈である。また、現在の言説空間の中で漱石をけなすのはまずいといった「俗情との結託」が行われているという大杉の認識には賛同しかねる。漱石批判の論文を書くことを抑圧するような条件があるとは思われない。漱石神話がいかに形成されたのかを批判的に検討した論文もそれなりにある。漱石神話批判が漱石神話を強化するというのなら、漱石を無視すればいい。既に漱石の大半が凡庸なテクストであると公言している研究者もいるのである。[*5] もちろん、大杉の「アンチ漱石」は、漱石を読まないというある意味で安易な「最終解決」を目指さない形で行なわれた貴重な試みであるが、やはり、漱石＝天皇の図式の採用は、思考を限定してしまう。

二〇〇二年度からの小中学の教科書から漱石や鷗外が消えることに象徴されているように、これからは漱石だけでなく、いわゆる「純文学」が読まれなくなるのは確実である。『文学界』（二〇〇二年五月）で「漱石・鷗外の消えた『国語』教科書」特集が組まれ、浅田彰が「教科書は保守反動として屹立すべきもの」「国語教育では古典（子規や漱石といった近代の古典を含む）を叩き込めばいい」とコメントしているが、その通りだと思う。保守反動の国語教育・文学史があってこそ批判しがいがあるというものである。これは言い過ぎだが、要するに漱石が以前ほどのカノンではなくなってきているという現実がある。さて、大杉の渡部批判は一貫しており、最大の違和感として「文学批判を言いながら文学を過剰に特権視するその姿勢[*6]を指摘している。つまり、渡部の『不敬文学論序説』は、「優れた文学は天皇制に抵抗する」という「文学性善説」（?）を暗黙の前提としているということだ。

実はこれは、絓にも当てはまるし、中山昭彦[*7]が既に絓の『日本近代文学の〈誕生〉――言文一致運動とナショナリズム』（一九九五年、太田出版）にみられる「文学主義」を批判している。文学上の言文一致の達成を過大評価し、〈文学〉が国民国家形成の不可欠な要素だという紋切り型に囚われている点をそう呼んだのであった。

公平を期するために、絓の反論[*8]も紹介しておく。「文学批判」が「文学」否定でないという意味で、中山の言う「文学主義」を認めつつ、「文学」の周縁的なジャンルや作品を論じる、カルチュラル・スタディーズやポストコロニアルズム等のやり方は、むしろ「文学」を隠蔽してしまう危険性があると指摘している。この主張自体に対しては論者も賛成である。

さて、渡部は大杉の批判に応えて、絓との対立点と絓論の問題点を、①「もの」を見出す分析観点の「貨幣」的性格、②分析手法の「香具師」的色彩、③〈一穴〉至上主義の三点に即しつつ、示す。[*9]要するに渡部は絓のラカン＝ジジェク的な観念性を指摘し、「部落民」も「天皇」も「小説」も「女」も管野スガの「鼻」も、島崎藤村『破戒』のルビや「口絵」、田山花袋『蒲団』の染み、徳田秋声『黴』に多用されるオノマトペまでが、すべて「もの」や「対象a」に回収されてしまうことで説得力を失っていると批判する。

大野亮司も絓の書評[*10]で同じようなことを指摘している。抑圧・隠蔽された「もの」が回帰するというラカン＝ジジェク図式ですべてを説明してしまうために、あらゆる「もの」が代入可能となり、いつの時代も同じ物語を反復し、ミクロで重層的な歴史が消されてしまうということだ。

天皇制は抽象的に語ってはいけないし、メタファーとして濫用してもいけない。天皇制を神秘化するだけだ。その意味では、具体的な描写対象としての天皇と小説の関係を問題にしている点において、渡部の素材主義的天皇制批判の方がまだ有効である。だから、絓の傍証を積み重ねながら「思ひ出す事など」の「大逆」事件への間接的言及を分析した箇所は説得力があるのだが、天皇とは何の関係もなさそうな文学作品のみならず、文壇的人間関係にまで「王殺し」「父殺し」のメタファーを用い、そこここに、「大逆」事件や天皇の鏡像が写っていると指摘されると、天皇を遍在させることで逆に天皇をデーモン化しているように感じてしまう。

悪しき近代主義

最後に論争のとばっちりを受けた佐藤泉の応答（「編集部への返事」二〇〇二年四月二五日）に触れておきたい。佐藤の絓の書評[*11]は、絓の文学史のハイライトを管野スガの「大逆」に代表させ、八〇年から九〇年代へと至る天皇論の系譜に位置づけようとしたものである。絓は、管野スガの隆鼻手術の失敗にこだわり、管野スガを導入できた小説が、「帝国」の文学を超越できる可能性があると言っているのだから、佐藤が「大逆」できなかった漱石について触れていないというのは、絓の言いがかりに過ぎない。

論争への応答の中で佐藤は、八〇年代に文芸評論の間で流行した天皇論＝物語論は、あらゆる日本型のシステムを天皇制で説明してきたと述べ、絓のシニフィアンの戯れによる天皇論も暗に八〇年代的な歴史性を欠いた天皇論とみなしているようだ。そして、九〇年代前後からは、天皇制が近代的な権力であることを明らかにした研究が出てきて、漱石研究も、漱石がいかに「国民作家」になっていったかを検証する方向にシフトしていき、「臣・漱石」と言われて傷つくような漱石研究者はほとんどいないと言う。確かにその通りである。

だが、天皇制を近代の産物といって済ますわけにはいかない。昨今の国民国家論と同じで、なんでも近代のフィクションだと言ってしまうことも、乱暴な議論になる。明治政府の政策によって天皇崇拝のイメージが強化されたことは間違いないが、天皇制を支える素地はそれ以前からあり、少なくとも近世との連続性を考える必要があるだろう。なんでも近代から出発するのは、悪しき近代主義である。確かに、天皇制や天皇家の文化や伝統が明治以降に創造＝

捏造されたという領域はあったと思うのだが、「古典文学」のリサイクルはともかく、「近代文学」がどれだけそれに介入しえたのかは疑問である。少なくとも、単一のイデオロギーには回収できない、錯綜体としての文学を前提にすべきだろう。

漱石が進歩派なのか、保守派なのかといった二者択一的な議論に収束しないためにも（絓の意図もそうした議論が、「国民」内部のヘゲモニー闘争に過ぎないと批判するところにあったのだが）、あまりにも短絡的に天皇と漱石を結びつけるような過度の政治的読みは再考すべきだろう。漱石批判はいかにして可能か。まずは、なぜ漱石をなぜ天皇を、しかも、今、文学研究の場で批判しなければならないのかを改めてとらえ直すところから始まるだろう。

第二章　病と死の修辞学

一　〈痔〉の記号学——夏目漱石『明暗』論

病をめぐる言説

周知の通り『明暗』は津田の診察の場面から始まり、医師から「根本的の手術」（一）が必要なことが告げられる。入院と手術、そして術後の温泉場での療養と、小説は津田の病の経過を重要な契機としてプロットを構成している。ところで、津田の病名は何だろうか。明示されてはいないが、テクストを読む限り津田の病気が痔であろうことは容易に推測できるし、漱石自身の痔の治療体験からもそれは傍証できる。日記によれば漱石は大正元年九月二十六日、神田にあった東洋肛門病院（日記では佐藤病院）で痔瘻の切開手術を行っている。そして、入院中の日記の記述がかなり忠実に小説に利用されている。しかし、問題は素材論にとどまるものではない。重要なのはテクスト内部における「痔」という病の連鎖的な意味作用である。

大岡昇平が「大正五年五月二十六日、朝日新聞紙上で読んだ読者、または少年の私は、痔なんて漱石らしくないきたない話から始めたな、と思った」[*1]ように、下半身の病である痔とは文学の題材とはなりにくいものなのである。なぜあえて、漱石は津田の病を痔に設定したのか、その意味作用を考察することはあながち無駄であるとは思われない。また、津田の通院する「医者の専門が、自分の病気以外の或方面に属するので、婦人などはあまり其所へ近付かない方が可い」（十二）病院で、以前彼は妹婿の堀や旧友の関と会い、彼らが「ある特殊な病気」（二十九）に感染していることが示されてもいる。お延の叔父である「むく〳〵と肥え太つた」（六十）岡本は糖尿病であり、清子は流産して温泉場に病後の療養に来ている。さらに、吉川夫人はお延という「禍の根」を「療治」（百三十四）しようと企てているように、病をめぐる隠喩で語る。医者は津田に「根本的の手術」の必要性を説くが、津田の過去のわだかまりを根本的に解決するためには、清子と直接会うしかない。その対面の機会を用意した吉川夫人は医者の立場に擬することができる。

このように『明暗』には、病に関する記述が頻出する。漱石のおびただしい病歴がそこに少なからず反映しているのは事実であろう。しかし、それを従来のように病跡学的方法等によって、漱石の精神史を浮かび上がらせようとするのではない。病を単に身体の症状や変調に限定するのではなく、病にまつわる隠喩、もしくは換喩的な連鎖的作用をテクストを貫く一つの力学として抽出したい。『明暗』というテクストは病をめぐる言説が一つの記号体系を形作っているのだ。本節は、病の言説を端緒として比喩論的にとらえうるテクスト世界の修辞学を目指すものである。

比喩としての病

ところで、比喩には基本的には、隠喩（メタファー）・換喩（メトニミー）・提喩（シネクドック）の三種の方法がある。隠喩とはある語が意味の〈類似性〉によって連想される性質を移しかえる方法で、レトリックの中心的な方法とみなされてきた。[*2] 先の例でいえば、お延を患者に見立て、妻らしく教育することを「療治」ととらえる吉川夫人の思考法は広義の隠喩的用法である。

隠喩が類似性に基づく比喩であったのに対して換喩は、二つのものごとの隣接性に基づく比喩である。対象と別の対象との隣接性のほか、対象の全体と部分との関係、容器と内容、さらに、原因・結果、所有者・被所有者の関係も隣接性に含めることができる。例えば、津田の病の全体的な状況を、その特徴的な細部（＝穴）のみで代表して表現する方法は換喩的であろう。

換喩の全体と部分の関係が現実的な隣接性であるのに対して、提喩は、意味の大小、すなわち種と類、特殊と一般に関する比喩である。例えば、「下らない病気」（類）で「痔」（種）を表すのが提喩である。その意味では、提喩と隠喩が語句の意味的な〈類似性〉に基づく比喩であり、現実的な共存的〈類似性〉に基づく換喩と対立する。

もちろん古典的な修辞学では、提喩を換喩に内包したり、あるいはそれに近いものとして認識されたりしてきたし、グループμは、提喩が比喩表現の基本であり、換喩も隠喩も基本的な提喩を組み合わせた合成形式であると主張しており、[*3] それぞれの比喩の定義は厳密に確定しているわけではない。とりあえず、ここでは比喩の基本には隠喩や提喩のように語の〈類似性〉に基づくものと、それとの対比で換喩のように語の〈隣接性〉によるものがあるという点のみを確認しておきたい。

この類似性に基づく隠喩（メタファー）と隣接性に基づく換喩（メトニミー）というレトリックは、ソシュールの〈範列関係〉と〈統辞関係〉に独自の解釈を与えたロマーン・ヤーコブソンによって、言語学以外の文化や作家の様式にも適用され、彼によれば、メタファー型のクラスには、抒情詩、ロマン主義及び象徴主義の作品などが、メトニミー型には、叙事詩、写実主義の小説などが属する。なぜ写実主義の小説が換喩的かといえば、「写実主義の作家は、隣接的関係をたどっていき、すじから雰囲気へ、人物から空間的・時間的な背景へと、換喩的に離脱していく」からだ。[*4] 確かに、メタファーを範列の次元、メトニミーを統辞の次元で対比すると『明暗』は、ヤーコブソンとはまた違ったレベルでメトニミー型ということができる（ヤーコブソンの定義の問題点については次節参照）。『明暗』は統辞的なもの（文中に現れている語と語の関係）が範列的なもの（文中に現れていないが、使われている語から喚起されるほかのイメージの帯）より勝っている。つまり、テクスト内の語の連鎖（描写）によって、ステレオタイプ化した隠喩性（物語内容）を否認しているということだ。

津田の病名は明示されず、単に「病気」あるいは「下らない病気」（百十五）という普通名詞で示され、堀や関の病気も「ある特殊な病気」と提喩による一般化が行われている。明治期においては性病は花柳界で蔓延したことから花柳病とも呼ばれていたように、津田と同じ病院に通院する「此陰気な一群の人々は、殆んど例外なしに似たり寄つたりの過去を有つてゐるものばかり」（十七）なのである。公にはばかられる病名であったためにその特殊な病名が明示されなかったと考えられるのであるが、これだけの微細な文彩特徴だけならとりたてて問題とする必要はないだろう。ところが、テクスト全体の構成において、隠喩的な統辞関係が認められるのである。

早くから『明暗』冒頭部の医師と津田との病をめぐる対話の重要性は指摘され、未完の結末を予示するものとされてきた。小宮豊隆は、津田の精神上の病気はお延の行為によって「根本的の手術」を受けるだろうと予想し[*5]、唐木順三も「津田の精神更生記」として『明暗』をとらえている[*6]。それに対して平野謙は、津田のような軽薄な男には「心機一転」や「精神更生」は到底考えられず、むしろ錯綜する人間同士のエゴを問題としている。平野はその根拠の第一として津田の病根を回復不可能な「結核性」のものとみている[*7]。

いずれにせよ、津田の病が具体的になんであろうととにかく負の属性を帯びた津田が完全な人間として立ち直れるかどうかが従来問題とされてきたわけである。つまり精神と身体を二分し、身体を精神に従属させる形而上学に支配されていた。精神を肉体になぞらえる安易な隠喩化に彼らは加担していたわけだ。『明暗』はむしろ身体に精神が従属しているような身体論的世界なのであり、重要なのは津田の心の病なのではなく、病の形態そのものであり、その意味作用にほかならない。

「もし結核性のものだとすると、仮令今仰しやつた様な根本的な手術をして、細い溝を全部腸の方へ切り開いて仕舞つても癒らないんでせう」

「結核性なら駄目です。夫から夫へと穴を掘つて奥の方へ進んで行くんだから、口元丈治療したつて役にや立ちません」

津田は思はず眉を寄せた。

「私のは結核性ぢやないんですか」

「いいえ、結核ぢやありません」

津田は相手の言葉にどれ程の真実さがあるかを確かめやうとして、一寸眼を医者の上に据ゑた。医者は動かなかつた。（一）

津田は顕微鏡で見た細菌を思い出し、自分の病が「結核性のもの」ではないかという不安に駆られる。コッホによる結核菌の発見は一八八二（明治一七）年であり、明らかに津田は結核が結核菌による伝染病であるという医学的知識を前提にしている。そして、言うまでもなく津田が結核性にこだわるのは、それが死にいたる病であるからだ。しかし、医者は結核性をきっぱりと否定する。ではなぜ小説の冒頭に津田の病が結核性でないということがわざわざ明記されなければならないのか。津田が結核ではないということの意味は重大である。もし、津田が結核に冒されていたとしたら、『明暗』は全く異なった展開をみせたであろう。津田の病は結核ではあってならない。あくまでも痔でなければならない。

病が文学の題材となることはままあることである。とりわけ、結核とロマン派の文学の関連はよく知られている。スーザン・ソンタグによれば、西欧では十八世紀中葉までに、結核はすでにロマンティックな連想を獲得していた。死にいたらしめる恐ろしい災厄であると同時に「結核は繊細さ・感受性・哀しみ・弱々しさの隠喩的等価物」[*8]であった。日本においては徳冨蘆花『不如帰』（明治三三年）が、結核によって美しく死んでゆく浪子をヒロインとして造形した。この小説の反響は大きく、結核菌さながら伝染し、多くの亜流を生み出し、一つの文芸潮流が形作られる。[*9]時代が下って『不如帰』とは直接的な影響関係はないものの、逗子・湘南・軽井沢などを舞台に、堀辰雄をはじめとして結核系のロマンティックな文学が登場してくる。結核が現実には悲惨な病であることとは関係なく、文学においては優雅な貴族的なイメージとして流布することになる。初期の漱石の作品『野分』（明治四〇年）に登場する作家志望の高柳青年は、肺結核に冒され、友人の中野の援助で療養に出かける手はずになっていたのに、彼の師である憂国の士、白井道也の原稿をその援助のお金で買い取る決心をする。この煩悶する青年が、結核というロマン派的熱病に冒されていたという設定は、いかにも時代の雰囲気を感じさせる。

ところが、このような結核にまつわる隠喩的意味と俗物的な津田のイメージは重なるはずもない、というより『不如帰』系の「結核の文学」が招き寄せてしまう感傷性や死の美化を見事なまでに否認している。テクストは、結核にまつわる安易な隠喩的イメージを易々と受け入れるということをしない。そこにこそ、何ものへも還元されえない『明暗』という小説の固有性と批評性を見るべきであろう。

ところで、日本人には痔疾が多いとされている。繊維性植物を多量に摂取し排便量が多いこと、座位式の生活様式、便所の構造が排便体位に不適であることなどが痔の多発悪化の原因といわれている。かつての日本人が、いかに痔に苦しんでいたか、ということは想像するまでもない。したがって、古くからほとんどの医学書は痔について触れている。[*10] しかし、手術と入院は必要とするものの痔は死を予感させるような恐ろしい病でもなく、日常生活を根底から揺さぶらない程度の病気である。しかし、不治の病ではないにしても、なかなか完治しない。津田の病も去年の再発であり、さらに「根本的の手術」をしてもまた切らなければならない可能性がある。

本式の事実は彼の考へる通りにも行かなかつた。彼と医者の間に起こつた一場の問答が其辺の消息を明かにした。


「是が癒り損なつたら何うなるんでせう」

「又切るんです。さうして前よりも軽く穴が残るんです」

「心細いですな」

「なに十中八九は癒るに極つてます」

「ぢや本当の意味で全癒といふと、まだ中々時間が掛るんですね」

「早くて三週間遅くて四週間です」（百五十三）

穴があいたらまた切らなければならない。しかも、括約筋を完全に切りとられたら津田は美男子にはにつかわしくない、全く垂れ流しの汚物にまみれた人間になってしまう。結核のように死と生、あるいは感受性に関わる病ではなく、美醜に関わる病なのだ。それ故に病名は明示されずに「病気」という普通名詞でしか表象されない。つまり、津田の病の回復＝精神の更生という隠喩としては語りえないし、津田の病は死をロマンチックに美化することもできない。

ところで登場人物たちは病をどのようにとらえているのであろうか。彼らは病を隠喩的に語る。つまり、「病という意味」[*11]に侵されている。彼らは、病気が客観的に存在しており、その病根を見出せば治療可能であるという近代医学の知的制度に無意識のうちに依拠している。『明暗』においては吉川夫人がその病気の原因論的認識者であろう。つまり病気を生じさせるものは悪でありその悪を除去しようという神学の世俗形態に支配されているともいえる。「あらゆる疾病とほとんど没交渉な」（二十八）津田の叔父の藤本は、近代医学の知識を持ち合わせてはいないが、「疾患は罪悪だ」（二十八）と考えている点において、吉川夫人と病の隠喩的使用法は一致する。一方、小林は「人間は金が無いと病気にや罹らない」（二十八）と述べているように、病気が客観的に存在しているのではなく、金持ちの贅沢品とみなしている。現に下層階級に属している小林や藤本は健康である。反対に津田をはじめとして、お延の叔父にあたる裕福な暮らし向きの岡本は、糖尿病にかかっている。まさにテクストの病をめぐる言説によって登場人物の身体そのものが統御され、言語化されている。

それでは、津田自身は病をどのように隠喩化しているのだろうか。「此肉体はいつ何時どんな変に会はないとも限らない。それどころか、今現に何んな変が此肉体のうちに起りつゝあるかも知れない。さうして自分は全く知らずにゐる。恐ろしい事だ」「精神界も同じ事だ。精神界も全く同じ事だ。何時どう変るか分らない。さうして其変る所を己は見たのだ」（二）と言う。津田自身の突然の身体の変調と清子の心変わりの類似性を、重ね合わせている。

手術は局部麻酔によって行われた。その時の津田の意識は「自分の肉体の一部に、遠い所で誰かが圧迫を加へてゐるやうな」「説明の出来ないやうな」（四十二）不安なものであった。実生活において津田に遠い所で説明できないような圧迫を加えていたのは清子であることは言うまでもない。疼痛と精神の痛手が重ねられている。この意味では、津田も精神と肉体を二分法的に分節化し、精神に従属するものとして肉体を隠喩化している。しかし、そうした隠喩化を津田の身体自身が裏切ってもいるのだ。

手術後局部に起る変な感じが彼を襲つて来た。それはガーゼを詰め込んだ創口の周囲にある筋肉が一時に収縮するために起る特殊な心持に過ぎなかつたけれども、一旦始まつたが最後、恰も呼吸か脈搏のやうに、規則正しく進行して已まない種類のものであつた。

（中略）

最初に肉が縮む、詰め込んだガーゼで荒々しく其肉を擦すられた気持がする、次にそれが段々緩和されて来る、やがて自然の状態に戻らうとする、途端に一度引いた浪が又磯へ打ち上げるやうな勢で、収縮感が猛烈に振り返してくる。すると彼の意志は其局部に対して全く平生の命令権を失つてしまふ。止めさせようと焦慮れば焦慮る程、筋肉の方で猶云ふ事を聞かなくなる。――是が過程であつた。（九十三）

手術後の局部に起こる収縮は、「やがて自然の状態に戻らうとする、途端に一度引いた浪が又磯へ打ち上げるやうな勢で、収縮感が猛烈に振り返し」、「彼の意志は其局部に対して全く平生の命令権を失つて」いる。ここでは、津田の身体は意識や精神に従属していない。病んだ身体は津田にとっての異物であり、統御不可能な〈他者〉なのである。そして、あくまでも津田の病は「下らない病気」なのであり、精神の苦悩と拮抗できるような代物ではない。そもそも津田の精神的苦悩もたかが知れている。

前述したように津田の病は、治り損なう可能性もあり、その時はまた切らねばならず、全癒には時間がかかる。切っても切っても同じ様な穴＝空虚が横たわっている。津田の痔疾とは、死にいたる病ではないゆえに、絶望することもできず、かといって完治することもままならない再発の可能性の高い病であり、したがって清子との再会を機に津田があらゆる意味で更生するというような予定調和的な終わりは想定できない。また、津田が更正しようがしまいが、悲劇的結末を予想しようがしまいが、いずれにせよ津田という主体を中心化して線条的に読むことはできない。津田の主体性でなく、津田の身体性こそ問題にしなければならない。もちろん津田の病の意味を単に〈痔〉にまつわる一般的な負のイメージにのみ回収するつもりはない。さらに重要なのはテクスト内部における病をめぐる言説の比喩論的な相互連関である。

〈穴〉の隠喩的連鎖

津田の病の意味作用は、単純化すれば病にまつわる文学の美学化を相対化していく。そればかりではなく、換喩的に提示される病の形態は、様々な類似に基づく隠喩系列を形作り、それがテクストの展開を促す力学となっている。つまり、冒頭の〈腸〉〈穴〉をめぐる言説にはじまり、その中心が穴それ自体である〈指輪〉が召喚する愛と金をめぐる言説、さらに津田の訪れた温泉宿の迷宮的構造は、〈穴〉だらけの〈腸〉の迷宮と呼べるような津田の身体の反転された様相を呈する。

小森陽一は、「不在の〈愛〉という穴と、不在の〈金〉という穴を埋めるための、『指輪』という穴」と、さらには腸の穴という津田の身体的な病を重ね合わせながら、そこに「穴による穴の隠蔽という」「周到に企まれたイロニカルな構造」を読み解いている。[*12] しかし、津田の病に重ね合わされているのはそれ以上に温泉場の空間、さらにそこに居る清子のように思われる。

靄とも夜の色とも片付かないもの、中にぼんやり描き出された町の様は丸で寂寞たる夢であつた。自分の四辺にちら〳〵する弱い電燈の光と、その光の届かない先に横はる大きな闇の姿を見較べた時の津田には慥に夢といふ感じが起つた。

「おれは今この夢見たやうなもの、続きを辿らうとしてゐる。東京を立つ前から、もつと几帳面に云へば、吉川夫人に此温泉行を勧められない前から、いやもつと深く突き込んで云へば、お延と結婚する前から、——それでもまだ云ひ足りない、実は突然清子に背中を向けられた其刹那から、自分はもう既にこの夢のやうなものに祟られてゐるのだ。さうして今丁度その夢を追懸けやうとしてゐる途中なのだ。(百七十一)

医者は津田を診察し、行き止まりだと思っていたのが穴が腸まで続いていたと言う。このような行き止まりの先にまだ奥があるという津田の身体的な病気が、温泉場の町の「光の届かない先に横はる大きな闇」(百七十一)と二重写しになる。温泉場の停車場に降り立った時、「津田には慥に夢といふ感じが起」(百七十一)こる。さらに津田は「今この夢見たやうなもの、続きを辿らうとして」、つまり、「突然清子に背中を向けられた其」過去へと遡行しようとしている。あたかも腸の奥の暗い病巣を探しに行くかのようであり、過去のトラウマと病状が重ねられている。津田の身体空間が、反転した世界が温泉場なのであり、その意味では、津田の身体と温泉場は類似的照応関係を取り結んでいる。この津田の身体化された温泉場に津田自身入り込むことになるわけであるから、津田の身体と温泉場は、津田自身が部分でありかつ全体であるような、部分と全体の隣接性によって関連しているともいえる。

また、津田の着いた宿は「案内を知らないものは迷子にでもなりさうな」(百七十二)複雑な作りをしていた。実際津田は宿の廊下を迷路のようにさまようことになる。痔瘻は俗にあな痔とよばれるもので、化膿によって瘻管(トンネル状の管)が生じ、肛門の内外に交通をもつようになったものである。中には結核によって生じることもあり、津田が結核性でないかと疑うのも、理にかなったものである[*13]。つまり、「細い溝を全部腸の方へ切り開いて仕舞」(一)わなければならないほど、複雑に穴が開き、トンネルを作っている。津田はうがたれた穴をもつ迷宮的病巣をさまようかのように、温泉宿で迷子になる。

しかし、この汚物にまみれた身体の迷宮は、反転させられ清水のイメージに変形された迷宮と化す。温泉宿の近くには滝があり、谷川が流れている。津田が宿の廊下に迷い洗面所に突き当たり、そこには「きら〳〵する白い金盥が四つ程並んでゐる中へ、ニツケルの栓の口から流れる山水だか清水だか、絶えずざあ〳〵落ちるので、金盥は四つが四つとも一杯になつてゐるばかりか、縁を溢れる水晶のやうな薄い水の幕の綺麗に滑つて行く様が鮮やかに眺められた」（百七十五）のである。そして、津田が清子に会うのはほとんど夢の世界、異次元の世界であり、津田の日常世界が明の領域だとすると、温泉場とは魔所に住む美女という神話的世界に通じるような非日常的な暗の世界である。この二つの世界は見事なまでに反転している。では、この「明」と「暗」の世界はどのように関連し合っているのか。

〈男／病気〉と〈女／健康〉の言説

『明暗』は、津田の痔の手術と入院に始まって、温泉場への療養へと場面は展開していく。津田は会社を欠勤し、日常の労働の場である男社会から遠ざけられている。また、身体を病んでいるのは清子を除けばすべて男であり、しかも堀や関は作品には登場してこない。主体性のない津田や病んでいる男たちとは対照的に生き生きと活躍するのは、女たち、お延やお秀、それに吉川夫人である。それに、彼女たちはよく喋る。確かに、津田の友人である小林は存在感をもって描かれている。津田の叔父の藤本も病気と縁のない男ではある。しかし、彼らは、中、上流階級、男社会から疎外された下層階級であるからにほかならない。このように考えると『明暗』の世界は女性社会であるとまずは規定できる。漱石はしばしば恐れない女と恐れる男との対比を書いたが、『明暗』はその恐れない女たちが活躍する物語なのだ。単純化すれば病＝男と健康＝女の対比であり、このレベルで言えば、男たちの負の属性の総体として病がとらえられており、それは病の隠喩的用法と考えてもいいだろう。これまで主にこうした二項対立の一方の項である〈病＝男〉系列の比喩論的連鎖をみてきたが、この項を支えていたのが他方の〈健康＝女〉の系列であることは言うまでもない。男を支配していたのは女の方なのだ。そしてこの健康な女性社会のヒエラルキーの頂点に立ち、重要な情報をすべて握っているのは吉川夫人である。

　彼はある意味に於て、此細君から子供扱ひにされるのを好いてゐた。それは子供扱ひされるために二人の間に起る一種の親しみを自分が握る事が出来たからである。さうして其親しみを能く能く立ち割つて見ると、矢張男女両性の間にしか起こり得ない特殊な親しみであつた。（十二）

津田は叔父夫婦に育てられた経緯もあり、実母の影は薄い。代わって津田にとっては吉川夫人が代理母的存在である。母としての吉川夫人の庇護から子の津田は抜け出せるのか。一見すると成長物語の構造である。しかし、果たして津田は清子との再会を契機として自己変革を遂げることができるのだろうか。前述したように津田の病の意味作用は津田を中心化して線条的に読むことを拒んでいる。物語内容に違和を喚起し続けているのだ。そもそも、津田の主要な関心は、なぜ清子が何も言わず彼から離れて関と結婚したのか、その理由を知ることにある。しかしその理由は謎なのであろうか。吉川夫人から乳離れできないような、また容姿以外取り柄がなく、上司にタバコの火をつけてこびるような津田が清子に嫌われて当たり前ではないか。もちろん、このように解釈したところで、津田という主体に焦点を当ててその内面を読んでしまっては、『明暗』をつまらぬ三角関係の心理小説にしてしまうであろう。『明暗』というテクストは、登場人物それぞれが主体的に振る舞っているというよりも、病をめぐる言説によって規定され、相互に比喩論的に関連し合っているのだ。

津田を捨てた清子は吉川夫人と相互に暗と明という対偶的な世界を構成しつつ、女性の言説を形作っている。大江健三郎は、明＝生、暗＝死という二つの世界を基軸として構造論的に分析し、「死の領域における清子は、生の領域における吉川夫人が転換されたもの」*14とかとらえている。その論拠を果物籃が吉川夫人から清子へ渡されたところに見出している。

津田は清子のいる迷宮へ引きつけられるようにして温泉場に向かった。そのように仕向けたのは吉川夫人であり、吉川夫人が見舞いにきたとき、「津田は迷宮に引き込まれる丈であつた」(百二十九)と記述されている。また、津田が温泉場へ着いたその夜、浴場からの帰りに、迷路のような廊下に迷っている最中、思いがけず清子と再会する。予期せぬ出会いに清子はあおざめ、棒のように固くなり何も言わずに去っていく。しかし、翌朝津田を自分の部屋に迎えた清子は、昨日の夜の姿とは打って変わって明るく泰然として動じるところがない。一晩の間に清子は津田に対処すべき方策を練っていたのかもしれない。策略家としての清子は吉川夫人と相通じるところがある。子のいない吉川夫人はあたかも津田が自分の息子であるかのように、母のようにふるまう。一方清子は、子どもを宿しながら流産して母になりそこねてしまう。

確かに、清子は吉川夫人を反転させたような存在である。寡黙で病んでいる女性と饒舌で健康な女性、全く相反する二人の女性は、しかし男を支配し、翻弄するという点において表裏一体である。

このように、テクストは大きく温泉場行き以前とそれ以後の世界とに分けられるわけであるが、その二つの世界がどのような照応関係にあるかといえば、俗世界の津田の病の身体の反転された世界が温泉場の清水で溢れる迷宮的世界であり、明の世界の饒舌な吉川夫人が反転して、暗の世界では清楚な清子になる。津田の「痔」の意味作用はテクスト全体に関わるものなのであり、対偶法と呼ぶべき修辞学的世界を構成している。津田の身体の病は単に精神の病の隠喩などではなく、むしろ津田の主体性を裏切り続けるのであり、さらにその病の形態はテクストに遍在し、病のコスモロジーを形作る。

ところで、小林はこのテクストの修辞学的世界にどのように関わってくるのであろうか。少なくとも小林は〈男・病気〉/〈女・健康〉といったテクストの性差にまつわる固定化された隠喩化を否認していく方向に働くのではないだろうか。小林は明らかにこの二項対立のドラマから免れている。津田を絶えず脅かす他者でもある。また、お延は吉川夫人の隠喩化通りに「療治」されるのであろうか。お延は同じ女性でもお秀や吉川夫人と対立する存在である。

お秀と吉川夫人は共にお延を良妻賢母の言説に回収しようとしている。この女性の「健康な」言説のイデオロギー性を、お延は何らかの形で暴き出し、二項対立の隠喩を小林と同様異化していくのではないだろうか。小林とお延は病をめぐる言説とは異質な比喩論的磁場を構成したに違いない。これまで論じてきたように『明暗』というテクストは、固定した隠喩性に回収されはしない。

結核が題材となろうがなるまいが、ロマン主義的な愛と死に彩られた結核の文学（癌の文学・エイズの文学……）はこれからも量産されるであろう。しかし、痔の文学など成立するはずがない。それはとりもなおさず、『明暗』は、それ以外の何ものかの隠喩としてあるのではなく、テクストの切片同士が連辞的に相互に関連し合っている、それ自体の物質性を露呈した固有のテクストであるということだ。小説は漱石の死によって中断を余儀なくされたのではあるが、しかし、そのことは文学の隠喩化を永遠に否認しているようにも思えるのだ。

二　夢の修辞学——宮沢賢治「ガドルフの百合」論

屹立するものたち

「ガドルフの百合」は、大正十一年頃に書かれたと推定される、生前未発表の作品で、ジャンルとしても童話なのかどうなのか分類に困ってしまうような不思議な短編である。この作品の一種の分かりにくさは、フロイト理論の影響を受けた、自動筆記の技法による意識の流れ小説、内的独白小説といった、一九二〇年代のモダニズム小説の特質を備えていることに由来していよう。

ガドルフはみじめな旅をしている。朝から歩き続けているのだが、次の町はまだ見えない。黄昏と同時に雷雨になり、ガドルフは近くの「巨きなまっ黒な家」に入る。その建物は「寄宿舎」か「避病院」らしいのだが、誰も居ない。ガドルフは旅の途中で異空間に迷い込んだかのようである。窓の外には、稲光に照らされて一群の白い百合が立っている。ガドルフは、おれの恋はあの百合なのだ、砕けるなよと祈るのだが、ついに一本が折れる。ガドルフは、おれの恋は砕けたのだと思いながら、まどろむ。眼を覚ますと、一本の百合を除いて、百合の群れが嵐に打ち勝つ。ガドルフは、おれの恋は勝ったのだと思う。

このように、一編全体がガドルフのモノローグによって構成され、どこまでがガドルフの夢なのか幻想なのか判然としない。一応は夢と現実の境界線は引かれているのだが、夢の中でガドルフは自分自身の姿を認める。ガドルフは夢の中で二人の大男が決闘している様子を見ると同時に、「その青く光る坂の下に、小さくなってそれを見上げてる自分のかたちも見」る。このような夢の入れ子構造は、この短編全体がもう一つの夢の外延を持っていることを示唆していよう。確かに、ある種の分かりにくさを読む者に与えもするのだが、この夢の書法は、ある種の規則によって支えられているともいえる。
この作品のモチーフが以下のような「歌稿」（大正三年四月）に源をもつことはよく知られている。

いなびかり／くもに漲り／家はみな／青き水路にならび立ちたり
いなびかり／またむらさきにひらめけば／わが白百合は思ひきり咲けり
いなびかり／みなぎり来れば／わが百合の／花はうごかずましろく怒れり
いなづまに／しば照らされて／ありけるに／ふと寄宿舎が恋しくなれり

とりわけ、稲光と百合の組み合わせは、「ガドルフの百合」のイメージの原型であることは間違いないだろう。そして、この一連の短歌に共通するイメージはさらに一般化できる。稲光はすべての短歌に共通し、そこに配置されるものは、「家」であったり、「百合」であったり、「寄宿舎」であったりするのだが、いずれも一瞬の電光に対して、そこに屹立するものたちであるということだ。さらに、このイメージは、作中でも言及される北斎の「山下白雨」の絵の構図と完全に一致する。

暗が来たと思う間もなく、又稲妻が向うのぎざぎざの雲から、北斎の山下白雨のように赤く這って来て、触れない光の手をもって、百合を擦めて過ぎました。

「山下白雨」を賢治はいつ見たのかは定かではないが、賢治が浮世絵の収集に熱中し始めるのが、大正八年頃からである。「山下白雨」は、「富嶽三十六景」中の浮世絵の一つで、「赤富士」と呼ばれる「凱風快晴」と対比される絵である。文語詩「浮世絵」には「にせのあか富士」が出てくる。詩「三原　第三部」に「富士にはうすい雪の条があって

／その下では光る白い雲が／平らにいちめんうごいて居り／上にはたくさんの小さな積雲が／灰いろのそらに立って居ります／これはもう純粋な葛飾派の版画だ／わたくしも描かうとひとりでわたくしは云ひました」も「赤富士」を連想させる。

その特徴は、何よりも誇張され尖った富士の形である。暗い山腹に力強い線で赤電光が描かれるのだが、雪を頂いた鋭角な富士の山頂は、雷雲を突き刺し、青い空に映えながら、聳え立つ。賢治を惹きつけたのは、広重の富士でも、文晁の富士でもなかった。あくまで北斎のものでなければならなかった。富士は屹立していなければならない。実景の富士などには興味はなかったはずだ。

太宰治は「富嶽百景」（『文体』昭和一四年二、三月）の中で、伝統的に富士の絵は鋭角にデフォルメされていること、そして北斎の絵はとりわけその特徴が顕著なことを述べている。

富士の頂角、広重の富士は八十五度、文晁の富士も八十四度くらゐ、けれども、陸軍の実測図によつて東西及南北に断面図を作つてみると、東西縦断は頂角、百二十四度となり、南北は百十七度である。広重、文晁に限らず、たいていの絵の富士は、鋭角である。いただきが、細く、高く、華奢である。北斎にいたつては、その頂角、ほとんど三十度くらゐ、エッフェル鉄塔のやうな富士をさへ描いてゐる。けれども、実際の富士は、鈍角も鈍角、のろくさと拡がり、東西、百二十四度、南北は百十七度、決して、秀抜の、すらと高い山ではない。[*1]

賢治が残した水彩画の中には、「山下白雨」や「凱風快晴」の構図とほとんど一緒の、雲を劈いた鋭角の山頂が日に当たっている様子を描いたものがある。しかも、その頂角は、北斎のそれよりもはるかに鋭角である。だがここで、賢治の北斎からの影響を単に指摘したいのではない。「ガドルフの百合」に強迫観念のように繰り返し登場する、電光の中で屹立するイメージの強度である。

この作品を賢治の夢物語とみなし、賢治の「無意識」を発見するという作業は、ある意味で自然なことであり、実際、そのような解釈もされてきた。屹立するイメージなどは、いともたやすく男根の象徴などと意味づけられてしまうだろう。通俗的なフロイト主義をあてはめれば、雷雨で百合の一群のうち、丈の一番高い百合が折れる場面などに、抑圧されたオナニズムの欲望を読み込むことも不可能ではない。

> そして全くその通り稲光りがまた新らしく落ちて来たときその気の毒ないちばん丈の高い花が、あまりの白い興奮に、とうとう自分を傷つけて、きらきら顫うしのぶぐさの上に、だまって横わるのを見たのです。
>
> （中略）
>
> そして睡ろうと思ったのです。けれども電光があんまりせわしくガドルフのまぶたをかすめて過ぎ、飢えとつかれとが一しょにがたがた湧きあがり、さっきからの熱った頭はまるで舞踏のようでした。
>
> （おれはいま何をとりたてて考える力もない。ただあの百合は折れたのだ。おれの恋は砕けたのだ。）ガドルフは思いました。

とくに「あまりの白い興奮に、とうとう自分を傷つけて、きらきら顫うしのぶぐさの上に、だまって横わる」などという表現には、射精によるオルガスムスとその後の倦怠感が暗示されているように思える。[*2] つまり白い百合は、恋する女性であり、ファルスでもある。

ファルスとは、ペニスとは異なり、肉体の一部ではなく、象徴的な欲望の対象、欲望を生み出す欠如そのものの記号表現（シニフィアン）のことである。幼児は母に欠け、母の欲望の対象であるファルスになろうとするが、やがて自分がファルスではないことを知り、自己の外部にそれを求め、ファルスをめぐるシニフィアンの連鎖と呼ばれる欲望の回路に取り込まれて行く。

つまり、ファルスとは、「あるべきはずのものが、そこにないもの」（＝フェティッシュ）に全面的に依存している。フロイトの説明によると、フェティシズムの対象は「女性（母親）のペニスの代理」である。フェティシズムは「あるべきはずのもの」がそこに「ない」ということから生じる不安感情を「抑圧」し、「ない」ということを「それはあるはずだ」という空想に転化させ、そこに心的なエネルギーを注ぎ込むことで成立する。こうしてフェティッシュは、逆説的にもそれが指し示すまさにその存在――不在の女性のペニス――を否定するために存在する。要するにフロイト流のフェティシズムは、フェティッシュな人間（それは男を前提としている）の欲望の対象が結局、女性、しかも不在の女性のペニスであるという、男性中心主義的異性愛（その裏返された女性嫌悪）を前提にしている。

あるいは、女性であるエヴァが男性であるアダムのあばら骨から造られたように、性的欲望の対象はガドルフの身体の一部としてのペニスから捏造した幻影なのかもしれない。

フロイト主義を超えて

こうした無意識の解読には、性差の政治学が反映されており、無前提にフロイト理論を分析概念として援用することはできない。そもそも、「無意識」は、フロイトによって発見されたのであって、ア・プリオリに無意識の存在を前提にすることは、認識論的な転倒だと批判されるだろう。もちろん、無意識の発見は、二十世紀における最大の発見の一つであることは間違いなく、良くも悪くもフロイト的、性的人間観から完全に自由になることも不可能である。フロイトが批判にさらされながらも、精神分析学や心理学が社会に与える影響は今日でも無視することはできない。それは、今日のトラウマ・ブームに明らかなように、フロイト理論の通俗化・大衆化ということでもあるのだが、そうしたフロイト理論の通俗化は、一九二〇年代においても同様の現象であり、賢治もそうした言説圏内にいた。賢治は、森荘已池の証言[*3]によると森の作った春の詩に対して、「実にいい。それは性欲ですよ。……フロイド学派の精神分析の、好材料になるような詩です」と語り、突出したものは男性で、へこんだものは女性だと説明したというのだから、通俗的な理解ではあるが、フロイト主義の影響は大きかったと思われる。

本節の試みも作品の夢分析に変わりはないのだが、ガドルフの無意識は、夢の書法によって構造化されているという前提で分析するつもりである。夢分析とは、夢内容（＝顕在内容）を暗号のように「解読」して夢思想（＝潜在内容）を明らかにすればそれで十分というものではない。むしろ重要なのは夢思想ではなく、潜在内容を顕在内容に変えた「夢の作業」の方なのである。フロイトが『夢判断』[*4]（一九〇〇年）の中で、夢の思想として語っている事柄（尖ったものはペニスの変形だなど）には批判的にならざるをえないが、柄谷行人[*5]が指摘しているように、一定の「思想」を想定しないと、それがどのように変形されるのかという仕組みやプロセス（ヤーコブソンの言語論を用いてラカンが行った圧縮と移動、隠喩＝メタファーと換喩＝メトニミーという変形過程）が分析できないのである。

そこで、まずはフロイトの論理構成を改めて明らかにしてみよう。フロイトは『夢判断』の第六章「夢の作業」で、夢の働きを、無意識の「夢思想」（＝潜在内容）を「夢内容」（＝顕在内容）へと変形＝加工する作業であると定義した。夢の作業とは、人間の心的無意識の力をいかに意識にのぼりうる表象へと加工するかという問題がかかっている活動のことである。そして、その作業は、「圧縮」「移動」「同一化」「象徴」といった、〈表現〉にかかわる仕事であって、それにより、無意識の様々な心的欲動のエネルギーが、意識にのぼりうるつじつまのあった光景に加工されると言う。これは、そのままでは表現が不可能な無意識の様々な力が、「夢の修辞学」によって表象可能になるということを示している。フロイトは、夢の顕在的内容と潜在的な夢思想とを区別しながらも、夢の本質は、その潜在的内容にあるのではなく、変形を行う夢の作業にあると述べていたように、無意識の本質を変換の構造的規則に求めている。

こうして、フロイトは、夢のカタログを作ることよりも、夢の潜在内容を無意識的欲望と結びつけて、「夢判断」をした。夢の解釈は、夢を出発点とした自由連想によって行なわれる。そしてフロイトは、夢を生産するのは、無意識的欲望であると考えたが、すべての夢が欲望充足の夢であるはずもなく、後年、「夢理論」を修正し「反復強迫」の概念を導入した。

このフロイトの夢の作業を引き継ぎ、それをレトリック用語（換喩と隠喩の記号学）に転用することで、失語症のパターンやさまざまな文化事象にまで応用したのが、言語学者のロマーン・ヤーコブソンである。

換喩と隠喩の両手法の間の拮抗は、個人内であれ社会的であれ、あらゆる象徴過程に明らかに見られる。たとえば、夢の構造の研究で、決定的な問題は、象徴や用いられた時間的順列が、隣接性（フロイトの言う、換喩的な〝転移 displacement〟と提喩的な〝圧縮 condensation〟）に基づいているか、それとも相似性（フロイトの言う〝同一化 identification と象徴化 symbolism〟）に基づいているかである。*6

フロイトが見た「植物学研究書」の夢を例にとれば、「植物学」には、ドイツ語で「園芸師」の意味を持つゲルトナー教授、彼の花の咲いたような夫人、花の意味を持つ女性患者フローラの名前等の記憶を連想させる。フロイトは、個々の人物の全体が植物という部分で表象されていると考えた。また、同じ夢を例にとるなら、フロイトの同業者との間のわずらわしい関係や、自分の道楽に多くの犠牲を払いすぎであるという非難が「植物学」という要素に「転移」「移動」したと考えた。このような夢の圧縮作用と移動作用は、隣接性に基づく換喩（類と種の間のレトリックである提喩もヤーコブソンは換喩の一種と考えている）であるとヤーコブソンはみなした。

フロイトの説明によれば、「同一化」とは「類似性」「合致」「共通性」を「統一性」へと結集させる作用である。フロイト自身が見たイルマの注射の夢における、複数の女性の「綜合人物」としてのイルマなどがそれに当たる（ただし、フロイト自身は、圧縮と同一化を厳密には区別していない）。「象徴」は、フロイトが挙げている「杖」「洋傘」「武器」と「男根」の関係や、「階段」「梯子」「踏台」と「性行為」の関係などに見られる、類型的な関係のことである。「同一化」は「圧縮」と区別するのが難しいが、「象徴」がメタファーに属するというのは、定義上問題はない。しかし、

「圧縮」と「移動」がメトニミー型であるとは一概には言えない。フロイトが「圧縮」「移動」の例として挙げているものの中には、複数の記号表現（シニフィアン）と記号内容（シニフィエ）が錯綜しており、それをすべてメタファーに統一することは不可能である。そもそもヤーコブソンは、隣接性といっても、音の隣接性に関わるシニフィアンと意味の隣接性に関わるシニフィエの区別に無自覚であった。[*7]

それに対して、ラカンは、[*8]ドイツ語の語源を重視して、換喩を「移動」、隠喩を「圧縮」に位置づけるのだが、これもまた明確に区別することは不可能であるし、フロイトの分析例から分かるように、「夢の顕在内容の要素の一つひとつは、夢の潜在内容の中にあっては、多面的に、重層的にその代弁者を持っている」。夢の形成過程のあり方を重層決定と名づけている。この重層決定の決定メカニズムを解明することが精神分析の仕事であり、夢の内容をメタファーとメトニミーに単純に還元できるものではない。

だが、それでもここで重視したいのが、隠喩と換喩という二つの思考パターンの差異である。ここでは、言葉の意味の類似に基づくものを隠喩、部分と全体のような隣接関係に基づくものを換喩と簡単に定義しておこう。フロイトは機知語の研究も行ったが、音の隣接関係に基づく機知語やアナグラムも、換喩的である。一九二〇年代ヨーロッパのシュルレアリストたちはオートマティズムの方法意識を表現に応用し、理性によるコントロールを取り除いて意識下のイメージを記述することを目指した。賢治や彼らの方法には、フロイト理論の影響があるわけだが、賢治の無意識という深さのイメージだけではなく、視覚的で触覚的な表層のイメージも重要である。そして、ラカンが述べているように、メタファーに対してメトニミーが先行しているということである。シニフィエではなくシニフィアンの隣接性こそが先導的な役割を果たす。

水平と垂直運動

かつて短歌で表現したように、電光の中で、「まっ黒な家」や「百合」が屹立している。それを男根のメタファーであると指摘したところで、生産的な議論にはならないだろう。本作の夢のレトリックはそんな単純なものではないからだ。電光の中で屹立するイメージは、単なる反復ではなく、水平運動と垂直運動の交錯の中で位置づける必要がある。ガドルフは旅人である。しかも歩行の旅である。天沢退二郎[*9]が歩行と賢治のエクリチュールの関係性を指摘しているが、ここでは歩行という水平運動に着目したい。十六マイル先の次の町へとガドルフは急ぐのであるが、その途中に雷雨に遭い、空き家での野宿を余儀なくされる。この天空から落ちてくる雷雨の中で、屹立するものたちにガドルフは共感する。

(うるさい。ブリキになったり貝殻になったり。しかしまたこんな桔梗いろの背景に、楊の舎利がりんと立つのは悪くない。)

そして雷雨に打たれる百合に対しては、恋心を抱く。

間もなく次の電光は、明るくサッサッと閃めいて、庭は幻燈のように青く浮び、雨の粒は美しい楕円形の粒になって宙に停まり、そしてガドルフのいとしい花は、まっ白にかっと瞋って立ちました。
(おれの恋は、いまあの百合の花なのだ。いまあの百合の花なのだ。砕けるなよ。)

しかし、ガドルフの祈りもむなしく、一本の百合は折れてしまう。朦朧とした意識の中で、「それから遠い幾山河の人たちを、燈籠のように思い浮べたり、又雷の声をいつかそのなつかしい人たちの語に聞いたり、又昼の楊がだんだん延びて白い空までとどいたり、いろいろなことをしているうちに」入眠する。百合が折れるのとは対照的に、柳は上空へと延びて行く。

その後、ガドルフは、坂を転げ落ちる二人の大きな男たちの夢を見るのだが、ここにも落下のイメージが反復されている。そして折れたと思っていた百合が一本を除いて、折れずに嵐に打ち勝つ。このように上方と下方への垂直運動がこの作品を駆動している。そしてガドルフは嵐がやむとまた次の町へと移動するところで作品は閉じられる。水平と垂直の運動性が本作の基軸となっている。

白と黒の視覚的な対立も、こうした水平と垂直のような二項対立のバリエーションの一つである。ガドルフは「陶製の白い空」の下を歩き続けるうちに、雷雨と黄昏とが一緒に襲いかかるのだが、向こう側にはまだ「白い水明り」が見える。まもなく完全な夜となり、稲光の中で「大きな黒電気石の頭」のような屋根をもつ「巨きなまっ黒な家」を発見し中に入る。その真っ暗な室の中でガドルフは眼をつぶりながら濡れた外套を脱ぐとき、「ガドルフは白い貝殻でこさへあげた、昼の楊の木をありありと見」る。次の室には「黒い寝台」があり、階段には「まっ黒な自分の影」が落ちる。稲光のガラス窓からガドルフは「何か白いもの」と出会い、それが「灼熱の花辯は雪よりも厳めし」い真っ白の百合の群れであることを知る。さらにそこに、光と闇の対比も加えてもいいだろう。ほかにも、夢と現実、意識と無意識、恋に勝つ／負ける等々の二項対立も見出すことができよう。

水平と垂直運動の交錯が物語の力学となっているほかの童話としては、「水仙月の四日」（童話集『注文の多い料理店』所収）が挙げられる。赤い毛布を被った少年が町から村の自分の家を目指して雪道を急ぐ。象の頭の形をした雪丘＝境界的な場所で、雪童子たちが降らした雪によって遭難するわけだが、その雪丘には一本の大きな栗の木が立っている。この栗の木と地上が座標軸を形成する。栗の木・空・星座が垂直軸を形成し、雪がその垂直軸の運動を司ることで、壮大で幻想的な空間を演出している。

歩行という水平運動がエクリチュールを支えている作品は枚挙にいとまがない。逆に垂直運動が特化された童話としては、「よだかの星」（生前未発表）の飛翔と落下の反復が挙げられよう。

もうよだかは落ちてゐるのか、のぼってゐるのか、さかさになってゐるのか、上を向いてゐるのかも、わかりませんでした。たゞこゝろもちはやすらかに、その血のついた大きなくちばしは、横にまがっては居ましたが、たしかに少しわらって居りました。

それからしばらくたってよだかははっきりまなこをひらきました。そして自分のからだがいま燐の火のやうな青い美しい光になって、しづかに燃えてゐるのを見ました。

よだかは天空目指して上昇するのだが、最後は力尽き、上昇しているのか落下しているのか分からないまでに身体感覚が麻痺する。こうした方向感覚の喪失を通して、他者の命を奪ってしか生きられない物理的な身体からの解放を描く。

ところで、なぜガドルフは最後に自分の百合が勝ったと思ったのだろうか。いとしい一本の百合の花は失われたかもしれないが、嵐にも屈しなかったほかの多くの百合の群れが残ったことに感動したということなのか。前述した本作のモチーフと関連の深い連作短歌が作られたのは、大正三年春の岩手病院入院の頃で、そこの看護婦への思慕を歌にしていた。失恋の体験を越えた「まことの恋」が目指されていたとして、ここに、〈ひとり〉の愛から〈みんな〉の愛への覚醒を読む見方もある。[*10] このような読解もまた、百合＝恋人という意味の類似に基づき、作品に隠れた意味を読み込むという点において、メタファー的な思考であるといえよう。

意味の類似に基づく夢のメタファー作業に対して、次に、音の隣接性に基づくメトニミーによる夢の作業を見てみよう。

言葉への欲情

ガドルフは物語の始まりから欲情している。まずは〈卑しいニッケルの粉だ。淫らな光だ。〉と雨雲に欲情する。賢治の詩の中には、雲と性欲との関係を示唆したものがたくさんある。「休息」（一九二四、四、四、）という詩では、フロイトの重要な分析概念であるリビドーが使われている。

そこには暗い乱積雲が
古い洞窟人類の
方向のない Libido の像を
肖顔のやうにいくつか掲げ
そのこっちではひばりの群が
いちめん漂ひ鳴いてゐる

詩「春の雲に関するあいまいなる議論」（一九二七、四、五、）では、雲と恋愛を次のようにストレートに結び付けている。

あのどんよりと暗いもの
温んだ水の懸垂体

あれこそ恋愛そのものなのだ
炭酸瓦斯の交流や
いかさまな春の感応
あれこそ恋愛そのものなのだ

大塚常樹[*11]は、これらの詩の主題は「冬という暗い世界に閉じ込められていた人間たちが、春の雲に見いだす《性》の目覚めである」と言う。こうして「春と修羅」の春とは、性欲と闘う季節と位置づける。ここに展開されている思考パターンは、春の雲＝性というメタファー型のパターンである。

だが賢治は、雲の象徴性に欲情するだけではなく、言葉そのものにも欲情している。例えば、雨雲に関する表現がそれである。雨雲に対する賢治の性的なイメージとして、詩の中からいくつか例を挙げてみよう。

「南から／また東から／ぬるんだ風が吹いてきて／くるほしく春を妊んだ黒雲が／いくつもの野ばらの藪を渉って行く」〔南から　また東から〕（一九二七、四、二）とあるように、上述したような、春＝性の季節、あるいは、「春を妊んだ」という表現自体が、黒雲＝妊婦という意味を示唆するメタファーとなっている。

〔その恐ろしい黒雲が〕でも、黒雲・雨雲を擬人化し、悩ましい婚姻幻想に囚われる。

その恐ろしい黒雲が
またわたくしをとらうと来れば
わたくしは切なく熱くひとりもだえる
北上の河谷を覆ふ
あの雨雲と婚すると云ひ

森と野原をこもごも載せた
その洪積の台地を恋ふと
なかばは戯れに人にも寄せ
なかばは気を負ってほんたうにさうも思ひ
青い山河をさながらに
じぶんじしんと考へた
あゝそのことは私を責める
病の痛みや汗のなか
それらのうづまく黒雲や
紺青の地平線が
またまのあたり近づけば
わたくしは切なく熱くもだえる

〔峠の上で雨雲に云ふ〕（一九二七、六、一、）でも、雨雲に誘惑され翻弄される「わたし」の姿が描かれる。「黒く淫らな雨雲(ニムブス)よ」「あやしくやわらかなニムブスよ」と呼びかけ、「おまへは却ってわたしを／地球の青いもりあがりに対して／一層強い欲情を約束し／風の城に誘惑し」、「おまへがいろいろのみだらなひかりとかたちとで／あらゆる変幻と出没とを示すこと」で「わたし」を翻弄し、「みだらな触手をわたくしにのばし／のばらとつかず胸ときめかすあやしい香気を風に送って」「わたくしをとらうと迫る」のである。

「県技師の雲に対するステートメント」（一九二七、六、一、）でも、「黒く淫らな雨雲(ニムブス)に云ふ」「淫らなおまへら雨雲(ニムブス)族は」「あやしくやはらかな雨雲(ニムブス)よ」と呼びかける。

あやしくやはらかな雨雲(ニムブス)よ
たとへ数箇のなまめく日射しを許すとも
非礼の香気を風に伝へて送るとも
その灰黒の翼と触手
大バリトンの流体もって
全天抛げ来すおまへの意図は
はや瞭として被ひ得ぬ
しかればじつに小官は
公私あらゆる立場より
満腔不満の一瞥を
最后にしばしおまへに与へ
すみやかにすみやかに
この山頂を去らうとする

賢治は、雨雲を女性に見立て、その対象に性的な幻想を抱く。屹立するものたちが、雨雲を貫き、雨雲に孕ませる。このように、天と地の交接を、男女関係のそれに置き換えているのである。このレベルにおいては、メタファー的なレトリックなのであるが、こうした幻想の根幹には、言葉そのものへの欲情があるのではないのか。つまり、雨雲の象徴性に欲情したというより、「ニムブス」という雲級を表す学術用語であえてルビを付しているように、「ニムブス」という言葉そのものに欲情しているのではないのか。なぜなら、その言葉は、「ニンフ」[nymph]（妖精）、「ニンフォマニア」[nymphomania]（色情狂）、「妊婦」といった音の隣接する言葉の連なりを想起させるからだ。「ニムブス」をめぐるシニフィアンの連鎖によって、賢治の性幻想が支えられている。

フロイトが『夢判断』等で、綴り字の分解や合成を通して、夢を分析したり、機知の技巧を夢の作業と比較したりしたわけだが、それは、フロイト自身もシニフィアンの連鎖に関心があったわけである。賢治の言葉遊びへの関心も含めて、俗流フロイト主義を超えた、言葉に対するフロイトとの関心の共通性は指摘できるのではないだろうか。

前述したようにフェティッシュとは、存在しない母のファルスの代理物である。強迫的に現れる、反復する屹立するものたち＝男根は、欲望充足の不可能性を示している。これが隠喩的な欲望の満たされなさを示しているとするなら、「ニムブス」という言葉へのフェティシズムは、換喩的な欲望の満たされなさを指し示している。こうした隠喩的欲望と換喩的欲望が交錯したところに、賢治の書くことの欲望が位置づけられる。つまり、どれだけ書き続けたとしても賢治の書くことの欲望は満たされることはないのである。そうした満たされない欲望の形をレトリックを通して形式化することを本節では目指したのであった。

次の町への到着がかなわないガドルフの旅の姿は、書くことの欲望の満たされなさそのものである。旅の途中、ガドルフは屹立し、立ち止まり、そして移動する。ガドルフの身体そのものがメタファーとメトニミーの意味作用によって構成されている。

三　〈クラムボン〉再考——宮沢賢治「やまなし」論

「クラムボンとは何か」と問うことを問うこと

周知の通り、「クラムボン」とは、宮沢賢治の「やまなし」に登場する正体不明の生物（？）である。「やまなし」は、詩「外輪山」（後に「東岩手火山」と改題）と共に『岩手毎日新聞』（大正一二年四月八日）に掲載された作品で、一般に童話に分類され、賢治自身も「花鳥童話集」の一編として位置づけている。[*1] しかし、とりわけ「やまなし」のクラムボンをめぐる会話部分を、「外輪山」と同様、韻文として位置づけられないだろうか。なぜ、そうしたジャンル分けにこだわるのか。この意味は追々明らかになるだろう。

従来からこの作品の解釈の中心は、蟹の兄弟の会話に出てくるクラムボンとは何か、という点にあった。[*2] アメンボ説、小生物説（プランクトンや川えび等）、蟹の吐く泡説、光説、蟹の母親説など様々である。クラムボンの語源としては、crab（蟹）と bomb（爆弾）、または born（生まれる）の結合から、蟹の体内から飛び出してくるもので、泡のほかには蟹の卵や幼生説がある。そのほかにも、crapaud 説（マルグリット・ギルモーによるフランス語訳で使用された、蛙の意）、crambo 説（英語で相手の言葉に対して同韻の言葉を考え出す遊び）、cramp/clamp 説（かすがい）、crampon 説（英・仏とも、氷屋などが氷塊をつかむはさみ、あるいは氷上を歩く鉄のかんじき）、エスペラント語の「クランボ」説（キャベツの一種）などもある。また、この作品は小学校六年生の国語教材として利用されることが多く、影、水の流れ、魚、春の精、いのち、雪のかたまりといった生徒からのいろいろな解釈が報告されている。さらには、死んだ妹トシを答えに誘導する実践報告もある。

しかし、最近では、クラムボンを一義的に翻訳することが批判され、あえて解釈しないという見方が一般的になっている。人間語とは異なる蟹語なのであるから理解できないという蟹語説や、様々に想像できるところに価値があるとされ、研究者が意味を固定することを避ける傾向が強くなっている。いわゆる、解釈してはいけない説である。それも、クラムボンを多様な解釈を許容するブラックボックスごときものとして特権化していることには変わりはない。要するに、一義的に解釈するにしろ、多様性を擁護するにしろ、あるいはそれに答えるか、あるいは、問いのままにしておくかは別にしても、「クラムボンとは何か」という問いにとらわれている。「クラムボンとは何か」と問うこと自体が問われなければならないだろう。クラムボンは、翻訳不可能であるという見解は、「クラムボンとは何か」と問うことの非生産性を指摘しているかにみえて、実は、その問いに、クラムボンはクラムボンであると答えているに等しい。

本節が目指すのは、クラムボンの新たな解釈ではないし、やはりクラムボンはクラムボンであるほかないのであるが、クラムボンという言葉自体よりも、クラムボンが発話される場を問題にしたいのである。さらには、フランツ・カフカの短編「父の気がかり」との対比を通して、「やまなし」全体の読み直しを図りたい。

クラムボンの歌

冒頭部の蟹の兄弟の会話は、本当に会話なのだろうか。確かに、「二疋の蟹の子供らが青じろい水の底で話てゐました」と語り手が記述しているのだが、少なくともクラムボンをめぐる言葉のやり取りは、日常会話をしているというよりも、遊んでいるとみなした方がいい。とりあえず、会話部分だけを抜き取ってみよう。

『クラムボンはわらつたよ。』
『クラムボンはかぷかぷわらつたよ。』

『クラムボンは跳てわらつたよ。』
『クラムボンはかぷかぷわらつたよ。』
『クラムボンはわらつてゐたよ。』
『クラムボンはかぷかぷわらつたよ。』
『それならなぜクラムボンはわらつたの。』
『知らない。』

『クラムボンは死んだよ。』
『クラムボンは殺されたよ。』
『クラムボンは死んでしまつたよ……。』
『殺されたよ。』
『それならなぜ殺された。』
『わからない。』

『クラムボンはわらつたよ。』
『わらつた。』

基本的には、言葉の反復による定型によって展開していく。会話というよりも、輪唱・唱和に近いのではないだろうか。[*3]第一連において、「クラムボンはわらつたよ」という言葉に、ちょっとした言葉をつけくわえたり、ちょっと変形させたりしながら、「それならなぜクラムボンはわらつたの」で、転調する。それに対して「知らない」と続き、質問／疑問という、事実確認的な発話行為が成立しているかにみえるが、第二連の「クラムボンは死んだよ」の一連の言葉のやり取りにおいても、同型のパターンが繰り返されているところを考えると、これはむしろ、行為遂行的な言語行為とみなすべきであろう。つまり、ある事柄の記述や、真や偽を問うような言語行為ではなく、歌のようなパフォーマティブな言語行為なのである。そして、第三連は、第一連を反復する途中で途切れるような形になっている。発話の意味（クラムボンとは何かと問うこと）が問題なのではなくて、発話行為そのものが重要なのである。クラムボンという名を呼ぶこと自体が目的なのであり、それがクラムボンと蟹の兄弟たちがじかに触れ合うことなのである。クラムボンの背後に、ある実体、本質を認識しようとする伝達・再現的言語観ではとらえられない。

要するに、蟹の兄弟は会話をしているのではなく、わらべ歌のような遊びに興じているとみなした方がいい。「一、十二月」の冒頭において、蟹の兄弟が泡の大きさを競い合う遊びをしているように、「二枚の青い幻燈」のそれぞれの冒頭に遊びの様子が配置されているのである。「やまなし」という作品自体が幻燈という遊びを見立てにしている。


『お魚はなぜあゝ行つたり来たりするの。』

『何か悪いことをしてるんだよとつてるんだよ。』

『とつてるの。』

『うん。』

『お魚は……。』

『どうしたい。ぶるぶるふるえてゐるぢやないか。』

『お父さん、いまおかしなものが来たよ。』

『どんなもんだ。』

『青くてね、光るんだよ。はじがこんなに黒く尖つてるの。それが来たらお魚が上へのぼつて行つたよ。』

『そいつの眼が赤かつたかい。』

『わからない。』

『ふうん。しかし、そいつは鳥だよ。かはせみと云ふんだ。大丈夫だ、安心しろ。おれたちはかまはないんだから。』

『お父さん、お魚はどこへ行つたの。』

『魚かい。魚はこわい所へ行つた。』

『こわいよ、お父さん。』

『い、い、い、大丈夫だ。心配するな。そら、樺の花が流れて来た。ごらん　きれいだらう。』


クラムボンをめぐるやり取りの続きの会話部分だけ引用してみると、両者の言葉の運用の仕方の違いが一層明らかになるだろう。ここでの親子の会話は、弟が兄に質問し、それに答え、さらに子供たちの質問に父親が答えるという、文字通りの事実確認的（コンスタティブ）な会話である。

それに対してクラムボンとは、発話内容のレベルではなく、発話行為のレベルの蟹の子供たちの即興的な歌の場において召還された言葉であり、この言葉だけを取り上げただけでは不十分なのである。こうした、即興的な歌が挿入された賢治の童話はたくさんあるのだが、例えば、「かしはばやしの夜」（童話集『注文の多い料理店』所収）における柏の木たちのナンセンスな歌合戦は、「じぶんの文句でじぶんのふしで」歌い、しかも「早いのは点がい、」というものだ。ナンセンスでもとにかくどれだけ即興的に早く歌えるかが争われている。歌の内容や意味は二の次といっていい。「かしはばやしの夜」の画かきが柏の木たちの歌合戦に立ち会ったように、「やまなし」の読者は、クラムボンの歌の発生の場に立ち会っているのである。

このように、蟹の兄弟の会話を即興的なわらべ歌のようなものとみなしてみると、わらべ歌とのいろいろな共通性がみえてくる。伝承されている有名なわらべ歌や童謡には、クラムボンのように歌詞だけを読めば、不可解なものが多い。例えば、「ずいずいずっころばし」や「かごめかごめ」などである。

ずいずいずっころばし　ごまみそずい
茶つぼにおわれて　どっぴんしゃん
抜けだらどんどこしょ
かわらのねずみがこめくってちゅー　ちゅーちゅーちゅー
おっとさんがよんでも　おっかさんがよんでも
行きっこなしよ
井戸のまわりで　お茶わんかいたのだあれ

かごめかごめ
かごの中の鳥は　いついつでやる
夜明けの晩に　鶴と亀がすべった
後ろの正面だあれ

江戸時代は、庶民が大名行列に無礼をはたらけば切捨て御免の時代であった。一説には「ずいずいずっころばし」は、そうした時代に成立したものであり、庶民の間で子供たちに侍の行列の恐ろしさを教えるための歌だと言われている。百歩譲ってそのような由来によって成立したとしても、「ずいずいずっころばし」の遊びの現象は、全く説明できない。

鬼以外は両手をそれぞれ軽く握って指が入るようにする。鬼は歌を歌いながら人差し指をみんなのグーにした手に一つ一つ入れていく。歌が終わった時に鬼の指が入っていた人が次に鬼になる。「ずいずいずっころばし」はこのような遊びの場において歌われるわけだが、その遊びの最中において、誰もそのような恐ろしい発話内容を真に受ける者はいないだろう。

「かごめかごめ」は、女郎（籠女）が流産した時に、その供養のために歌ったものであるとか、「かごめ」とは、竹で編んだ六角形の「籠目」であり、呪術的な意味があるとか、果ては徳川埋蔵金のありかを示した歌だという説もある。ナンセンスな言葉の面白さのレベルを無視して、無理に意味づけようとすれば、ある意味でいくらでもこじつけられるだろう。わらべ歌が謎なのではなく、安定した意味を求めようとする解釈する側が、答えの出ない謎を作り出している。クラムボンを謎とみなしてきたこれまでの「やまなし」受容と全く一緒なのである。

「かごめかごめ」も意味に従って読めば、謎だらけだろうが、遊び自体は単純なものなのだ。数人で円を作って手をつなぎ、中に鬼が一人入って、うずくまってしゃがむ。歌に合わせてまわりの子供たちはぐるぐる回り、歌い終わった時に鬼の後ろにいた子供は「後ろの正面だあれ」と言い、鬼はその声で誰かを当てる。この遊びの風景にも謎めいたところは何もない。遊びに夢中になっている子供たちにとっては、「ずいずいずっころばし　ごまみそずい」とは何か、あるいは、「夜明けの晩」とは何かといった問いそのものが欠落しているのだ。もちろん、すべてのわらべ歌が上述したような身体的な遊びを伴っているわけでもないし、いろいろな享受の仕方はあるだろう。また、すべてがナンセンスな言葉の組み合わせからできているわけではないし、歌詞の意味内容をすべて無視していいわけではない。

例えば、「通りゃんせ」はくぐり遊びの際などに歌われるわけだが、歌詞の内容と無関係ではない。

通りゃんせ　通りゃんせ
ここはどこの　細道じゃ
天神さまの　細道じゃ

ちょっと通して　くだしゃんせ
ご用のないもの　通しゃせぬ
この子の七つの　お祝いに
お札をおさめに　参ります
行きはよいよい　帰りはこわい
こわいながらも
通りゃんせ　通りゃんせ

この歌詞は、文字通り読んでいけば、「ずいずいずっころばし」や「かごめかごめ」よりも、はるかに意味が伝わる。もちろん、天神さまに行くのに、帰りがこわいのはなぜなのか。それは、かつての関所の通行の厳重さを反映しているのでは、あるいは「子殺し」や「間引き」の歌、豊作を祈った人身御供の歌なのではという深読みもあり、謎はいくらでも引き出せる。しかし、いずれにしても、この歌が「こわい」歌であることは間違いない。そして、内外の伝承童謡にはそうした不気味で恐ろしい歌がたくさんある。

次にマザー・グースから例を取り出してみよう。[*4]

My mother has killed me

My mother has killed me,
My father is eating me,
My brothers and sisters sit under the table,

Picking up my bones,
And they bury them under the cold marble stones.

お母さんが私を殺した

お母さんが私を殺した
お父さんは私を食べている
兄弟、姉妹はテーブルの下に坐り
私の骨を拾って
冷たい大理石の下に私を埋めるんだ

Who killed Cock Robin?

Who killed Cock Robin?
I, said the sparrow,
With my bow and arrow,
I killed Cock Robin.

Who saw him die?

I, said the fly,
With my little eye,
I saw him die.

Who caught his blood?
I, said the fish,
With my little dish,
I caught his blood.
……

「こまどりのお葬式（ともらい）」

「だァれがころした、こまどりのおすを」
「そォれはわたしよ」すずめがこういった。
「わたしの弓で、わたしの矢羽で、
わたしがころした、こまどりのおすを」

「だァれがみつけた、しんだのをみつけた」
「そォれはわたしよ」あおばえがそういった。
「わたしの眼々で、ちいさな眼々で、

わたしがみつけた、その死骸みつけた」

「だァれがとったぞ、その血をとったぞ」

「そォれはわたしよ」魚がそういった。

「わたしの皿に、ちいさな皿に、
わたしがとったよ、その血をとったよ」


最初のマザー・グースの歌では、「私」は母に殺され、父に食べられ、冷たい大理石の下に埋められる。次の「Who killed Cock Robin?」の日本語訳は、あえて北原白秋のものを使った。[*5] 賢治が日本のわらべ歌にどれほど関心があったかは知らないが、マザー・グースは、北原白秋の『赤い鳥』誌上等での紹介を通して知っていたはずである。北原白秋は、『赤い鳥』の大正九年一月号に「英国童謡訳」を載せ、以後毎月のようにマザー・グースの訳を発表している。ただし、白秋以前にもすでに竹久夢二が詩画集『さよなら』（明治四三年）にマザー・グースを下敷きにした詩を二編入れたり、童謡童話集『青い船』（大正七年）に、マザー・グース訳を発表したりしていた。さらにもっと遡れば、明治の初期から、英語教育や音楽教育、幼児教育の場で、マザー・グースの歌が、マザー・グースとは知られずに使われていた。しかし、マザー・グースの本格的な日本への翻訳・紹介者は白秋だろう。大正十年に山本鼎らと創刊した『芸術自由教育』などにも訳を載せ、同年には既発表分と新訳を合わせて百三十編を『あざあ・ぐうす』（アルス）にまとめ、出版した。[*6]

さて、こまどりの雄は、すずめに殺され、あおばえに死骸を発見され、魚にその血を盗られる。マザー・グースの世界においては、クラムボンが殺されたように、殺しはいともたやすく行われる。もちろん、蟹の兄弟の会話をわらべ歌のようなものとみなしたからといって、クラムボンの新しい解釈が生じるわけではない。クラムボンはクラムボンであることに変わりはない。ただ、繰り返せば、蟹の兄弟の遊びというコンテクストを無視して、その言葉だけ特権化することが問題なのである。コンテクストそのものがむしろ重要なのである。[*7]

先ほどは、任意にマザー・グースから歌を引用したのであるが、「やまなし」ともっと内在的な引用関係にある歌を取り上げて見よう。

Humpty Dumpty sat on a wall

Humpty Dumpty sat on a wall,
Humpty Dumpty had a great fall.
All the king's horses,
And all the king's men,
Couldn't put Humpty together again.

ハンプティ・ダンプティ

ハンプティ・ダンプティは塀の上
ハンプティ・ダンプティはおっこった
王様の馬や兵隊さん　みんな力をあわせたが
ハンプティ・ダンプティをもとにはもどせなんだ[*8]

ハンプティ・ダンプティとは何か。一般には、この歌が謎かけ歌であり、その答えが卵であると説明されている。そしてこのハンプティ・ダンプティは、「少女アリスが辿った鏡の国」（童話集『注文の多い料理店』広告文）に卵男として再登場する。ルイス・キャロルは、『鏡の国のアリス』第六章において、アリスにこのマザー・グースの歌を歌わせ、ハンプティ・ダンプティと対面させる。『鏡の国のアリス』でも、アリスに「まるで、卵にそっくりね！」と言われるのだが、ハンプティ・ダンプティは、「卵呼ばわりはけしからん！」と答えている。[*9] ただ逆に、ハンプティ・ダンプティの答えが卵だったとしても、その答えを忘れさせるほどに、ハンプティ・ダンプティという言葉の響き自体が親しまれている。それだからキャロルも引用したわけだ。

ハンプティ・ダンプティが卵のメタファーだというのは、ハンプティ・ダンプティの魅力をいささかも説明してはいない。卵のメタファーなどほかにいくらでもあるのだし、そのような答えを知らなくても、子どもたちなら喜んで口ずさむだろう。ハンプティ・ダンプティは、卵という意味に従属しているわけではない。クラムボンも謎の答えという意味に従って読むことを求めてはいないし、ハンプティ・ダンプティと同様に、歌うという行為においてクラムボンは生命を与えられる。[*10]

オドラデクとクラムボン

池内紀は、残酷で謎に満ちているカフカの「大人のためのメルヘン」と賢治の「やまなし」が似ていると言う。「カフカの作品を読まなかったら誰ひとり気づかなかったはずの目に見えない系譜」に連なるものとして、この作品を挙げているのだが、おそらく、クラムボンとカフカの短編「父の気がかり」（一九一九年）に登場する正体不明の生物（？）、オドラデクとの共通性を念頭においているのだろう。[*11] 確かに、賢治がカフカを読んでいなかったとしても、「父の気がかり」を「やまなし」のプレテクストの一つとみなすことは、「やまなし」を読み直すきっかけにはなるだろう。

カフカが、オドラデクに関する情報を記述すればするほど、対象が奇異なものとなって異化されていくのに対して、クラムボンは、蟹の兄弟によって無根拠に暴力的に名づけられる。言葉のエコノミーの過剰さと言葉の欠如によってもたらされる過剰さ。いずれにせよ、両者は、言葉の表象／代行機能の失調を宣告している。

一説によるとオドラデクはスラヴ語だそうだ。ことばのかたちが証拠だという。別の説によるとドイツ語から派生したものであって、スラヴ語の影響を受けただけだという。どちらの説も頼りなさそうなのは、どちらが正しいというのでもないからだろう。だいいち、どちらの説に従っても意味がさっぱりわからない。

冒頭において、オドラデクという名前の語源的由来が述べられる。名前はあるのだが、その名前がどうしてついたものか、結局、語源的なものから推測することができない。名前はある存在を規定していくものなのであるが、ここでは逆に、名づけようもないものの総称として、無根拠に「オドラデク」という名が選ばれている。クラムボンもまた、前述したような様々な語源的連想を喚起するわけであるが、「どちらの説に従っても意味がさっぱりわからない」というほどではないにしても、こじつけの域を出るものではない。オドラデクもクラムボンも、言葉と対象との安定した結びつきに亀裂を入れ、意味の不安定性を露呈させる。ある存在がどのようなもので、どこに分類されるか、名前から判断できない以上、読者は意味の不安定性に耐えられずに、解釈の誘惑に駆られてしまう。「もしオドラデクなどがこの世にいなければ、誰もこんなことに頭を痛めたりしないはず」で、クラムボンもまた然りである。ただ、名前からその性質を判断できないのは共通するものの、オドラデクがクラムボンと異なるのは、オドラデクの身体的特徴が事細かに描写されていることだ。

ちょっとみると平べったい星形の糸巻きのようなやつだ。実際、糸が巻きついているようである。もっとも、古い糸くずで、色も種類もちがうのを、めったやたらにつなぎ合わせたらしい。いま糸巻きといったが、ただの糸巻きではなく、星条の真中から小さな棒が突き出ている。これと直角に棒がもう一本ついていて、オドラデクはこの棒と星形のとんがりの一つを二本足にしてつっ立っている。

このオドラデクの外形であるが、星形の胴体を棒が貫いていて、さらにこの棒と直角にもう一つの棒があり、その二本の棒で立っている。つまり九十度に開いた二本の棒の足を持つ、星形の胴体の物体、しかも糸くずがついたものだ。さらに、昔は「何かちゃんとした道具の体」をなしていたらしいのだが、「別にそうでもない」らしい。「いかにも全体は無意味だが、それはそれなりにまとまっている」。風変わりな糸巻きのような格好のオブジェと思えば、オドラデクはそう謎ではない。美術館に飾られたら、モダンアートの一つぐらいには数えられるだろう。

ところが、そのような形では到底、生物とは思えないのだが、主人公と会話をしたり、「肺のない人のような声」で笑ったりもする。会話をしたかと思うと「木のようにものをいわない」ときもある。オドラデクは、生きている。

屋根裏にいたかと思うと階段にいる。廊下にいたかと思うと玄関にいる。おりおり何ヶ月も姿をみせない。よそに越していたくせに、そのうちきっと舞い戻ってくる。ドアをあけると階段の手すりによっかかっていたりする。そんなとき、声をかけてやりたくなる。むろん、むずかしいことを訊いたりしない。チビ助なのでついそうなるのだが、子どもにいうように言ってしまう。

オドラデクは主人公の家の屋根裏、階段、廊下、玄関にかわるがわる姿をみせたり、よその家に引っ越して、数ヶ月も姿をみせなかったり、そのうち舞い戻ってきたりもする。おそろしくちょこまかしていて、主人公にはどうにもならない。しかも、このオドラデクは敏捷である上に、対話が可能なのである。

「なんて名前かね」
「オドラデク」
「どこに住んでいるの」
「わからない」

そう言うと、オドラデクは笑う。肺のない人のような声で笑う。

クラムボンも、字義通り解釈すれば、笑ったり、跳ねたりする生命体である。そして、生命体である以上、死すべき存在でもある。ところが、オドラデクは死なない。

この先、いったい、どうなることやら。かいのないことながら、ついつい思案にふけるのだ。あやつは、はたして、死ぬことができるのだろうか？　死ぬものはみな、生きているあいだに目的をもち、だからこそあくせくして、いのちをすりへらす。オドラデクはそうではない。いつの日か私の孫子の代に、糸くずをひきずりながら階段をころげたりしているのではなかろうか。誰の害になるわけでもなさそうだが、しかし、自分が死んだあともあいつが生きていると思うと、胸をしめつけられるここちがする。

この短編はこのようにして終わる。「死ぬものはみな、生きているあいだに目的をもち、だからこそあくせくして、いのちをすりへらす」のであり、生の意味は死に直結している。語り手にとっては、自分がある目的を持って生きていることは自明だし、またいつかは死ぬという、存在というものの当然の確信が、不死なる物体としてのオドラデクによって不安にさらされる。オドラデクには生の目的もなければ、道具のようにほかの目的に奉仕する二次的な意味や目的すらないのである。

考えてみれば、クラムボンも不死の無目的存在なのではないだろうか。クラムボンは、殺され、死んでしまうのであるが、そのあとまたクラムボンは笑うのである。

だが、ここで強調しておきたいのは、オドラデクもクラムボンも意味の欠如した存在だとしても、それ自体には意味の不安はない。どういうことかといえば、オドラデク自体は、自らの存在意義や目的のなさに対して、何らの自己言及的懐疑を持っていない。他方、クラムボンには言葉を与えられていないが、クラムボンを語る蟹の兄弟にとって、クラムボンは謎の存在では決してない。むしろ、自明な存在である。オドラデクやクラムボンに不安を感じ、なんとか解釈しようとするのは、読者の方なのだ。

ところで澁澤龍彦[*12]は、オドラデクの「完全な無意味性」について触れ、「オドラデクは、もとよりアレゴリーでもなければ、たぶんシンボルでもないだろう。もしかしたら、これこそ物自体の顕現ではなかろうか」と述べている。澁澤はむしろ判断を中止して、あらゆる解釈を斥けたとき、オドラデクの無意味性の魅力が増すのだと言う。なぜなら、「解釈は解釈者の想像力の凡庸さによって、必ず私たちを失望に突き落とすものと決まっている」からだ。しかし、他方で澁澤はあえて自ら禁じた解釈の罠に落ちて、オドラデクに「オナニズム（独身生活）の表象」を見ている。誰でもそう簡単に言葉の無意味性や無根拠性に耐えられるものではないということなのだ。そもそも、一義的解釈の不毛性を指摘し、多様性を擁護することもまた、一つの解釈なのである。論者もまた解釈の罠から逃れられているわけでもない。現にこうして解釈を実践しているわけなのだから。

「チビ助」のオドラデクも、遊びの最中にクラムボンを口にする小さな蟹の兄弟も、基本的には子どもである。子どもを特権化するつもりは毛頭ないが、少なくともオドラデクは、語り手のような存在論的不安にさらされていないし、遊びに夢中になっている蟹の兄弟にとっては、クラムボンとは何かという問いそのものが生じようがない。

このように解釈の罠に陥るのは、最終的には読者であるのだが、「父の気がかり」においては、語り手の不安に読者が共犯的に関わってくる。「やまなし」においては、幻燈の上映者＝語り手である「私」は物語の外部的存在で、幻燈の観客＝読者が、二枚の幻燈を関連づけることによって、解釈を強いられることになる。そして、論者も読者の一人として、「父の気がかり」と「やまなし」をテーマ的に連関させ、解釈の罠に陥ることにしよう。

センスとナンセンスのあいだ

まずカフカの方だが、この短い小説の語り手「私」は一体誰なのだろうか。「父の気がかり」と題されているのであるが、ならば、「私」とは父であると考えてみてはどうだろうか。誰に対しての父なのか。もちろん、オドラデクに対しての父である。

ドアをあけると階段の手すりによっかかっていたりする。そんなとき、声をかけてやりたくなる。むろん、むずかしいことを訊いたりしない。チビ助なのでついそうなるのだが、子どもにいうように言ってしまう。

「私」は「チビ助」のオドラデクに「子どもにいうように」語りかける。オドラデクが実際の子どもというわけではないし、「私」が父といっても、象徴的な意味での父である。父としての「私」が拠って立つ場所は、だから、意味の体系に覆われた象徴界（ラカン）のことである。それを現実世界と置き換えてもいい。

名前には意味がなく、形も奇妙、しかも動き回り、ある程度の会話もできる。しかし、とりたてて悪さをするわけでもなく邪魔にもならないオドラデク。にもかかわらず、語り手を不安にする。死というエンド＝目的に規定された意味の世界に生きる語り手に対して、澁澤の言うように、徹底的にナンセンスなその存在は、語り手を途方に暮れさせるには充分であり、虚無の中に放り出されてしまう。子の立場とは、逆にオドラデクのように、無方向状態のナンセンスな世界に留まり続け、父の世界を脅かし続ける。なぜ、父（センス）と子（ナンセンス）のメタファーにこだわるのか。それは、「やまなし」を読み直すためである。

「やまなし」においては、ナンセンスな世界にいた蟹の兄弟が、父の教えのもと、死の意味を認識するプロセスが描かれている。蟹の兄弟が口にする「こわいよ」とは、「父の気がかり」の語り手の不安と逆のベクトルではあるが通じている。「父の気がかり」がセンスの立場からの不安であるとしたら、「やまなし」においては、ナンセンスな世界に充足していることは許されず、センスの世界に参入することが兄弟たちの宿命であり、そうした象徴的世界への参入の不安が語られている。いずれにしても、意味の受難に対する不安が根底にある。

クラムボンが殺されることと、魚がかわせみに殺されることは、全く別の次元である。子どもたちは、殺すということ、あるいは死ぬということがどういう事態を指し、何を意味するか自覚することなく、言葉遊びに興じていたわけだが、眼の前を泳いでいた魚が突然何者かに襲われ、消え去った瞬間を目撃する。子どもたちにとっては未知の経験だ。それに対して父は、未知の襲撃者は「かはせみ」という鳥であること、そして自分たちを襲わないことを教える。そして、魚が「こわい所」へ行ったことを教えることで、いずれは、子どもたちは死という観念にこの体験を結びつけていくだろう。ただここではまだ、死という記号とその意味はまだ充分に対応しておらず、ナンセンスとセンスとのあいだで揺れ動いている子どもたちの不安が示されている。

「二、十二月」において、「蟹の子供らはもうよほど大きくなり」、成長する。それでもまだ、蟹の兄弟は天井から落ちてきたやまなしをかわせみと誤認する。しかし、そうした経験を通して、やまなしとかわせみの差異、そして、かわせみという記号、やまなしという記号と対象がいずれは一対一で対応する時が来るだろう。さらにその熟したやまなしが、おいしいお酒になることも父親から教えられていく。果物が熟んで発酵するという行程、広い意味での「時間」という観念、あるいは生物とは時間的な存在なのだということを次第に理解していくだろう。やまなしのように熟んで朽ちていくこと、魚が鳥から捕食される食物連鎖、さらには母の不在も死という観念と結びつけていくかもしれない。こうして、死という意味内容が拡張され、蟹の兄弟も自らも死すべき存在であることを知っていく。

その時が来たら蟹の兄弟はもはや、クラムボンの歌を歌わないだろう。熟み果て酒となるやまなしは、確かに美しいイマージュではあるが、子どもはそれを享受することはできない。それはやはり、死と表裏の大人のイマージュである。

四　ばらまかれた身体——モダニズム文学と身体表象

モダニズム文学と身体

芸術史上のモダニズム（modernism）は、二十世紀初め第一次世界大戦から一九三〇年頃にほぼ世界同時的に、しかもジャンル横断的に起こった前衛芸術運動である。日本ではモダニズム文学といえば、伝統的な価値観を否定する新感覚派や新興芸術派、あるいは近代都市を舞台とした探偵小説、またダダイズムやシュールレアリスムの詩的実験などを指す場合が多い。

本節では、日本のモダニズム文学の潮流においては、一括りにされることはない、探偵小説作家の江戸川乱歩（一八九四～一九六五年）、プロレタリア作家の葉山嘉樹（一八九四～一九四五年）、童話作家の宮沢賢治（一八九六～一九三三年）という、ジャンルも思想的背景も異なり、何の交流もなかったモダニズム期の同世代の作家たちが、しかし一様に描いた、「破砕される身体」「ばらまかれた身体」の問題を取り上げたい。[*1]そしてそうした身体表象が、四〇年代の「ファシズムの身体」と接続していくさまを跡づけていくことで、日本におけるモダニズム文学と身体表象の特殊な文脈も見えてくるのではないだろうか。

江戸川乱歩「パノラマ島奇談」（『新青年』一九二六年一〇月～一九二七年四月）は、売れない作家の人見広介が、自分に瓜二つの資産家が急死したのを幸い、これになりすまして、その資産のすべてを人工楽園づくりに賭けるという話である。未亡人がこのニセの夫の不気味な計画に感づきつつも人工楽園島をめぐるのだが、犯人に殺されてしまう。犯人はコンクリートの柱に死体を隠すも、犯行が探偵役の小説家によって暴露され、自らは花火と共に、血と肉の雨をパノラマ島に降らすことになる。

か様にして、人見広介の五体は、花火と共に、粉微塵にくだけ、彼の創造したパノラマ国の、各々の景色の隅々までも、血潮と肉塊の雨となって、降りそそいだのでありました。[*2]

「パノラマ島奇談」と同年に発表された、葉山嘉樹の「セメント樽の中の手紙」（『文芸戦線』一九二六年一月）は、破砕器の中に挟まった労働者が石と共に砕け合って、セメントになる話である。亡くなった労働者の恋人は、そのセメントがどこに使われたのかを知りたくて、その樽の中に手紙を添える。

――私はNセメント会社の、セメント袋を縫う女工です。私の恋人は破砕器へ石を入れることを仕事にしていました。そして十月の七日の朝、大きな石を入れる時に、その石と一緒に、クラッシャーの中へ嵌りました。

仲間の人たちは、助け出そうとしましたけれど、水の中へ溺れるように、石の下へ私の恋人は沈んで行きました。そして、石と恋人の体とは砕け合って、赤い細い石になって、ベルトの上へ落ちました。ベルトは粉砕筒へ入って行きました。そこで鋼鉄の弾丸と一緒になって、細く細く、はげしい音に呪の声を叫びながら、砕かれました。そうして焼かれて、立派にセメントになりました。[*3]

宮沢賢治「グスコーブドリの伝記」（『児童文学』一九三二年三月）の主人公・ブドリは、冷害を防ぐために、カルボナード火山島を爆発させて、地球全体をガスで包み、地表からの熱の放散を防ぐ仕事に従事する。しかし、その仕事に行った者のうち、最後の一人はどうしても逃げられない。ブドリはその役を引き受け、爆死する。

それから三日の後、火山局の船が、カルボナード島へ急いで行きました。そこへいくつものやぐらは建ち、電線は連結されました。

すっかり支度ができると、ブドリはみんなを船で帰してしまって、じぶんは一人島に残りました。

そしてその次の日、イーハトーヴの人たちは、青ぞらが緑いろに濁り、日や月が銅いろになったのを見ました。

けれどもそれから三四日たちますと、気候はぐんぐん暖かくなってきて、その秋はほぼ普通の作柄になりました。

そしてちょうど、このお話のはじまりのやうになる筈の、たくさんのブドリのお父さんやお母さんは、たくさんのブドリやネリといっしょに、その冬を暖いたべものと、明るい薪で楽しく暮らすことができたのでした。

このほぼ同世代の三人の作家たちは、ジャンルも出自も異なりながらも、テクストに横断的に表象される、身体の断片化、身体破損のイメージは共通している。そうしたイメージが二〇年代から三〇年代の都市と身体、国家と身体、資本主義と身体をめぐる言説とどのようにつながっているのかを検討する。乱歩のエロスとしての身体破損、葉山の人間疎外としての身体破損、賢治の自己犠牲としての身体破損のイメージは、それぞれ異なりながらも戦場や植民地の記憶を呼び寄せながら、日本における一九四〇年代の「ファシズムの身体」とは何かを問う契機になるのではないだろうか。

一九二〇年代前後のユートピア思想と実践

大正期から昭和初期にかけて、さまざまなジャンルと領域でユートピアへの志向性が高まる。一九一八（大正七）年、武者小路実篤は、宮崎に「新しき村」を作って農業を中心とした共同生活を送り、身分や階級を超えたユートピアを実現しようとした。

佐藤春夫「美しき町」（一九一九年）は、隅田川の中洲に理想郷をつくろうという物語である。画家のEをあるホテルの一室に呼んだ旧友の川崎は、父親の残した莫大な遺産を元手に東京の市中に百の家を建て、そこにユートピアのような町をつくろうという計画を打ち明ける。そしてその場所を隅田川の中洲に決め、老建設技師Tという仲間を得、三年もの歳月をかけ、ようやく「新しき町」建設の青写真が完成した日、川崎は実は初めから自分には土地を手に入れるというような資金のあてはなかったことを暴露し、彼自身は海外へとすぐさま旅立ってしまう。

西村伊作は一九二一（大正一〇）年、与謝野寛・晶子夫妻らの協力を得て神田駿河台の閑静な住宅街の高台に自由学校「文化学院」を創立した。文学、美術、音楽に重点を置いた学校であった。四年制の中学部は日本初の男女共学を実施した。西村と同郷・新宮出身の佐藤春夫は一九三六年、文化学院の文学部長になっている。[*4]

建築家の藤井厚二は、住宅衛生学の面から日本風土に適した木造住宅を科学的に追求し、デザイン面では数寄屋を基本にアールデコやモダニズムの影響の濃いデザインを提案するなど、近代的木造和風住宅を確立した。とくに、環境と共生する住宅を実験的に作った聴竹居（一九二七年）は、科学的な住居論の実践、あるいは環境工学の先駆であり、また和風モダニズムの代表的建築とされている。尺貫法ではなくメートル法による設計、快適な温度を維持するための通風設備の充実、畳間と板間に段差を設けて接続する点などに特質があり、それらの手法が伝統的な和風住宅をモチーフにして用いられた。

藤井のような個性的な建築活動と平行して、昭和初期には、日本の伝統的な民家の意匠を用いた近代住宅が流行した。建築家今和次郎は全国の民家を調査し、『日本の民家――田園生活者の住家』（一九二二年、鈴木書店）を刊行する。こうした民家研究の開始によって、建築や工芸の分野において、伝統的な民家のデザインが再発見され影響を与えた。その一つに、柳宗悦らが進めた「民芸運動」がある。[*5]

後述する賢治の農本主義や羅須地人協会での活動なども、自然や環境との共生といったユートピア思想や、文化活動という同時代の潮流と軌を一にしている。

「パノラマ島奇談」——エロスとしての身体

だが、「パノラマ島奇談」というユートピア小説は、「新しき村」などに代表される、大正期のユートピア的コミューン運動とは異なり、政治や社会変革を目指すような志向性はない。あくまで個人の欲望を実現するためのユートピアが描かれる。しかも、そこで駆使されているテクノロジーは、十九世紀的な「パノラマ」である。パノラマ島を支配しているのは、まさに「パノラマ的知覚」であり、二十世紀に入って、写真や映画に取って代わられた新しいメディアには関心を示さず、あえて十九世紀的な機械のロマンティシズムへの憧憬が語られる。

広介は妻にパノラマの魅力について次のように語る。

「お前はパノラマというものを知っているだろうか。日本では私がまだ小学生の時分に非常に流行した一つの見世物なのだ。見物はまず細いまっ暗な通路を通らねばならない。そしてそれを出離れてパッと眼界がひらけると、そこに一つの世界があるのだ。今まで見物達が生活していたのとはまったく別な、一つの完全な世界が、目も遥かに打続いているのだ。何という驚くべき欺瞞であっただろう。パノラマ館の外には、電車が走り、物売りの屋台が続き、商家の軒が並んでいる。そこを、今日も明日も、同じ様に、絶え間なく町の人々が行き違っている。商家の軒続きには私自身の家も見えている。ところが、一度パノラマ館の中へ這入ると、それらのものが悉く消え去って了って、広々とした満州の平野が、遥か地平線の彼方までも打続いているではないか。そして、そこには見るも恐ろしい血みどろの戦が行われているのだ」

一八九〇（明治二三）年、日本最初のパノラマ館、上野パノラマ館が開館し、以降各地にパノラマ館がオープンする。

当初のパノラマ館の出し物は、南北戦争図や普仏戦争図を外国から買い取り、戦場を再現したものであった。戦争というスペクタクルはパノラマの大画面にふさわしい題材であった。そして、今度は日本人画家によって、日清・日露戦争画が描かれることになる。パノラマの最盛期は日清戦争によってもたらされた。その十年後の日露戦争もパノラマには格好の題材を提供したが、報道メディアに写真や活動写真が入り込んでくることで、次第にパノラマ的な戦場の臨場感は、写真や戦争映画によるそれに取って代わられるようになる。

だが、戦場の臨場感を疑似体験するパノラマ的体験は、昭和の初年代になると、「五族共和」「王道楽土」のスローガンの下、満州開拓が国策として推進されることで、その身体的な記憶が蘇ることになる。満州に課せされた新天地という役割は、これまでパノラマ館によって提供された「広々とした満州の平野が、遥か地平線の彼方までも打続いている」という広大な大地のイメージとしっかりと結びつき、日本人の間に定着していった。ジャングルの探検といったパノラマ的景観や海底トンネルを通して、乱歩は行ったこともない中国大陸の広さだけではなく、未開の地への探検を疑似体験させ、さまざまな植民地体験をシミュレートする。そういえば、パノラマ島の乗り物は、女性たちであった。乱歩は女性という乗り物=植民地をドメスティック化する。この島の遊園地では、「開拓時代」「冒険の世紀」「未来都市」を擬似体験させ、とりわけパノラマ的な仕掛けを通して過去の時間と未来のイメージ操作を行っているのである。

この小説ではパノラマ的な知覚に示されているように、五感の中で、特権化されているのは視覚である。夫の身体的特徴を熟知している妻にすり代わりを疑われないために広介は、妻に性的な欲望を抱きつつも、触れられることを回避し続ける。広介自身も、まずは偽装自殺によって、社会的に自らを抹殺し、最後は、爆死によって自身の身体そのものを抹消する。花火とともに自らの身体をスペクタクルに供するその死の美学化は、焼夷弾を花火に見立て、戦争の崇高美に酔いしれる、乱歩の戦後の作品「防空壕」(一九五五年)と遠くつながっている。

それとは対照的に、土葬された死体を掘り起こす場面では、ネクロフィリアへの志向がうかがえる。「虫」(一九二九年）では、腐敗する女性の身体を愛撫する主人公が描かれ、「盲獣」（一九三一年）では盲目の彫刻家が触覚に訴える彫刻を造り、触覚芸術を完成させると同時に失踪する。その彫刻は、殺害した七人の女の身体をバラバラに切り刻み、その感触をそのまま再現させて組み合わせたグロテスクな彫刻であった。身体を合成することで身体のエロティシズムが醸し出されている。

触覚のエロティシズムは、戦場で四肢と聴覚を失い、最後には視覚までも妻に奪われ、触覚のみに生きる傷痍軍人の「芋虫」（一九二九年）で頂点に達する。このように乱歩は、さまざまな形で身体の欠損や腐敗を描くが、それは身体のモノ化ではなく、身体のエロス化であった。

ところで、ロジェ・カイヨワ[*6]は、人間の遊戯をアゴン（競争）、アレア（偶然）、ミミクリ（模擬）、イリンクスの四種類に分類している。この最後のイリンクスとは、落下、滑走、急速な回転、高速走行などによって生じるめまいの状態を指している。パノラマはミミクリであると同時に、遠近法的知覚を攪乱させるという意味では、イリンクスの体験でもある。だが、アレアによって犯行が露見し、花火とともに上昇し、花火とともに落下する人見の最後ほど、イリンクスにふさわしいものはないだろう。イタリア未来派的な速度の崇高と暴力が想起される。

さらに、パノラマ島の中央には強大なコンクリートの円柱が立っており、その頂上には空中庭園がある。これなども二十世紀的な未来派的なイメージだろう。日本で最初にセメントが製造されたのは、一八七五（明治八）年のことである。それは、当時主に鉄道・港湾施設・建築物などの建設に使用された。その後、大正・昭和にかけてセメントの生産量の増加にともないコンクリート製品の種類も多くなる。とりわけ、関東大震災以降、鉄筋コンクリートが見直され、コンクリート建築が増えた。震災後、同潤会によって建てられた鉄筋コンクリート造のアパートは、当時としては最先端の中産階級のための現代住宅だった。中庭をコの字、ロの字に囲むようにし、社交室や大食堂なども備えた一種の理想的な共同住宅を作ろうとする意図があった。家族持ちと単身者がともに暮らす、一種のコミューン的な場としても構想されていたわけだ。明智小五郎もまたそうしたアパートの一つである「開化アパート」に暮らしていた。[*7]

また、一九二九年には、モダニズムの建築家ル・コルビュジエが日本に紹介され、彼のコンクリート建築が流行することになる。だが、乱歩の機械観は、コルビュジエの建築に見られる単純化された機能美ではなく、あくまでも機械のロマンティシズムであった。[*8] このパノラマ島には、大森林を模した世界や、人工的な庭園もあれば、「生命のない鉄製の機械ばかりが密集している」「機械の王国」も用意され、統一のないばらばらなパノラマが共存している。巨大な機械群も出てくるが、「そこに並んでいるものは、蒸気機関だとか、電動機だとか、そういうありふれたものではなくて、ある種の夢に現れて来る様な、不可思議なる機械力の象徴なのだ。用途を無視し、大小を転倒した鉄製機械の羅列」なのである。その意味で乱歩の描く破損したグロテスクな身体への希求も、自らの芸術に殉じる、身体のロマン化であったと言えよう。そうした身体のイロニー的なロマン化は、太平洋戦争が近づくにつれて、ファシズムの身体と抵触することになる。先に紹介した「芋虫」は、一九三九年三月、反戦的であるとして、全編削除を命じられるのである。

だがそうした乱歩の「近代における有用な身体（の規律・訓練）を逸脱してしまう身体性への感受性」[*9]は、「防諜長篇小説」と銘打って連載された「偉大なる夢」（『日の出』一九四三年一一月〜四四年一二月）においては、「あらゆる武勇伝を超えて国民絶讃の的となり、全都民の涙を絞らしめ、孫子の末までの語り草となって残ったものは、帝都の空に散華した体当り戦闘機の諸勇士」であり、彼らを「神のごとき美しさ」と讃美することになる。そして書斎型の蒼白で肥満していた乱歩自身の身体も、さまざまな銃後活動を通して引き締まった健康な身体に生まれ変わる。戦時中、乱歩は町内会の防火訓練や勤労奉仕に積極的に関わり、翼賛青年団豊島区支部副団長兼事務長を務めるまでになる。[*10]

「セメント樽の中の手紙」――商品としての身体

「パノラマ島奇談」では、犯人は千代子をパノラマ島のコンクリートの柱に塗り込める。彼女の身体がコンクリートの一部と化すわけだが、「パノラマ島」においては、千代子に限らず女性の身体は、乗り物の部品として利用されている。こうした女性の身体の部品化は佐藤深雪[*11]が言うようにフェティシズムの欲望に基づいている。

葉山嘉樹「セメント樽の中の手紙」は、同じくコンクリートに塗りこめられた身体、身体の破損を描きながら、もう一つ別の労働する身体イメージを提供している。一九二一年、葉山が名古屋セメント会社に工務係として勤務していた時、労働者の一人が作業中落下して死亡するという事故に遭遇し、工場側の対応に憤った葉山が労働組合を組織しようとして解雇されるという出来事があった。それがこの小説の下敷きになっている。そして葉山は一九二五年三月に巣鴨刑務所を出所してまもなく、この短編を書き上げている。抑圧される身体と権力の関係を身をもって体験したのであった。そして二十世紀的な機械のリアリズムを通して、商品としての身体／リサイクルされる身体が描かれることになる。

ある労働者がセメント樽の中身をミキサーの中に入れていると中から木箱が出てきた。その木箱を開けてみると中には手紙が一通あった。それはセメント袋を縫う女工が書いたものであった。この恋人の身体の断片が混ざり合ったセメントの行方を気遣う女工からの手紙が、もう一人の松戸与三という労働者の目にとまり、彼の貧しい家族の姿と対照されることで、限定的ではあれ労働者同士の連帯の可能性や錯綜した関係性も示唆されている点など、プロレタリア文学の代表作となっている。楜沢健は、手紙を介して女工という少女と飯場労働者が出会う本作は、「工場労働者、女工、屋外労働者という、さまざまな、しかしけっして単一ではない『労働者』内部の序列や矛盾の問題[*12]」が浮かび上がってくると指摘している。

そこで描かれる身体は、徹底的にモノとして扱われている。その身体のモノ化に対して、コンクリートミキサーの方が逆に擬人化されるという転倒が起こっているのである。コンクリートミキサーは絶え間なくコンクリートを人間のように「吐き出」し、彼の鼻の穴に入ったコンクリートを取り除く余裕もなく過酷な労働を強いられ、「鉄筋コンクリートのように、鼻毛をしゃちこばらせて」、「彼の鼻は石膏細工の鼻のように硬化」するというように表現されている。要するに、コンクリートを作る労働者の身体が、コンクリートのように「硬化」する。[*13]

松戸与三はセメントあけをやっていた。外の部分は大して目立たなかったけれど、頭の毛と、鼻の下は、セメントで灰色に蔽われていた。彼は鼻の穴に指を突っ込んで、鉄筋コンクリートのように、鼻毛をしゃちこばらせている、コンクリートを除りたかったのだが、一分間に十才ずつ吐き出す、コンクリートミキサーに、間に合わせるためには、とても指を鼻の穴に持って行く間はなかった。
彼は鼻の穴を気にしながら遂々十一時間——その間に昼飯と三時休みと二度だけ休みがあったんだが、昼の時は腹の空いてる為めに、も一つはミキサーを掃除していて暇がなかったため、遂々鼻にまで手が届かなかった——の間、鼻を掃除しなかった。彼の鼻は石膏細工の鼻のように硬化したようだった。

破砕器に体が巻き込まれ、セメントと混ざり合ってしまった労働者の身体は、労働機械や人間疎外の隠喩として読むのは容易だろう。また、このような身体の物象化は、文学的な立場としては対立しているはずの、横光利一の作品を彷彿とさせる。

葉山の「肉体破砕のイメージ」[*14]はほかの作品でも繰り返される。「海に生くる人々」（一九二六年）では、水夫見習がスティームギアの鎖とそのカバーの間に挟まれて左足の親指が砕け、船員たちは錨鎖のチェーンロッカーに隠れていた十三人の密航娼婦の「肉漿」を頭から浴びる。投錨の際に「鎖の各片、人肉の各片、骨の各片、蓆の破片ともつれつ、くんずして、チエンホールから、或は空虚へ、或は鎖と共に海へ、十三人の密航婦を分解、粉砕して、はね飛ばしてしまった」からだ。「舟の犬『カイン』」(一九二八年)の「大工はウインチの中に、寸法を合せて拵らへられた機械の一部のように、グシャッと嵌り込」み、「肢体は散らかっていて、拾い集めても形をなしそうもなかった」のである。

だが、同じく「肉体破砕のイメージ」でありながら、「セメント樽の中の手紙」がほかと異なるのは、そのバラバラの身体が、セメントという商品として、再利用されているということである。死とは、終わりではなく、交換の一プロセスに過ぎない。「セメント樽の中の手紙」は、破損した身体に資本の論理を見、セメントとして再利用される身体をネガティブに描いた。

だが、同時代評においては労働疎外をテーマにしたプロレタリア文学というよりも、「ロマンティックなみずみずしさ」(臼井吉見)をたたえた「プロレタリアのお伽噺」(宇野浩二)、あるいは揶揄的に「大衆小説」(青野季吉・萩原恭次郎ら)として受容された。[*15] その要因は明らかに死んだ男がどれだけ自分のことを愛していたのかを綴った女工の手紙というメディアと語りが採用されているからだ。労働者の死は愛する者がその死を追悼することで有意味化される。

愛する者がいるから当然死ぬことなど考えようがなかった労働者はしかし、不慮の事故で死ぬのであるが、この「愛する者がいるから死ねない」という感情は、「愛する者のためにはいつでも死ねる」という感情、ロマン派的な死の美学へと反転する契機を秘めている。愛と死の物語ほど、ファシズムが欲するものはない。

ところで葉山自身は、後に労働者から農民へと転身する。一九四三年、彼は長野県山口村の満州建国勤労奉仕班・班長となる。一九四四年、神坂・田立・山口の三村より、「満州拓士送出運動」を嘱託され、近隣の村人たちを満州開拓へと向かわせる運動に積極的に関わる。そして自らも敗戦間際の一九四五年六月、満州開拓団の一員として満州に渡る。しかし、同年十月引き上げ列車の中で病死する。抑圧される労働者の身体を描いた葉山は、しかし、開墾地を奪われた満州の被植民者への身体には思い及ばなかったのか、パノラマなどを通して創られた、新天地としての満州のイメージを素朴に信じた。

そして賢治もその一人であった。イーハートーヴというユートピアは、無国籍風ではあるが、大陸的な入植地を彷彿させるものがある。

「グスコーブドリの伝記」――供儀としての身体

賢治は、労農党の稗和支部が設立されたときにカンパするなど、プロレタリア運動にはシンパシーを抱いてはいた。しかしこと文学に関しては、時代がプロレタリア文学に向っていたにもかかわらず、そうした文学運動には組みすることができなかった。しかし、テクノロジーと農本主義に基づくユートピア思想は持ち合わせていた。モダニズムの繁栄と矛盾の象徴たるセメントの原料である石灰を、肥料として普及に努めたのは賢治であった。

「グスコーブドリの伝記」は、SF童話である。作品の舞台となるイーハトーヴは、クーボー大博士のように玩具のような小さな一人乗りの飛行船に乗って移動することができ、肥料とともに人工的に雨を降らすこともできる技術が確立している未来社会である。だが、火山を爆発させ気温を上げるためには、一人だけ火山島に残らなければならないという、何とも理不尽な世界でもある。なぜ、ブドリは死ななければならなかったのか。

賢治は、シベリア出兵が間近に迫った、一九一八年四月、徴兵検査を受けるのだが、体格不良で不合格になる。家業や父への反発としての徴兵希望であったが、この徴兵免除の負い目は、以降、賢治のオブセッションの一つとなる。戦場で死ねなかった賢治は、晩年「グスコーブドリの伝記」という自画像的な作品で、理想的な死を描くことになる。

最後のブドリの死に示されているように、ブドリとみんな、個人と宇宙、部分と全体が、有機的に連続し、調和する世界を賢治は理想としていた。ブドリの爆死は、ブドリの身体の消滅ではなく、ブドリの身体が、賢治の創造したユートピアであるイーハトーヴ全体に遍在していくことを表している。共同体と一体化することで、不死が共同体によって保証される。

賢治はほかの童話でも、みんなの幸福のためなら自分の体を焼いても構わない、といった身体が燃えるイメージを繰り返し利用する。要するに身体は何度も死を経験して再生する。例えば「よだかの星」（生前未発表）では、みにくいよだかという鳥が、ほかの生物の命を奪ってまで生きたくはないと自死を決意し、最後に燃えて星になる話である。賢治の場合は、仏教の焼身供養の影響があるが、燃え上がる身体とは不死の身体のイメージである。

こうして賢治は、身体を断片化し、さらに身体そのものを消し去ろうとする。これが自己犠牲的な死の主題と共に、繰り返し賢治童話の中で描かれることになる。健康な身体＝ファシズムの身体を持ち得なかった賢治は、その代償として、もう一つのファシズムの身体を手に入れたのである。[*16]

そのファシズムの身体は、一九四〇年代に入り、真珠湾攻撃によって太平洋戦争が始まると、「玉砕」「散華」というスローガンで、国民にもそうした「玉と砕ける」、「華と散る」、「破砕される身体」と化すことを鼓舞するようになる（第二章第二節・第三節参照）。

権力の舞台としての身体

一九二〇年代から三〇年代の初頭にかけての日本のモダニズム文学において、乱歩の描くパノラマはもはや近代的な都市文化の象徴ではなかった。にもかかわらず、戦場としての、開拓地としての満州を熱望させるパノラマ的な知覚のからくりを描いている点において、あるいは、身体そのもののスペクタクル化を描いている点において、機械と死のロマン化の問題を浮上させる。疎外される労働者の身体を描き続けた嘉樹はさらに、商品と化す身体をとらえることで、資本の論理と身体との共犯関係を明らかにした。しかし、女工による死のロマン化は、賢治の自己犠牲的な死に引き継がれる側面も併せ持つ。葉山や賢治の身体表象は、ムッソリーニを支持したマリネッティの身体イメージと極めて類似している。

　このように三者三様に描いた、破砕される身体、あるいは彼らが生きた身体に、日本の植民地主義や、ファシズム言説の痕跡と推移が書き込まれていることをみてきた。もちろん、彼らがファシストであったなどと言いたいわけではないし、一般的にはむしろ反体制的でファシズムから遠い作家たちである。今回の試みは、身体に刻まれたファシズム的身体の記憶を遡行し浮かび上がらせるための戦略的な読みであり、別の読みの可能性もあることは言うまでもない。

　先にも触れたように、視覚優位のモダニズム期にあって、江戸川乱歩には触覚を通して描かれる別の身体破損、あるいは反ファシズム的身体の系列がある。また、葉山の身体と機械に対するイメージは、機械へのロマンティシズムや機械への恐怖をもっぱら描いた同時代の文学の中にあって、ユニークであった点はもっと強調すべきであり、他者を触発する女工の手紙やもう一人の労働者の家族の描かれ方には、プロレタリア文学で見過ごされてきた女性身体の問題が出てくるはずである。

　賢治の文学の特質は、賢治とほぼ同時代に台頭し影響を与えたさまざまな新しい思想や潮流と無縁ではない。例えばフロイトの精神分析学、アインシュタインの相対性理論、ベンヤミンの複製技術時代における芸術論、ブルトンをはじめとするシュールレアリストたちの自動筆記や「宣言」という芸術形式、ロシア・アヴァンギャルドたちの「ザウーミ」(超意味言語)による詩的実践や異化の論理、メイエルホリドによるビオメハニカ(生体力学)、シュタイナーの人智学……。このような同時代言説と賢治の「農民芸術論綱要」のアフォリズム形式、「ペンネンネンネンネン・ネネムの伝記」(「グスコーブドリの伝記」の先駆形)における変形し流動化する演劇的身体、「ガドフルの百合」における夢のレトリック(本章第二節参照)、詩の即興性や言語遊戯などは交錯している。賢治の多様で猥雑な身体の諸相があるのであるが、今回は寸断されつつも、最終的には共同体に統合化されてしまう身体を問題にしたかったのである。さまざまな「破砕される身体」は、ファシズム期においては、「玉砕」「散華」というイメージに転用され、「国民の身体」

へと統合化されていったのである。

身体には社会の諸矛盾や力関係が蔓延している。他者が介入し葛藤の場となる身体を、縫合し統合するのではなく、分断された身体として可視化し露呈させること、それが「ファシズムの身体」に回帰しないための方法だろう。

第三章　詩と散文のあいだ

一　南島オリエンタリズムへの抵抗――広津和郎の〈散文精神〉

南島へのまなざし――オリエンタリズムの成立

大正期は琉球・沖縄研究が脚光を浴びた時期である。もちろん、早くは新井白石『南島志』(一七一九年)に始まって、森島中良『琉球談』(一七九〇年)、大槻文彦『琉球新誌』(一八七三年)、伊知地貞馨『沖縄志』(一八七七年)、笹森儀助『南島探験』(一八九四年)、バジル・ホール・チェンバレン『琉球語文典及び語彙』(一八九五年)、幣原坦『南島沿革史論』(一八九九年)、そして田代安定、田島利三郎等によって研究が進められていた。しかし、「沖縄学」として学問の一領域を築いたのは、「日琉同祖論」を展開した伊波普猷であり、その「沖縄学の父」と呼ばれている伊波は、大正中期から末期にかけて「ことに柳田國男氏が琉球諸島を探験して帰つて、南島を研究しなければ日本の古い事が解けないと吹聴されて以来、琉球研究熱は一層高まつたやうな気がする」[*1]と述べている。

柳田が初めて琉球諸島を旅行したのは一九二〇(大正九)年十二月から翌年二月にかけてであり、後に紀行文『海南小記』(一九二五年、大岡山書店)にまとめられる。折口信夫も柳田に触発される形で一九二一(大正一〇)年七月から八月にかけて第一回目の沖縄旅行に向かい、沖縄採訪調査を行う。一九二二(大正一一)年には柳田によって南島談話会が設立され、南島を対象にした民俗学が本格的に動き出す。

当時の柳田の南島へのまなざしは、『海南小記』の自序に端的に示されている。

　海南小記の如きは、至つて小さな咏歎の記録に過ぎない。もし其中に少しの学問があるとすれば、それは幸ひにして世を同じうする島々の篤学者の、暗示と感化とに出でたものばかりである。南島研究の新しい機運が、一箇旅人の筆を役して表現したものといふ迄である。唯自分は旅人であつた故に、常に一箇の島の立場からは、この群島の生活を観なかつた。僅かの世紀の間に作り上げた歴史的差別を標準とはすること無く、南日本の大小遠近の島々に、普遍して居る生活の理法を尋ねて見ようとした。さうして又将来の優れた学者たちが、必ずこの心持を以て、やがて人間の無用なる闘諍を悔い歎き、必ずこの道を歩んで、次第に人種平等の光明世界に、入らんとするだらうと信じて居る。[*2]

柳田は島の外側にいる旅人の立場から「僅かの世紀の間に作り上げた歴史的差別を標準とはすること無く、南日本の大小遠近の島々に、普遍して居る生活の理法を尋ねて見よう」とする。そしてこのような態度が「次第に人種平等の光明世界に」通じると言うのである。この平等思想はしかし、「歴史的差別」の存在を隠蔽しかねない。近代の政治や歴史がほとんど問題とされなくなる時、古代日本のルーツとして日本との同一性が見出される。確かに柳田は、琉球人の悲哀の歴史も記述してはいるが、結果的にはその感傷性は、ノスタルジックな異国情緒を補完しており、「小さな咏歎の記録」とならざるをえない。もちろんこうした近代の歴史性を捨象することを基軸として成立している民俗学や文化人類学に対して、歴史性を捨象しているからといってことさら批判しても生産的ではないだろう。例えば民俗学的視野からすれば「琉球処分」などの短期的事件はあまり重要ではない。

しかし、柳田の場合貴重なのは一方では同じ時期、「山人」に関する分析的記述を行い、「歴史的差別」の実態を明らかにしているということだ。柳田の山人に対する関心は『遠野物語』（一九一〇年、聚精堂）、「山人外伝資料」（『郷土研究』一九一三年三月〜一七年二月）、「山人考」（一九一七年、講演手稿）、『山の人生』（一九二六年、郷土研究社）にみることができる。柳田は「山人外伝資料」で、山人は人間であることを言明し、「山人考」で、山人とは天皇家の祖先である外来の征服民族に滅ぼされた日本の先住民であるという仮説を提出し、その実在性を展開させた。柳田は山人の「歴史的差別」を問題にし、征服民族と先住民との闘争＝逃走関係を六つの筋道に分けて素描したのである。しかし、柳田は山人＝先住民の主張を『山の人生』を境として目立たぬようになしくずしにしてしまった。大正末期から昭和初頭にかけて常民とは異質な他者を発見したはずの柳田は、なぜ南島へと向かい、常民を核にすえた民俗学へと展開したのか。

村井紀[*3]は、柳田が農政官僚として「日韓併合」に関与した事実を問題として、自ら見出した「山人」（近代日本の植民地主義がもたらした異民族）問題を、自己同一的な「原日本」としての「南島」によって隠蔽したと言う。この「転向」により、具体的にはアイヌ民族も被差別部落も「琉球処分」という「南島」の植民地化問題も、また「台湾支配」も忘却された場所で、「南島イデオロギー」が発生したのだとする。こうして、琉球・沖縄は、その風土、文化、言語の際立った独自性、異質性が重視され、民俗学、言語学などの学問分野から強い関心をもたれ、〈沖縄学〉という研究のカテゴリーを作り出すまでにいたる。しかし「南島」という、固有名を消去し日本を基準にした命名からも分かるように、島々の歌謡や宗教、言語を精密に論じ、その独自性や異質性を見出すことが、最終的には日本との同一性を産出してしまうのである。

エドワード・サイード[*4]は、東洋（オリエント）は西洋（オクシデント）に対して、先験的に存在してるわけではなく、主体たる西洋によって表象＝支配されるべき客体として措定されたイメージの束であると言ったが、南島も日本によって分析、整理、統合され、オリエント的なものに仕立て上げられることになったのである。

こうした南島オリエンタリズムを共有していたのは何も民俗学者等に限ったことではない。文学者もまた南島のオリエント化に加担してもいた。一九二二（大正一一）年に既に琉球は詩の題材として取り上げられていた。それは、琉歌や「おもろ」、琉語を巧みに取り入れた佐藤惣之助の『琉球諸島風物詩集』[*5]（一九二二年、京文社）である。惣之助が惹きつけられたのは沖縄の異国情趣だった。彼には地誌的・社会的・経済的な側面は興味がなく、エキゾチックな風俗の中にある琉球の言葉や民謡、俚謡を採取しながら、旅人として、滅んでいくものに対する哀惜の情をうたったのであった。つまり、琉球は「アラビアンナイトの漁夫の家があつたかと思ふと／その隣は長安の月を眺める翁の宿」

〔「遊奇國記」〕があるような異国の地であり、「文字なく國旗やあらぬ王國」〔「咏嘆」〕の伝説や哀話が取り上げられ、「亡へる王國の哀惜を胸に挿しかへて」〔「無為の賛」〕、「このクラシツクな情景を／君のコレクションの大壁に掲げたまへ」〔「古代琉球國」〕と言葉によって「内地」の側に採集され収奪される対象であったのである。彼のまなざしも現代ではなく古代の琉球に向けられたのである。*6

南島オリエントとは、山之口貘*7をして「刺青と蛇皮線などの連想を染めて、図案のやうな風俗をして」「酋長だの土人だの唐手だの泡盛だの、同義語でも眺める」「世間の既成概念達が寄留するあの僕の国か！」と言わしめたように、固定的、一方的な遠近法の中でとらえられた像だったのである。そして、このようなまなざされる他者を疎外するオリエンタリズムは日本の植民地主義を不断に肯定していくことになるだろう。

それでは〈現実〉の大正末期の沖縄とはどのような状態にあったのであろうか。明治以前の沖縄は、薩摩藩の実質的な被支配国であり、表面上は中国に朝貢する独立国であった。薩摩藩の支配下にあった沖縄は、明治十二年の「琉球処分」によって明治政府の統治するところとなるが、以来政府の権力搾取によって経済は極度に悪化し、いわゆる「蘇鉄地獄」なる状況に陥っていた。*8「沖縄の苦しみを見かねた本党」〔『読売新聞』一九二五年五月二二日〕、「経済的に行き詰まり蘇鉄で命をつなぐ人も」〔『大阪朝日新聞』一九二五年六月二〇日〕、「沖縄県を救済」〔『大阪毎日新聞』一九二五年一二月二四日〕といった見出しで、沖縄問題がジャーナリズムでも取り上げられることになる。

広津和郎「さまよえる琉球人」は、このような大正期の沖縄の困窮した経済や沖縄人に対する社会的な差別を背景に、職を求めて都市へ流民化していった二人の沖縄青年が、お人好しの小説家Hに詐欺的な不義理を働いたことを述べた小説である。明治以降の文壇作家による琉球人を取材した最初の創作であると思われる。その中で広津は、大正期の南島イデオロギーが隠蔽してしまう異質な他者間の差別や抑圧の問題を描いてみせたのである。

琉球の切迫した農村問題は琉球人の見返民世（ミカエルタミヨ）を通して次のように語られる。

「琉球の中産階級は、殆んど今滅亡の外ないのですよ。甘蔗はこしらえても、売れない。いや、問屋と内地の資本主義とが協力しているので、売れても二束三文です。それを二束三文に売っても、生活が立ちません。それで憤った青年達は、それを売らないのです。が、売らなければ尚飯が食えない。売ろうとすれば、見す見す資本家共の餌食になる。それに税金が高いのです。あんた」興奮すると彼は、こうして「あんた」という呼びかけの言葉を間に挟む癖があった。「那覇の税金が、東京の何倍も高いと云ったら、お驚きになるでしょう。とても、話にならない税金を徴収されるのです。黙っていれば無論滅亡、動いていてもやっぱり滅亡の外ないのです。それは惨憺たるものですよ。琉球の中産階級の青年達の間には、『Tへ、Tへ』という歌がある位です。Tとは九州のT炭坑の事です。あんた、考えて下さい。炭坑生活が彼等に取っては、滅び行く琉球にいるよりも、極楽に見えるのです。ユウトピアに見えるのです。坑夫生活が理想境に見えるのです」[*9]

もちろん、このような〈現実〉なるものもある種の歴史観というイデオロギーによって切り取った〈現実〉であって、無前提な〈現実〉などどこにもない。しかし、当時の支配的なオリエント的〈現実〉と対置したとき、広津の南島へのまなざしは、多様でありえたはずのもう一つの〈現実〉のあり方を開示している点で評価できよう。そして、「さまよえる琉球人」が貴重なのは、何も沖縄の窮状を伝えているという点にのみあるのではない。それだけなら、当時のジャーナリズム的〈現実〉と変わりはない。重要なのは、沖縄人に対する同情を込めて書かれながら、沖縄青年同盟から抗議されるという転倒であり、そこに露呈する「歴史」であり「政治」なのであり、なぜ「さまよえる琉球人」が小説なのか、と問うことである。それに答えることで広津の言う〈散文精神〉なるものの内実が照射されるであろう。

差異／他者の発見

広津和郎が一九二六（大正一五）年三月号の『中央公論』誌上に発表した小説「さまよえる琉球人」に対して、沖縄青年同盟から沖縄県民に対する国民一般の偏見を助長する恐れがあるとして抗議が起こり、広津は抗議文を全文引用しながら弁明し、「あの作を今後創作集などに採録しないのは勿論、自分はあの作を抹殺したい」[*10]と述べるにいたる。その後沖縄復帰を目前に控えた一九七〇年に、この作品は沖縄側からの強い要請で遺族の了解を得て、雑誌『新沖縄文学』（沖縄タイムス社）に再録されることになる。

作品掲載にあたって牧港は、大江健三郎の『沖縄ノート』と共にこの作品を「歴史的モニュメントとしての存在性を帯びる」ものとして評価し、「習慣、伝統、言語、文化にわたって、大正期の沖縄は、日本の一部として忘られ、逆に今日は、その特殊性が沖縄ナショナリズムとして為政者から表面温い目で迎えられようとしている。立場はまったく逆だが、逆もまた真なりといわなければならない」[*11]と述べる。七〇年代の沖縄へのまなざしと大正期の沖縄の忘却という言説の政治的共通性の指摘は示唆に富む。前述したように大正期の沖縄の負の側面は忘却される一方で、南島研究が隆盛を極め、その古代的遺制が強調され、さらに多くの旅行記が書かれ、異国情緒というオリエント化をもたらしてもいたのである。このような自己とは異質な他者や歴史が消去された大正的言説空間にあって、広津はどのような差異をテクストに刻み込んだのだろうか。

広津和郎とおぼしき小説の主人公Hは、小説の書けない小説家として登場する。なぜ、小説が書けないのか。

自分はよくこんなことを考える。金というものは、どんなことをして得た金でも、それを使って見ると、交換価値は同じである。翻訳をして、その原作の持っている人気によって、自分の手に這入って来る印税——労力に比してかなり余分な印税——でも、原稿用紙のこの桝型の中に一字一字自分の頭から絞り出して、書き重ねて行って出来上る創作に対する報酬——労力に比してこれはどうも余分とは云えない気がするが——でも、それを物に換えて見ると、その価値は少しも変りがない。（中略）——こんな解り切った事を、金に苦しむと終始考えるので、そんなところに標準を置かない創作家生活の本来の意味というような方面に頭を転換させたく思うのであるが、併し極端な不如意に陥る場合には、不便という事に対して、少し位腹を立てても差支ないような気になる。

ここで述べられていることは要するに、「労力」＝「労働時間」によって作品の「価値」は決定されない、ということだ。作品の「価値」はその作品に内在しているのではなく、「交換」によって生み出されるのである。異質な商品＝作品の間に、交換が成立するための等価関係が貨幣によって媒介される。作家の創作活動という精神性なるものは、原稿の桝目に書きつけられた文字の羅列の計量可能な量によって、金銭と交換され、経済活動のサークルの中に取り込まれる。このような認識は大正期の消費社会を背景としているだろう。小説内の時間は関東大震災前年の一九二二（大正一一）年から翌年にかけての出来事である。日本は、一九一四（大正三）年に勃発した第一次世界大戦で軍需景気を迎える。一九二〇（大正九）年には戦争終結にともなう最初の経済恐慌が起こり、一九二三（大正一二）年の関東大震災でも大きな経済的打撃を受ける。以来日本経済は慢性的な不況状態に陥る。従って景気が好かったのはあくまで大正の初め頃から震災の年にかけての短期間でしかなかったが、上昇期資本主義特有の楽天的気分が漲り、消費社会の原型が成立したと考えられる。

しかし、主人公は、この常識的な資本の論理、作品が商品であるという驚きを隠さない。彼は異質なものが等価であるかのような形而上学的抽象性に直感的に気づいていた。だから、あらゆるものを商品としてひとしなみに一つの体系の中に流通させてしまう交換価値の理不尽さが、そして、モオパッサンの翻訳による不意の印税収入が主人公の創作意欲を減退させてしまう。作品の固有性（実体的使用価値）などどこにも存在しない。このような貨幣形態に対する違和の意識は、同一性の中に差異を見出す意識であり、このことと琉球人という他者の発見とは軌を一にする。

さらに、この「そんなところに標準を置かない創作家生活の本来の意味」を考え、芸術の孤独な営みに対する信頼を示しながらも、結局金銭との交換を期待している小説家にとって、既に余分な金銭を所有している現在、小説が書けなくなるのは当然であろう。逆に金銭を搾取されることで創作の欲望は喚起されるほかはない。

この資本と小説の論理を実証するかのように、主人公はさまざまな相手から詐欺的行為によって金銭やモノを奪われる。見返民世からは石油コンロや石油ストーブを売りつけられ、しかも売りつけたはずの石油ストーブを借り受けると、他人に流してしまうし、見返の女への贈り物の手袋もねだられる。暖房器具が売れなくなると、彼はT出版社の書籍の注文の委託を依頼し、新本を古本屋に売りつけ着服し、Hが責任をとって損失分を印税から差し引かれてしまう。見返の周囲にいた同じ琉球人の文学青年Oからは、伏字の箇所が全部活かされてある翻訳したモオパッサンの一冊しかない本を、記念のためと称して貰われてしまう。出版社を共同経営していた上野増男は、会社の金を一万円以上も横領し、事務所をも人手に渡し、預金までも根こそぎ持ち出し、多大な損害をHに与えたまま姿をくらましてしまう。その後しばらくして再び見返がHの下宿に現れ、彼の妻と一緒に同じ下宿に住みつくようになるが、夫婦は下宿代を支払わずにいなくなり、彼らの保証人となっていたHが支払う羽目になる。

そうした搾取の過程を主人公は記述し、一編の小説、つまり「さまよえる琉球人」を書き上げることになるのだし、序のところで「この話の本筋とは関係のない事」なのに長々と下宿の隣の活動写真屋の「小娘の事を詳しく書」き、「別段『さまよえる琉球人』とは何の関係もない」上野という内地人の横領事件を書くのは、小説の書けないことの代償としての枚数稼ぎとみなせないこともない。しかし、この小説の書けない小説家は、描写の持続によって話を脱線させ、その長さが原稿料に代わるのだ。

金銭を媒介として書くことの欲望が生起する。その欲望は描写の長さを必要とする。小説家は何を描写したのか。小説は主人公Hのところに不意に見知らぬ一人の琉球人が訪問してきたところから始まる。その男＝見返民世は次のように描写される。

不機嫌を露骨に表しながら、開いた障子の方を見ると、そこに円い、というよりは四角い顔の、顎の短い、色の黒い、口髭を生やした、そして顎の辺には髯の剃り跡の濃い洋服姿の男が、「エへへ」と笑いながら顔を出した。自分には一寸どういう種類の人間か見当がつかなかった。「エへへ、どうも突然上りまして。お邪魔ではなかったでしょうか?」

顔に似合わず、細い、甲の声だった。

男の特徴が顔や肌の色から癖のある喋り方にわたってその細部が描写され、「どういう種類の人間か見当がつかない」という、徴つきの人間として表象される。もう一人の琉球人の青年Oは、「痩せて、色の黒い、その癖人に向って、ぐっと肩を張って対するような形をする」と描写される。見返の妻は「やはり琉球の人で、何となくはえない、色の褪めたような感じのする女だった。彼女は廊下であっても、自分に挨拶もしなかった」「むっつりした顔」の女と表現され、概ね琉球人は負のイメージでとらえられている。しかも、内地人の描写は皆無に等しいのに、こうした琉球人の描写、とりわけ見返の描写は突出している。彼の笑い方一つとっても次のような細部描写がなされる。

「エへへ」と書くと、唯の浮薄な追従笑いのような感じになるが、そして実際追従笑いには違いないのだが、この男のそれには、たくんだのでない一種の愛嬌がある。「エへへ」と云って、色の黒い、顎に髯の剃り跡のぼつぼつとした、四角い顔が笑うと、煙草でよごれたのらしい、白と茶褐との染分けの歯が、黒い顔の真中よりやや下に、ぽかッと現れる。そして眼は黒味の勝った、人なつっこそうな眼だ。熊の笑い——そう云ったような感じがある。

このように、見返の笑いは「能の笑い」と何度か表現され、その外形も獣を彷彿させる。もちろん、Hは見返に対して悪意があるわけではないし、それどころか裏切られるにもかかわらず好意すら抱いている。広津も無自覚のままに多様な他者をこのような異質性をきわだたせるような描写によって、一面において沖縄人を表象＝支配することに加担していると言わなければならない。だから、広津が真の沖縄を描いていたなどと言うつもりはないし、表象は決まって何らかの異質性を際立たせてしまうものなのだ。

沖縄青年同盟の批判も、内地人たる広津が沖縄人をオリエント化＝単純化し表象することで、沖縄人すべてが世間から誤解を受けてしまうというものであった。つまり、「『さまよえる琉球人』との題下に内地でも普通ザラにあるような一二の人間の所業を、殊更に条件を附」すのはなぜなのか、「この作中の人物は『さまよえる』内地人といかなる相違もあるまい」と言う。そして、内地人／琉球人という差異を先鋭化させてしまった小説に対して、琉球人も「帝国同胞として、又社会人類の一員として」内地人と変わりはないのだと主張したのである。[*12] この批判に感銘を受けた広津は謝罪し、「さまよえる琉球人」の抹殺文を書くことになる。しかし今日、批判された差別小説を抹殺した広津の作家的誠実さなどに共感するよりも、広津がどのような差異を顕在化させたかを問うべきであるし、内地人／琉球人という差異を解消しようとする側の政治性も問わなければならない。

確かにこの小説は、内地人／琉球人という差異を突出させるが、その関係が単なる支配／被支配といった固定的権力論の中に収束するものではない。広津の描写によってもたらされたオリエント化は、単なる表象＝支配の図式では説明できない。

「さまよえる琉球人」においては、差別の構造の中でしたたかに生き抜き、逆に主人公（内地人）が被害者に転落する。しかしその被害は小説家に小説をもたらすことになる。搾取され続けるのは小説家H自身であるのだが、その搾取される持続性＝描写の持続性が、彼のエクリチュールを活気づけてもいるのである。そうした描写の累積が、表象＝支配を越えて固定的関係性から逸脱する他者を見出すことになる。

差別者／被差別者という固定的ヒエラルキーの構造の中で認識される被差別意識は、差別する側に同化し差別関係を解消しようとすると同時に、さらに下位の被差別者を捏造するという被差別者の倒錯意識に変わる危険性をはらんでいる。[*13] こうした差別転嫁の発想を内包した同化思想は、琉球列島内の細部まで差別の関係を重層的に転嫁してゆくという構造をとってしまうだろう。

沖縄内部における差別の問題を取り上げたのが、一九二二（大正一一）年十月号の『解放』に応募入選した小説「奥間巡査」である。この小説の作者、池宮城積宝というのが、作中の「丁度その頃『解放』の懸賞小説に当選した一人の青年Ｏ」のモデルとされている人物である。

小説の主人公「奥間百歳（うくまぬひゃあくう）」は、「琉球の那覇市の街端れに△△屋敷と云ふ特殊部落がある」のだが、そこの出身で、「此処の住民は支那人の子孫だが、彼等の多くは、寧ろ全体と云つてもよいが、貧乏で賤業に従事して居る」という環境の中で育った。彼は部落民の期待を一身に集め「巡査と云ふ栄職」に就くが、自己の出自に劣等感を抱くようになり、家族に引っ越しの相談を持ちかけたり、部落民の生活様式を戒めたりして、彼等と離反していく。そうした劣等感の裏返しとして、勤務成績を上げるべく努力し、ある日初めて窃盗の犯人を逮捕し意気揚々として警察署に連行する。ところが、取り調べたところ、その犯人は奥間の恋人である娼婦カマルー小の兄であることが明らかになり、彼女も参考人として訊問するようにと巡査部長に命じられる、というのがその内容である。

『破戒』以来の出自の隠蔽という紋切型に依拠しながら、上位に位置づけられたものへの同化の意識が、かえって差別意識を先鋭化してしまうという沖縄内部の差別の構造が露呈したこの小説の善し悪しは問わぬにしても、「さまよえる琉球人」と比較した時、ある共通点が指摘できよう。

この小説の主人公の姿はほとんど描写されないが、結末部に「彼の眼には陥穽に陥ちた野獣の恐怖と憤怒が燃えた」という一節があり、「野獣」なる語を招きよせる点、見返民世の有標性と共通する。渡部直己[*14]は、『破戒』までの被差別部落民を扱った多くの小説が共有・反復しているいくつかの特徴を素描し、その一つとして、男たちの異形性を挙げ、限定された特性を繰り返し表象することが、当の対象を観念的に支配することであると指摘している。確かに広津も琉球人を表象するに当たって、異人種をことさら強調するかのような言葉（熊の笑い・毛深さ・肌の黒さ……）を選び取っている。しかし、見返の個性は単調な人物の類型化を越えている。

自分はこの前石油焜爐を勧めた時に都合の好い事ばかり述べた彼が、今度は石油ストオヴを勧めるので、焜爐の悪口を云い出したのが、面白かった。それから狡猾な愛嬌のある笑も面白かった。それにもう一つは、彼が琉球の農村問題で、今の今まで興奮していたのが、いきなり焜爐やストオヴの販売人の口調になったのも面白かった。「持って来給え」自分は繰返してそう云ったが、何という事なく、この男にはそんな風に釣込まれてふらふらと買いたくなるという事も面白かった。

このように、その執拗な描写は、対象に対する情愛とユーモアを生起させている。また、見返がHに対して不義を働きしばらく姿をくらました後、再び主人公の出版社を訪れ名刺を置いていくが、「自分はそれを見た時、彼の例の熊の笑い――にっと白と茶褐との染分けの歯を出すあの笑いを思い出した。Oの事を考えると不愉快になり、上野の事を考えると憎悪を覚えるが、この男には、やっぱり何の悪感も感じていなかった」と見返だけはその細部の描写と共に許される存在である。「あれ以来姿を見せなかった彼が、突然自分の前に姿を現して、何の蟠りもなく、煙草の脂で染め分けた白と茶褐との歯を出して、にっと笑ったり、真正面から自分の眼を見つめたりして、彼並の今の得意の境遇を喜んでいるのが、愛らしい気がする」と言うのだ。

もちろんこのような見返に対するまなざしは、優位にいる側の無自覚な差別意識と表裏なのだが、見返は最後まで徹底的にHの善意を裏切り続け、このお人好しのHはとうとう「『さまよえる琉球人』などと考え、裏切られる事に興味など持ちたがる自分の病的気質が、むしずが走る気がした。人が乗じたがるようなスキを見せて、人を悪い方に誘惑していると云っていいかも知れないような、ルウズな、投げやりな自分の生活法に、『気をつけ！』こう怒鳴ってやらずにいられないような気がした」と優位なまなざしが維持できなくなる。見返は主人公にとっての同一化不可能な他者であり続けるのだ。

見返は文学青年でありながら、『破戒』の丑松のように出自を隠し、その罪意識を内面化するような「文学」的人物ではないし、Oの事を指して「いずれ会ったら云って置きますが、琉球人はあれだから困るんだ。『さまよえる琉球人』と云うような詩を作ったりしたのはあの男なんですが、琉球人は、つまり一口に云うと、内地では少しは無責任な事をしても、当然だ、と云ったような心持を持っている点がある」と批判しておきながら、実にあっけらかんと当の本人が主人公を裏切り続け、周囲の琉球人からも絶交されるが、内地人と和解し同化することなく差異を先鋭化させてゆくのである。その対象描写の強度ゆえに、類型的描写による対象の収奪を越えて、見返民世という固有の名を持った他者が見出される。それは、実在のモデルとなった人物が個性的であるという意味では決して無く、過剰な描写によって見出されたと言うべきである。表象されなければ〈現実〉も〈他者〉も存在しない。

差異／他者の発見において広津の散文＝小説は成立する。一般に批評に比べても広津の小説の評価は低調ではあるが、少なくとも「さまよえる琉球人」は、今日読むに耐えうるテクストとして存在している。

広津和郎の散文精神――大正普遍主義への抵抗

広津は大正期の普遍主義的言説――「デモクラシー」「コスモポリタン」「人類」「生命」等の標語で代表されるような抽象性――に対して論争的に関わった批評家であったことも忘れてはならないだろう。

明治末から雑誌に小説を投稿していたが、大正期の広津はまず、批評家として文壇に登場する。茅原華山の主宰する『洪水以後』の編集部に入った広津は文芸時評を連載し、そこで批評家として認められ始める。広津は「生命」讃美や「個性」尊重がむやみに叫ばれている現状に対して絶えず批判的であった。「個性だけを教えて、価値判断を教えないベルグソンの哲学は、雨後の筍のように自称天才を輩出させる事には、最も好都合であった」が「一つの石塊と一つの石塊と同じものでないと教えられたところで、それ等の石塊は別に得意になる資格はない」[15]と批判する。「丁度何か事があると天皇を担ぎ出した昔の僧兵達に敵対する事が、何だか不忠なような気がして昔の人間共に出来なかったように」、その言葉の意味を深く掘り下げないままに「正義」や「人類」を旗印として安全な場所から批評する武者小路実篤は批判される。[16]また、この時期の彼の評論としては『トルストイ研究』に載せた「怒れるトルストイ」(一九一七年二、三月)が有名である。トルストイ全盛の時代にあって、民衆に対して上から独断をまきちらすトルストイのエリート意識を批判したのも広津であった。

また、広津が小説抹消宣言をした「沖縄青年同盟よりの抗議書」を読んで感銘した青野季吉(「広津氏に問ふ」『毎夕新聞』一九二六年五月)は、広津が沖縄青年同盟の抗議状に対して取った態度に讃同しながらも、明白にされた差別の実態を単に琉球無産者の問題にとどめ、国家政策から社会の偏見を生みだした日本の資本主義社会の弊害まで追及しなければ、単なるセンチメンタリズムに終わってしまうという疑問を投げかけた。[17]

それに対して広津は、身近な他者の「何よりも心臓にぶつかって来たものについて語らなければならなかった」のであり、青野のような「小の虫を殺して大の虫を生かせる」抽象的、政治家的気質とは相入れないことを述べている。[18]確かに青野のような政治的気質は、その実マイノリティを抑圧する政治には無頓着である。広津はあくまで個別的な関係性の中でのみ見出されるほかない他者が問題なのである。

このように、広津の批評に一貫しているのは、具体性を欠いた抽象的な観念の楽天性、しかしその実微細な差異を隠蔽する普遍主義に対する嫌悪である。彼の「散文芸術論」「散文精神」の主張は、そのような微細な差異を消去してしまう言説に対する抵抗である。そして、このような普遍主義は同じように歴史や他者を隠蔽する南島オリエンタリズムと通底し、大正期の一つの言説を形作っていたのである。

広津が初めて散文芸術について言及したのは一九二四(大正一三)年の「散文芸術の位置」においてである。有島武郎との「宣言一つ」をめぐる論争以来の芸術と実生活の問題の関心や、菊池寛と里見弴との文芸作品の内容的価値論争に示唆を受けて書かれたものである。広津は「芸術」という一語で曖昧に語られてしまう芸術論を批判し、芸術の内容を分類化し、近代の散文芸術＝小説とは「自己の生活とその周囲とに関心を持たずに生きられないところから生れたものであり、それ故に我々に呼びかけるところの価値を持っているものである」として、芸術の純粋性や美を説く旧来の美学から見て不純とされるところに小説の独特の性質があることを主張したのであった。[*19] 佐藤春夫も「散文精神の発生」(『新潮』一九二四年一一月)を書き、この主張に共鳴することになる。[*20]

この散文芸術論は素朴な自然主義的リアリズム論ではない。素材論のレベルで言えば、「さまよえる琉球人」の物語内容は、広津の体験に基づいていることは、晩年の自伝的文壇回想録『年月のあしおと』(一九六三年、講談社)に明らかであるし、イニシャルの人物のモデルもほとんど特定でき、出来事の経緯も小説とほとんど同じである。しかし、広津自身が散文芸術論の追求者は素材主義者ではないと明言しており、[*21] さらに「さまよえる琉球人」があくまでも小説的強度を保っているのは、とりわけ見返民世の対象描写によってもたらされた過剰なエクリチュールなのである。見返は〈さまよえる琉球人〉の一人として、琉球人を表象・代行しながらも、内地人/琉球人という二項対立の抽象性の中だけでは語れない過剰性を帯びた存在である。琉球人に対する差別の構造を浮き彫りにさせながら、そうした固定的関係性から逸脱する他者を描写する。抑圧する者が抑圧される者より必ずしも強い立場にいるとは限らないのであり、そうした関係の非対称性は、微細な差異の発見をおいてほかに見出されえないものなのだ。それを要請したのは描写の累積である。小説というジャンルの不純さ・いかがわしさの一端はそこに由来する。

一九三〇年代に入って、広津は「散文精神」とは、「この壁(ファシズム――引用者注)にぶつかっての作家達の心構え」であり、「善悪ともに結論を急がずにひた押しに押していく現実探求の精神」[*22] であると述べる。だがこれを、戦時下における広津の作家としての体制に対する抵抗、誠実な態度表明とのみとってはならない。散文＝小説は、「新しい現実によって終始甦生して行く」[*23]必要があり、その新しい現実の露呈は、紋切型に陥ることなく対象を描写の累積・持続性によってとらえることで可能となる。あくまでエクリチュール論として「散文精神」を読み換えるべきであろう。

そして、その散文精神が真に実現されたのが、「さまよえる琉球人」というテクストなのである。

二　ファシズムと文学（Ⅰ）――坂口安吾「真珠」の両義性

テクストとの駆け引き

坂口安吾「真珠」（『文芸』一九四二年六月）は奇妙な小説である。平野謙らの『現代文学』の同人たちの評価は好評だったものの、ほかの批評家たちには、私小説としての限界が指摘された。相反する同時代評があるのだが、いずれにせよ、「真珠」が時局的小説であるという前提で評価されている。

ところが、近年において「真珠」は、その濃淡はあるにしても反戦的な文学として再評価されている。ここに近年の安吾のカノン化現象が作用していよう。同時代の言説への批判の弱さをみる論もあるが、九軍神にまつわる同時代の言説等を取り込みつつ、同時代の言説には回収されない、何らかの過剰性を評価する傾向にある。だが、同時代の言説を批判する身振りもまた同時代の言説の一部を構成していることを忘れてはならない。

もちろん、安吾が論ずるに足る特権的な作家であることは間違いない。ただ、同時代の言説を批判したり、相対化したりするような超越的なテクストとして安吾を評価するのではなく、同時代の限界のただ中において、安吾のテクストと「駆け引きする」[*1]態度が求められている。制度やイデオロギーと呼ばれているものは、駆け引きの現場にしか現れてこない。

そうした駆け引きの現場に立ち戻ったとき、「真珠」はすぐれた時局迎合小説であるといえる。そこから本節は出発する。検閲が行われていた戦時下において、反戦の文学など発表できるはずがない。政治的な読みを行う場合、同時代の読者が読み取れなかったものを、今日的に解釈することにはよほど慎重にならなければならない。ある程度のすぐれた小説なら、多義的な解釈などいくらでもできるからだ。本節においても、「真珠」のある種の多義性を擁護することに変わりはないのだが、あくまでも同時代の言説の内部に位置づけるつもりである。「真珠」が奇妙なのは、同時代の言説に寄り添いつつ、同時代の言説の布置と臨界点を見事に指し示している点にある。そもそも、同時代の言説と一言でいっても、一枚岩的なものではなく、多様である。同時代の多様な層を写し出す一つの装置として「真珠」を、詩と散文というパースペクティブからとらえ直してみたい。詩と散文というパースペクティブは、安吾が自らを詩人ではなく、小説家とみなした自己規定の問題に関わるだけではない。「十二月八日」を境に、「国民」の感動をうたう詩というジャンルが台頭し、ファシズム下における美的イデオロギーの問題とも通底している。その意味で、詩と散文といったジャンル問題だけではなく、詩と散文の両方に関わる詩的レトリックの言語使用のあり方も問われなければならない。詩と散文のパースペクティブを文脈に応じて、多義的に使用するつもりである。

さらに、そうした問題系をいっそう明瞭なものにするために、次節では太宰治の小説を参照項とする。それは、両者が文学史上、無頼派、ないしは新戯作派などと括られていることを前提にして取り上げるのではなく、太宰の小説の分析においても、詩と散文というパースペクティブが有効だからにほかならない。

安吾と太宰の作品を手がかりに、戦時下から、さらには戦後の言説空間にまで射程を延ばしながら、彼らの作品の同時代性の意味を探ろう。

俗のイメージの転倒性

二〇〇〇年四月十五日付けの『北海道新聞』夕刊ほかの各紙に、坂口安吾の特攻隊を擁護する幻のエッセーが発見されたという記事が掲載された。このエッセーは、戦後間もない一九四七年二月に雑誌『ホープ』に掲載される予定だったが、連合国総司令部（ＧＨＱ）の検閲（軍国主義的という理由）により世に発表されることはなく、ＧＨＱの検閲資料を集めたアメリカの「ブランゲ文庫」に長らく保存されていた。題は「特攻隊に捧ぐ」というもので、「安吾は『堕落論』の『生きよ堕ちよ』という有名な一節で、戦前的な価値を否定した作家と見られているが、そうした一般的な安吾像を塗り替える内容だ」と、スキャンダラスに報じられた。

確かに安吾は「特攻隊を永遠に讃美する」と書いたが、それは、七北数人が指摘しているように[*2]、戦後あっけらかんと転向していった文化人たち、たとえば志賀直哉の「特攻隊再教育」（『朝日新聞』一九四五年一二月一六日）などへの反発があったのであり、「私は然しいさゝか美に惑溺してゐるのである。そして根底的な過失を犯してゐる。私はそれに気付いてゐるのだ」と確信犯的に特攻隊を擁護しているのである。

ただ、このエッセーの屈折したレトリックを理解した上で、安吾の反俗精神を擁護したいわけではない。そうではなくて、安吾が「戦前的な価値を否定した作家と見られている」というイメージこそ問題にしたいのである。このエッセーの存在がスキャンダルになるのも、安吾のそうした反俗の作家のイメージが前提にあるわけである。

反俗者安吾のイメージは、「堕落論」（『新潮』一九四六年四月）や「白痴」（『新潮』一九四六年六月）の影響が大きかったと想像される。安吾や太宰たちは、無頼派などと呼ばれ、彼らの戦後のジャーナリズムでの活躍とその破滅的な生き方が神話化され、それが戦中の作品評価にも投影されてしまった。反戦文学者というイメージである。特に太宰は、竹内好・平野謙・奥野健男らによって、芸術的抵抗の作家の系譜に位置づけられることになる。[*3]

だが、安吾は戦中に日本の戦争の正当性を批判したことなど一度もないし、むしろほかの大多数の文学者たちと共に積極的に加担していた。政党が分解され大政翼賛会として再編成されたときに、文学の団体「日本文学者会」も結成される。一九四一年には文学者愛国大会が開かれ、翌年には「日本文学報国会」が結成され国策文学の流れが強まる。安吾もほかの多くの文学者の例にもれず、この日本文学報国会の会員となる。

安吾は、日本文学報国会編著の『辻小説』（一九四三年七月）に「伝統の無産者」を寄せているが、これは「建艦献金運動」の一環で、原稿料を献金してそれに協力している。そのエッセーの一節には「法隆寺の瓦を大砲に代へることに敢て多くは悲しまぬ」とあり、「日本文化私観」（『現代文学』一九四二年三月）の「法隆寺も平等院も焼けてしまつて一向に困らぬ。必要ならば、法隆寺をとりこはして停車場をつくるがいゝ」という一節もこの文脈において理解されなければならないだろう。

磯田光一[*4]は、安吾のこうした「日本文化私観」の主張は、「金属供出」という国家政策と合致したものであり、このエッセーは反戦ではなく大東亜戦争肯定論として読めると、従来の過大評価に反省を促している。

また、一九四一年の秋頃から年末にかけて、文学者の徴用が始まり、多くの文学者たちが陸海軍の軍属にされ、報道班員として南方戦線へ派遣された。「真珠」に登場するモデルの一人、若園清太郎[*5]の証言によれば、安吾がその徴用の人選にもれたことを文士として社会的に存在を認められていないという証左にほかならず、ひどく残念がっていたと言う。

「真珠」を論じる前提として、戦争期における文学評価の枠組みの再検討がまず必要だろう。権錫永[*6]は、戦争期文学研究における、抵抗／協力という枠組の二者択一的で自己充足的な評価の仕方を問題にしている。戦争期において、言説の〈政治的可能性〉はあったのか、従来の「芸術的抵抗」といったものは幻想なのではないかという鋭い問題提起を行っている。同時代の読者が、戦争に対する「抵抗」「批判」の書として読まなかった作品を、今の目からみて「抵抗」とも読めるといったところで、その言説の有効性はどこにあるというのか。

また、「日本文化私観」等の影響が強いために、安吾の小説読解のコードとして、そうしたエッセーが利用され、それに引きずられる傾向がある。安吾のエッセーと小説との間には、もちろん相同性もあるのだが、さまざまな矛盾や亀裂があるのも確かである。

例えば、「文学と国民生活」（『現代文学』一九四二年一一月）の中で安吾は、切支丹の殉教者たちに感動せざるをえないが、他方で「潜入の神父とか指導者達はまるで信徒の殉教を煽動してゐるやうな異常なヒステリイにおちており、それが第一に濁つたものを感じさせる」と述べている。しかし、安吾は「真珠」において、切支丹の殉教者を讃美する指導者たちと天皇教に殉教して散華、玉砕していった兵士を讃美する軍部とを重ねてみようとはしなかったようだ。

また同じエッセーの中で「僕は時局的な小説などは決して書く気持ちがなく、さういふ僕に人々は時局意識がないなど、言ふかも知れぬが、然し、僕は何を書いても決して間違ひがないといふ大いなる自信をもつてゐるのだ」と言う。しかし、「真珠」が時局的な小説ではないなどと言えるのだろうか。同時代においては明らかに時局小説の一つとみなされていたのである。

戦争文学評価の枠組

創作集『真珠』（一九四三年、大観堂出版）は再版禁止になったが、「真珠」が検閲に引っかかったわけではない。集中の「孤独閑談」が発禁対象になったのである。[*7] この短編は、安吾が京都で滞在していた一家の物語で、不良少女とその娘に愛情のかけらもない養父母との騒動を描いたものである。歳の離れた両親は駆け落ちした経験があり、美人の母親はヤクザの親分と関係し、娘を処女のうちに女郎に売り飛ばそうとするような内容が時局にふさわしくないと判断されたのだろう。

「真珠」は、一九四一年十二月八日未明の真珠湾奇襲作戦で玉砕した「特別攻撃隊」へのオマージュとして書かれたといっても過言ではない。「特別攻撃隊」の存在は、同月の十八日、大本営海軍部発表によって知るところとなったが、「十二月八日以来の三カ月のあひだ、日本で最も話題となり、人々の知りたがつてゐたことの一つは、あなた方のことであつた」と冒頭で語られているように、当初特攻隊員の名は伏せられ、詳しいことは分らなかった。それが、一九四二年三月六日の海軍報道部課長・平出大佐のラジオ放送によって、九軍神の名が公表され、彼らの神話化が加速する。

この談話は翌日の新聞各紙に掲載されたほか、「大君の辺に死なむ——偉勲輝く特別攻撃隊——」と題して、『むらさき』（一九四二年四月）に再録された。また、土屋賢一『海の軍神特別攻撃隊』（一九四二年、春陽堂）や朝日新聞社編『特別攻撃隊　九軍神正伝』（一九四二年、朝日新聞東京本社）等にも掲載された。[*8]

平出の談話では、「いづれも眼中出世なく栄達なく、快楽なく、わが身さへなく全く『自己』といふ観念を捨てて、ひたすら大君と祖国に全身全霊を捧げ」「この勇士達は『帰る』とか『万一にも生きて』といふ如き言葉は口にすべきでないと考へてゐたのでありませう」という彼らの無私の精神が強調されている。また「この時に及んで、なほ出で立つ勇士達は自若たるもので、年若い一士官は『お弁当を持つたり、サイダーを持つたり、チヨコレートまで貰つて、まるでハイキングに行く様な気がする』と勇んで乗り込んだと言ひます。この年若い勇士の胸のうちにその時チラッと幼かつた頃の楽しい遠足の思出が浮かんだのでありませう、遠足の懐しい思出に、胸ふくらませて、勇士は雀躍死地に飛び込んだのであります」[*9]と彼らが「遠足」の感覚で死地に赴いたことが語られている。

当時の九軍神のこうした神話化のイメージをそのままなぞるかのように、安吾は、小説の中で彼らを「あなた方」と呼びかけながら、表象している。安吾は、一方で「僕」のだらしのない日常を描き、「あなた方」の「超人」ぶりとの対照性（庶民の無責任さとおおらかで健康な姿）を際立たせており、確かに単純な九軍神の美化へとは直接つながらない。両者の対比的な関係をどうとらえるかが、この小説評価のポイントになっている。近年の研究では、その対照性に批評性を読み込む論が多い。

花田俊典[*10]は、「僕」の日常と「あなた方」のそれを対比させる方法によって、九軍神を神話化することも、また反対に人間的存在へと実体化することもなく、「常人」と「超人」のあいだで、「人間」をイメージ化していると評価する。細野律[*11]も、「僕」と「あなた方」の〈十二月八日〉体験が併存されているために、時局性の強い、非個人的な〈十二月八日〉体験が、個人的な体験に還元されていると言う。内倉尚嗣[*12]は、「僕」と「あなた方」の死に対する態度の対照性を指摘し、軍神の一元的神格化を拒んでいると言う。

だが、そうした解釈は今の目から見ればそう読むこともできるという、パフォーマティブな読みであって、当時の読者が反戦的な解釈をするとはとうてい思えない。また「真珠」の軍神たちに対する二人称的呼びかけ構造は、当時の軍神の神話化を否認する効果があるものとして、高く評価されているのだが、果たしてそうだろか。菊地薫は、[*13]「軍神」と表象されていた彼らを「あなた方」と呼びかけることで、「僕」と「あなた方」が決して連続しえない存在として定位され、彼らの神話性が離脱していると言う。五味渕典嗣は、[*14]「あなた方」と呼びつづけることで、他者として他の思考として向き合おうとしていると言う。大原祐治も、[*15]彼らを固有名ではない二人称において呼びかけることで、彼らを過剰に物語化し、神話化していく同時代の言説とは一線を画していると言う。

だが、二人称的な呼びかけスタイルは、詩の領域においては、尾崎喜八「特別攻撃隊」（『都新聞』一九四二年三月八日）が、「あなた達のうちの誰ひとり、／生きて再び此世の春に出で會はし、／いよよ榮ゆる君が代を仰がうとする者はゐなかつた」[*16]と先行しているし、高村光太郎も「特別攻撃隊の方々に」（『少国民文化』一九四二年六月）で、「千萬の言葉も／あなた方の前には無力です。／生死を越えたまことのいのちを／ただ天皇（すめらみこと）のおんためにと、／ためしも聞かず、たぐひも知らぬ」[*17]と呼びかけている。「あなた方」といった呼びかけ構造が同時代において、それほど特殊だったとは思われない。

そのような先行研究の問題点を踏まえた上で、まずは「真珠」を同時代の言説の布置の中に改めて位置づけてみよう。同時代の評価は、この小説の時局性をめぐって両義的であった。

山室静は、「どれだけ国策の線に沿つたとしても、その描写が直ちにすぐれた文学になるとは限らない」という立場から、「現代の新聞の愛読者の感覚に近い」[*18]この小説の時局性を認めた上で、文学的に批判する。それとは対照的に平野謙は、「文芸時評」（『現代文学』一九四二年六月）の中で、九軍神に対する「国民的感動は、それをすぐさま一編の文学作品に織り込むのを憚かる一種敬虔な性質を含んでゐるはずなのに、わが坂口安吾は憚れ気もなくただひとすじに押しきり、一見無雑作に自己のぐうたらな日常生活とないあわせることによつて、かへつて見事な作品世界を造型したのであつた。凡庸作家なら当然失語症に陥らざるを得ない『神話』の絶対世界に、坂口安吾はみんごと手ぶらで推参したのであつた[19]」と高く評価している。「僕」のぐうたらな日常を対比させることで、「『神話』の絶対世界」を描くことに成功したというわけである。

平野がこの小説の時局性を文学的に評価したのに対して、時局性の不徹底さを批判したのが、岩上順一である。岩上は、「真珠」が「安易な自己の小主観への陶酔」に陥っており、十二月八日といった「歴史的事件の飛躍性を描きだすこと[20]」ができなかったと批判する。

ところで、「僕」は床屋で英米への宣戦のラジオニュースを聞いて、次のように感動する。

僕はラヂオのある床屋を探した。やがて、ニュースが有る筈である。客は僕ひとり。頬ひげをあたつてゐると、大詔の奉読、つゞいて、東条首相の謹話があつた。涙が流れた。言葉のいらない時が来た。必要ならば、僕の命も捧げねばならぬ。一兵たりとも、敵をわが国土に入れてはならぬ。

「涙が流れた。言葉のいらない時が来た。必要ならば、僕の命も捧げねばならぬ。一兵たりとも、敵をわが国土に入れてはならぬ」と書いているのだから、「僕」も「失語症」に陥っていたのである。もちろん、「言葉のいらない時が来た」とそれを言葉にしているのだし、「真珠」という小説を書いたのだから、自己矛盾ではある。

この「言葉のいらない時がきた」という言い方だが、小林秀雄も「満州の印象」(『改造』一九三九年一～二月)の中で、同様のレトリックを用いる。満州事変という「国運を賭する程の大事件にぶつかり乍ら、その思想的表現に於いて日本国民は、何といふ貧寒な言葉しか持ち合はせてゐないか」と嘆く。日本の戦争の正当性や、その美質を擁護する知識人の言説のことごとくが、「紋切型の表現」に陥っていると言う。これは極めて正しい認識である。しかし、彼は、「日本人の心といふものの近代的な見事な表現」を見出せないでいる日本の近代文学に代わって、「この事変に日本国民は黙って処した」にもかかわらず、「国民の一致団結は少しも乱れない[21]」という国民の「知恵」を称讃するのである。

紋切り型か、沈黙（言葉の敗北）か、安吾も小林もこの時は、後者を選択した。

おそらく前者の紋切り型の隆盛の一つが、おびただしい戦争詩の登場である。平野は先の時評で、九軍神を題材に創作した稀有な作品として「真珠」を称揚した。確かに「十二月八日」小説[*22]は多いが、九軍神の作品化となると、岩田豊雄（獅子文六）『海軍』（『朝日新聞』一九四二年七月一日〜一二月二四日）などが挙げられるだけである。

しかし、詩や短歌においては、九軍神は格好の題材を文学者たちに提供したのである。熱狂の渦の中で、ひとは「物自体」（「日本文化私観」）を見失い、空疎なレトリックにとらえられ、詩の言葉を語らされてしまうのだろう。戦争は、ひとを紋切り型の表象の中に閉じ込めてしまうということだ。ファシズムは自由な表現を抑圧するばかりでなく、映像や言葉を過剰に繰り返し反復し、国民にそのイメージに同調することを知らず知らずのうちに強いる。

この小説に反戦の「意図」を読み込むのは間違いである。むしろ、九軍神へのオマージュという「意図」が、テクストそれ自体によって裏切られているとみなすべきだろう。このような解釈も、きわめて行為遂行的な、あるいは、ポストモダンの脱構築的な読みのようにみえてしまうが、事実確認的なレベルにおいても、この小説の転倒性は指摘できるし、当時の読者も、その転倒性にそうとは知らずに応答していた。同時代の評価の両義性がそれを裏づけている。

澁川驍は、岩上と同じような立場からこの小説の私小説的性格を批判し、時局にふさわしい歴史小説を提唱する。

坂口安吾氏の「真珠」（文芸）は特殊潜航艇に乗つて真珠湾を攻撃した九人の勇士の讃歌を描いてゐる点、現代の歴史に幾分触れた作品である。「あなた方」と呼びかける形式を使つてゐるところなどちよつと目新しい試みであるが、これも畢竟私小説の変形に過ぎない。しかもこれを読みをはつてかなりの不愉快を感じた。といふのはこの中に出てくる「僕」の生活があの九人の勇士にくらべてあまりにみすぼらしく、いい加減な生活に見えるからである。あのやうな讃歌を述べるには、「僕」自身もそれに近づかうとする生活の張りがなければならない。[*23]

澁川と安吾のそもそもの文学観の違いはあるのだが、この澁川が表明したような同時代の「不愉快」[*24]さに、明確な輪郭を与えてみたい。「真珠」という小説は、時局迎合的であると同時に時局批判ともなりうる、およそ矛盾に満ちた両義的なテクストなのである。ファシズム期というポエジーの時代において、ポエジーに魅せられながら安吾は、散文精神によって時代と駆け引きしたのである。

「本末顛倒」のディスクール

まずは、作品内の時系列を整理してみよう。この小説は、一九四一年十二月六日から八日にかけて「僕」がいかに過ごしたのか、そしてその同じ時間を「あなた方」がどのような思いで過ごしたのかを「僕」が空想するという形で語られている。九軍神の存在は、翌年三月六日以降の報道によって国民に広く知られるわけであるから、「僕」が語りの現在から再構成したものである。同じ時間を「僕」と「あなた方」はいかに生きたのかという問題意識があって、「あなた方」を称揚すべく、あえてぐうたらな小説家の肖像を対置させたのではないのか。あくまでも、「あなた方」が主／本であって、「僕」の方は、それを際立たせるための従／末の役割であった。

しかし、この小説では、小説中の言葉を借りれば、「本末顛倒」が起こってしまった。「僕」がなぜ小田原へ行ったのかといえば、ガランドウの元にドテラを取りに行くためであったのだが、その目的がいつの間にか魚探しにすり替わってしまう。小田原に行く前に、大井広介宅で平野謙らと探偵小説の当てっこをしながら夜更かしをし、大井夫人から小田原に行ったら魚を買って来るように頼まれたためである。

さうなると、ドテラをぶらさげて東海道を歩くわけには行かないので、ドテラの方は、又、この次といふことになつた。何のために小田原へ来たのだか、分らなくなつてしまつたけれども、かういふ本末顛倒は僕の歩く先々にしよつ中有ることで、仕方がない。

「本末顛倒」とは、根本的なことと枝葉のことをを取りちがえることであるが、この意味を広義に解釈し、本来の目的が達成されなかったり、ずらされたり、裏切られたりすることも「本末顛倒」に数えるならば、確かに、「僕」が言うように、「僕」の歩く先々でそれが起こっている。全編が「本末顛倒」のディスクールとでも呼びたいような、まさに「本末顛倒」ぶりなのである。

「僕」はまず「あなた方」へ呼びかけ、「あなた方」の「十二月八日」の生死を超越した行為に対する感動を述べた後、一転文体も変わり、今度は「僕」の「十二月八日」を語り出す。まず、「十二月六日の午後、大観堂から金を受取つて、僕は小田原へドテラを取りに行く筈であつた」のだが、「十二月六日の晩は、大観堂の主人と酒をのみ、小田原へ行けなくなつて」しまう。これが「本末顛倒」の始まりである。予定通りには、目的地に行けず、翌日の夕刻にやっと到着するが、ドテラを預かっている肝心のガランドウは不在である。

魚を買って来て欲しいという大井夫人の依頼を思い出し、翌日、ガランドウも仕事の予定を変更して、「僕」と同行して二の宮まで魚を探しに出かける。ところが、二人は二の宮の目的の魚屋には直行せずに、禅宗の寺に立ち寄る。そこには、ガランドウの縁のある人の墓があり、しかも命日だとかいうのに、墓に合掌も頭を下げることもせず通り過ぎ、別の寺の墓地移転現場に向かう。工夫たちの目的は復々線の拡張工事のための骨の発掘なのであるが、ガランドウの目的は、墓参りではさらさらなく、土器の発掘にあった。「然し、目的の違ふ発掘の鍬で突きくづされてゐるから、こまかな破片となり、四方に散乱し、こくめいに探しても、とても完全な形にはならない」という有り様である。「僕」だけでなく、ガランドウも工夫たちも、それぞれの目的がずれて、ちぐはぐであり、一つの目的に収斂しないし、目的が達せられることもない。

二人は、寄り道をして目的の魚屋に着いたが、ろくな魚がみつからないという展開も物語上の必然のように思えてくる。「二の宮の魚市場には二間ぐらゐの鱶が一匹あがつてゐた。目的の魚屋へついたが、地の魚は、遂に、一匹もなかつた。日が悪いだ。こんな日に魚探す奴もないだよ」と魚屋の親爺に言われる始末である。かろうじて、鮪一種類を手に入れることができたのみである。

このような「僕」の物語内容上における「本末顛倒」性は、語りのレベルにおいても確認できる。小説の冒頭で「僕」は、鼻唄まじりで出征するようなパリジャンやヤンキーたちの死に対する態度を、「あなた方」のそれとの対比において批判する。

ところが、後に「話はすこし飛ぶけれども」と脱線し、ジャピーに次いで「死の危険を冒して、たゞ東京をめざして我無者羅に飛んで来た」フランスの二人組みの飛行家のエピソードを紹介する。それは、彼らと「あなた方」との共通性を示すためだった。その一人は、土佐の海岸に不時着し、救いを求めるところを、生死を共にした友人のことすら忘れて海岸をただ行ったり来たりしていた。「生命を賭した一念が虚しく挫折したとき、この激しさが当然だと思はずにはゐられない。これが仕事に生命を打込んだときの姿なのである」と「僕」は共感を示す。「あなた方」の行為は、連合国側の人間の行為、しかも失敗飛行と等価となる。

小川徹[*25]は、「虚しく挫折した」ジャピーというのは、捕虜になって軍神に加われなかった一人の兵士（酒巻少尉）のことを無意識に重ね合わせて書き記したのではないかと解釈している。当時「特別攻撃隊」が二人乗りの五隻の特殊潜航艇で編成されていたのは知られていたが、一隻が座礁し、一名が捕虜になった事実は伏せられてあった。安吾の合理的な精神が、「軍神」になれずに「人間」として生きたものがいたことを示唆したというわけである。こうした解釈は、今日的な読みであって、当時の読者がそこまで深読みしたとは考えられないが、九軍神へのオマージュを捧げようとする「僕」の語りが、本来の意図とずれるようなノイズを書き込んでしまったのは事実だろう。

九軍神を「あなた方」と呼びかけ、「あなた方」の具体的なイメージを引き出すために彼らと類似するエピソードを招き寄せるのであるが、彼らとの差異もまた同時に呼び込むことになる。例えば、破片のイメージの連鎖もその一つである。墓地から掘り出される土器の破片のイメージは、真珠の玉と砕けた「あなた方」の死体と共通するのだが、五味渕典嗣[*26]が指摘するように、ガランドウの所作を書き留める「僕」と、九軍神の神話化に加担した平出英夫との死、あるいは死者に対する関わり方の差異が浮彫りになるのである。九軍神たちは、天皇のために玉と砕けたのに対して、ガランドウたちが関心を示している土器は、天皇家以前の原住民の文化なのである。この断片のイメージは、自分の持ち山のお花畑に白骨を撒き散らしてくれと遺言した富豪のエピソードとも重なりつつ、ずれていくのであるが、この問題は次節で述べる。

こうした「真珠」の細部を丁寧に読むことで、この小説の批評性はみえてくるわけだが、繰り返すが、そうしたノイズに当時の読者がどれだけ敏感に反応したのかは疑わしい。ただ、九軍神の美化・共感よりも、それとは対照的な庶民の日常がクローズアップされていることは、当時の読者も当然気づいたわけで、先に紹介した澁川の同時代評のように、そうした描き方に不快感を示してもいた。

確かに、墓掘りの親父や魚屋の主人など、「僕」を除けば誰ひとりとして「十二月八日」に感動し興奮している様子はない。ガランドウのおかみさんは、「なんだか、戦争が始つたなんて言つてるけど、うちのラジオは昼は止まつてしまふから」と「おかみさんの報告も淡々たるもので」、ガランドウも「オイデ〳〵をしてわざわざ僕を呼び寄せたくせに、当の本人はニュースなど聞きもしなかつたやうな平然たる様子」なのである。「十二月八日」を過剰に意味づけてはいない。

戦後に書かれたエッセー「ぐうたら戦記」(『文化展望』一九四七年一月)でも、「どう思ひ返してみても、十二月八日といふ日に戦争に就て、戦争のセの字も会話してをらぬので、相手が悪い、私はつまりガランドウの二階で目をさます、もうガランドウは出掛けてゐる、オカミサンが来て、なんだか戦争が始つたなんて云つてゐるよ、と言つたが、私は気にもとめず午まで本を読んでゐて、正午五分前外へで丶戦争のビラにぶつかり、床屋をでてガランドウに会つて二宮へ来てマグロを食ひ焼酎をのみ酔つ払つて別れて帰つてきたゞけであつた」と回想している。ただ、床屋に行ったことは述べられているが、先に引用したようなそこでの感動の様子については触れられていない。そこが問題である。

笠井潔[*27]は、「床屋の椅子に縛りつけられ身体の自由を奪われた状態で、日米開戦のニュースに感動して、ぽろぽろと涙を流している安吾の姿には、作者が冷静に計算しているだろうリアルなユーモアの効果がある」と「僕」は単に情念の昂揚に見舞われていないと述べている。だが、そこにユーモアの効果を見出したとしても、開戦のニュースに感動していることは疑いようがない。

西川長夫[*28]は、十二月八日に関する記述に自己告白的な日記体が多いことを指摘している。「真珠」も、やや特殊な「無頼な作家の日記」とみなせるわけで、「十二月八日」が劇的で感動的な日として、特権化されていることには変わりない。

また西川は、十二月八日をきっかけに、小説と詩と詩歌というジャンルのあいだで勢力的な大転換が起こったことにも注目する。保守派の詩人だけでなく、モダニズム系、プロレタリア系、ダダイズム系の詩人たちがこぞって戦争詩を書き、未曾有の詩の隆盛時代となった。奥野健男[*29]も、十二月八日の、そして緒戦の大戦果の感激は、まず詩歌に表現されたこと、そして、長い間、小説の下風に立っていた詩人、歌人、そして俳人までが競いあって戦争をうたい、国民の感動を伝えるために、新聞、雑誌を埋め、詩歌が、戦争の感動を直截に表現するのにもっとも相応しい芸術であることが確かめられたと述べている。

十二月八日を契機として、小説＝散文から詩へというジャンルの交代が行われたわけだが、重要なことは、ジャンルとしての詩歌の台頭だけではなく、ジャンルを横断して詩的なもの＝美的なものが、戦争を鼓舞する役割を担ったということである。戦争やファシズムは、残酷なものとしてではなく、このうえなく美的なものとして表象されていくのである。十二月八日を素材にした散文作品においても、詩的言語の修辞性を利用して、歴史的感動の国民化が進行していくのである。

こうした戦時下における言語実践のありようを、もう一つの「十二月八日」小説と対比させつつ、次節で論じていこう。

三　ファシズムと文学（Ⅱ）――「十二月八日」作品群をめぐって

もう一つの「十二月八日」小説

坂口安吾「真珠」の同時代性を見ていくために、もう一つの「十二月八日」小説を参照しよう。もう一つの「十二月八日」小説とは、太宰治の「十二月八日」（『婦人公論』一九四二年二月）である。[*1] 太宰は安吾以上に、時局に対して協力的な作家であった。

日本文学報国会の機関紙『文学報国』五号（一九四三年一〇月一日）で、「勤労報国隊に参加せよ」[*2] という結成の呼びかけがあり、安吾は参加しなかったようだが、太宰をはじめとした多くの文学者たちが協力した。安吾と同様『辻小説』に、太宰は「赤心」という「右大臣実朝」の一部に手を加えたものを載せている。「東京だより」（『文学報国』三三号、一九四四年八月一〇日）では、勤労少女たちの画一化した姿の美しさと足の不自由な一人の少女の美しさを対比させながら、愛国少女像を讃美している。

『惜別』（一九四五年、朝日新聞社）は、周樹人＝魯迅をモデルにした小説である。一九四三年十一月に招集された大東亜会議の五大宣言の一つ「独立親和の原則」を小説化するために内閣情報局と文学報国会の依嘱を受けて書き下ろした長編である。いわば当局の要請により書いた国策小説であるが、「真珠」と同様に単純な国策小説にはなっていない。「一老医師の手記」というスタイルで、冒頭、語り手の老医師「私」は、かつての同窓であった周樹人について、地方の新聞記者の取材を受ける。それが「日支親和の先駆」という見出しで掲載されるのであるが、報じられた周樹人は虚像であり、「あのやうな社会的な、また政治的な意図をもつた読物は、あのやうな書き方をせざるを得ないのであらう」[*3] と記事への不満を述べる。かといってこれから語る魯迅像が実像だと言っているわけでもない。語り手は記憶の曖昧さを吐露している。そのほか、規範的な「国語」からずれている登場人物（「私」＝東北なまり、周＝留学生、藤野先生＝関西なまり）を登場させるなど、時局の言説と駆け引きするような仕掛けが施されている。

さて、太宰治の「十二月八日」だが、この小説もまた、「芸術的抵抗」の文学なのか、「迎合」の文学なのかといった、先行研究の枠組の中で理解されてきた。

太宰とおぼしきぐうたらな小説家とその妻の対比的構造になっており、「真珠」の方法とも共通する構造である。開戦の日の小説家の妻の日記という形式で、「もう百年ほど経つて日本が紀元二千七百年の美しいお祝ひをしてゐる頃に、私の此の日記帳が、どこかの土蔵の隅から発見せられて、百年前の大事な日に、わが日本の主婦が、こんな生活をしてゐたといふ事がわかつたら、すこしは歴史の参考になるかも知れない」という意図のもとに綴られている。

一八七二（明治五）年以降、日本では西暦ではなく「皇紀」を使用していた。皇紀とは日本の建国（神武天皇即位。西暦で言えば紀元前六六〇年）から数え始めた紀年法のことで、紀元とも言う。長引く戦争で国民生活が悪化し始めた一九四〇年十一月十日に政府主催の奉祝会が挙行された。その狙いは、時の政府に対する一般国民の不平、不満が爆発寸前まで高まってきたが、このエネルギーを紀元二六〇〇年に向けさせるためであり、もう一つの狙いは、日本の二六〇〇年が西暦では一九四〇年、日本の歴史が六六〇年も古いことを、内外に知らしめることであった。

「私」は「文章がちつとも美しくない」と主人に批判されるのだが、開戦のニュースを聞いた感動的な瞬間の記述は、レトリックを駆使した美文に変わる。

しめ切つた雨戸のすきまから、まつくらな私の部屋に、光のさし込むやうに強くあざやかに聞えた。二度、朗々と繰り返した。それを、じつと聞いてゐるうちに、私の人間は変つてしまつた。強い光線を受けて、からだが透明になるやうな感じ。あるひは、聖霊の息吹きを受けて、つめたい花びらをいちまい胸の中に宿したやうな気持ち。日本も、けさから、ちがふ日本になつたのだ。

鈴木敏子[*4]は、この箇所の「聖霊の息吹きを受けて、つめたい花びらをいちまい胸の中に宿したやうな気持ち」という比喩に着目し、太宰にとっての大本営発表は受胎告知であったと言う。大天使ガブリエルがヨセフの許婚マリアを訪れ聖霊によって神の子を受胎したことを告げるこの聖告は、古くからキリスト教美術の代表的テーマの一つであった。この図像は、『ルカ福音書』に記されているように、神の使者たる大天使ガブリエルが処女マリアにキリストの懐妊を告げ知らせる物語を主題にした、キリストの幼児物語の中で最初に位置し、キリスト教美術でも最もよく知られた場面になっている。

マリアのポーズには、立像、座像、あるいは跪像というバリエーションがみられる。天使の数は普通ガブリエル一人であるが、二人ないしは三人の天使が登場することもある。神の使者として聖霊のハトが描かれることもある。天使はユリの花を持つことが多いが、この花は白く、しかも雌雄の区別がないためにマリアの処女性の象徴となっている。天使は神の使者にふさわしく、杖を手にすることもある。北方ルネサンスの画家たちはユリの花を天使の手にではなく傍らの花瓶に描くが、ユリ以外にも、赤いバラ、青紫のオダマキの花、赤紫のスミレなどの花々が描かれることがある。

こうした聖霊と花のイメージは、ラストの娘を銭湯の中で抱きしめるシーンでも反復されている。「おなかの真ん中より少し下に梅の花の様なおへそが附いてゐる。足といひ、手といひ、その美しいこと、可愛いこと、どうしても夢中になつてしまふ」と母子愛情の風景がマリアとキリスト像と重なる。

だが、ここで確認したいのは、受胎告知のイメージとの重ね合わせが、「光のさし込むやうに」「からだが透明になるやうな」「つめたい花びらをいちまい胸の中に宿したやうな」といった、直喩の多用による詩的レトリックによって表現されているという、言語使用の問題である。文章が下手な「私」でも、詩的なレトリックを通して開戦の感動を語ろうとする。戦争は詩の言葉を語らせようとする。

他方、こうした詩的言語を要請する場面があるかと思えば、次のような卑俗な日常言語も使われる。

目色、毛色が違ふといふ事が、之程までに敵愾心を起させるものか。滅茶苦茶に、ぶん殴りたい。支那を相手の時とは、まるで気持がちがふのだ。本当に、此の親しい美しい日本の土を、けだものみたいに無神経なアメリカの兵隊どもが、のそのそ歩き廻るなど、考へただけでも、たまらない、此の神聖な土を、一歩でも踏んだら、お前たちの足が腐るでせう。お前たちには、その資格が無いのです。日本の綺麗な兵隊さん、どうか、彼等を滅ちやくちやに、やつつけて下さい。

このように、卑俗で直裁的な身体表現を通して、むきだしの敵意を表す。前者の例とは対照的な文体になっているのだが、この対照性こそが、ファシズム下における言語使用の特質をあらわしているのではないのか。ベンヤミン[*5]が言うように、ファシズムの実体とは、「政治の美学化」であり、しかもその美学化の結晶が、ほかならぬ戦争である。ファシズムの時代はポエジーの時代である。おびただしい戦争詩の登場がそれを物語っている。

このようにファシズムは、美的イメージを操作し、感動の共同体を作り出していく。それと同時に、やはりファシズムは暴力によって他者を制圧するシステムであり、敵としての他者の外部性を誇張（例えば、鬼畜米英というスローガン）し、外部に他者を担保することで、内部的な矛盾や葛藤を隠蔽し、一枚岩的な「国民」を立ち上げていく。

こうしたファシズムを支える幻想——感情の共同体としての「国民」と「国民」の外部としての敵の表象——が、「私」の二つの文体において示されている。

「真珠」の「僕」も「十二月八日」の「私」も、開戦のラジオニュースに、感動をもって聞き入った「国民」の一人であった。ただ、「十二月八日」においては、「私」は、規範的な愛国心をもった国民であったのに対して、夫の小説家は、「主人の愛国心は、どうも極端すぎる」「どこまで正気なのか、本当に、呆れた主人であります」と評されるような人物である。紀元二千七百年の読み方をめぐって客と議論したり、西太平洋がどこか分らず、佐渡の島影を満州だと勘違いする地理音痴で、「なんとかして、日本が東で、アメリカが西と言ふ方法は無いものか」ととんでもないことを考えたりするのだが、それは、小説家の極端な愛国心に由来する。そのくせ、小説家は国民服もこしらえていないし、隣組長宅のように防空用の道具もそろえていない。

また、彼はラジオぎらいでもある。一九二五年に始まったラジオ放送は、「国民」意識を形成する上で重要な役割を担った新しいメディアであった。一九三八年から日本放送協会が中心になって「一戸一受信機」を目指す受信契約増加運動が起こり、個人がラジオというメディアを通じて共時的な場で結び合い、「大衆」として再統合化されていく時代であった。[*6] 国民がこぞってラジオ中毒・依存症に陥っていたのとは対照的な小説家なのである。

また、小説家は昼過ぎにまとめた原稿を出版社に届けるためにそそくさと逃げるように外出する。その様子を見た「私」は、外泊するかもしれないと心配する。もらった原稿料で、遊蕩するのだろう。開戦当日にまとめた原稿とは、「新郎」（『新潮』一九四二年一月）という短編であろう。「十二月八日」のような、開戦そのものへの直接的な言及はないものの、（昭和十六年十二月八日之を脱稿す。／この朝、英米と戦端ひらくの報を聞けり。）という附記があるからだ。

太宰とおぼしき「私」のモノローグ形式で、開戦直後の昂揚感が伝わってくる作品である。

「私は此の馬車に乗つて銀座八丁目を練りあるいてみたかつたのだ。鶴の丸（私の家の紋は、鶴の丸だ）の紋服を着て、仙台平の袴をはいて、白足袋、そんな姿でこの馬車にゆつたり乗つて銀座八丁を練りあるきたい。ああ、このごろ私は毎日、新郎（はなむこ）の心で生きてゐる」と生家の紋の入った紋服を着た新郎の心のようだと表現する開戦時の心境と、戦時生活を前向きに生きていこうとする決意が直截に語られている。この小説だけを読めば、当時の血縁共同体・家族国家観のイデオロギーを忠実になぞっている。

しかし、この小説が「十二月八日」に再導入されると、新郎の心のいいかげんさが現われてくる。「私には心残りが無い。外へ出ても、なるべく早く帰つて、晩ごはんは家でたべる事にしてゐる」といった「新郎」の「私」の言葉は、「十二月八日」の妻の「私」の語りによって相対化されている。

「新郎」の場合は、時局への迎合が不徹底だったと言うこともできる。「十二月八日」という小説は、時局へのイデオロギーの徹底化を通して、そのイデオロギーのうさんくささが露呈する作品なのである。主人の「もう百年あとには、しちひやくでもないし、ななひやくでもないし、全く別な読みかたも出来てゐるかも知れない、たとへば、ぬぬひやく、とでもいふ」といった言葉の読み方へのこだわりを「私」は、「どうだつていいやうな事」と非難しているが、イデオロギーというのは、そうしたどうでもいいような言葉の細部に宿るということなのだ。

例えば、一九四二年三月七日の『朝日新聞』に「特別攻撃隊の呼び方」という見出しで、「岩佐中佐以下九柱の功績を称へる場合は、必ず『特別攻撃隊』の名称を用ひ、例へば『特殊潜航艇』などの如き勝手な呼び方をして英霊の事跡を汚さぬやう国民は自戒すべきである」と報じられているのがいい例だろう。

これは、作家太宰の意図を超えた事態だろう。太宰には反戦の意識はなかった。安藤宏[*7]が明らかにしているように、戦後太宰が戦中の作品を再録するにあたり、「十二月八日」ほかの作品を抹消していることがそれを裏づけている。「真珠」と「十二月八日」は、凡百の「十二月八日」を素材にした作品の中で、今日でも読むに耐えうる、すぐれた小説である。それは、反戦の意図が込められた作品だから評価できるのではなく、戦時下の言説空間に寄り添いながら書かれ、その言説空間の境界と臨界点を示唆している点において評価できるのである。

ポエジーの幸わう国

安吾が九軍神たちに関心を持った理由は、神谷忠孝[*8]が指摘しているように、新聞報道などで強調されている、生死を超越した「超人」のイメージと、兵士の一人が語ったという「遠足に行くやうだ」というイメージに惹かれたからだろう。「真珠」中に「遠足」という語が四回も使われていて、とりわけ後者のイメージが鮮烈だったと思われる。前者の超人のイメージは、当時の一般的な九軍神美化のイメージだったが、後者のイメージは、あまり流布しなかった。

常識的に考えれば、超人と遠足のイメージは、かなり隔たっている。

ここで、安吾は、九軍神の行動を遠足に喩えたメタファー、詩的レトリックに魅了されたわけだ。彼らが「必ず死ぬ、ときまつた時にも進みうる」「超人」だとしても、そんな「超人」の姿を、安吾は、キリシタン資料を通して、キリシタン殉教者たちにいやというほど見てきたはずだ。そして、安吾は、生死を超越したキリシタン殉教者たちに対しては、冷淡ですらあった。

安吾が感動したのは、九軍神の行為それ自体ではなく、彼らの行為を「遠足」と表象した、そのレトリックにある。唐突に、死後に花畑に白骨を撒き散らして欲しいという老翁の遺言の例が出てくるが、これも真珠の玉と砕ける軍神たちの共通のイメージの連鎖を引き起こすことで召還されたレトリックである。同様のレトリックは、土器の破片のイメージとも重なる。要するに一見、何の連関性もないもの同士が、レトリックによって結びつけられる。

安吾が老翁に感動したのも、「詩的な愛情を覚えた幸福な時間があつた」からであった。九軍神たちは、そうした時間をすら忘れたと安吾は書くのだが、彼らの一人が「散つて真珠の玉と砕けん」と残した辞世の歌は、老翁の遺言と同じ役割を担っている。彼らの「末期の眼」が詩的言語とレトリックを召喚する。

笠井潔[*9]は、「真珠」の死後を夢想する老人の詩情に「第四の選択」の可能性をみているが、それは間違いだ。安吾は、意識的に詩人から小説家へと転身しようとした。「私は詩人から小説家になつた。すくなくとも、なろうとしてゐた」(「牧野さんの死」『作品』一九三六年五月)と自殺した牧野信一との文学の立場の違いを安吾は、このように説明した。ポエジーの時代においては、それは批評的な立場の表明でもある。「日本文化私観」の中で、安吾は、次のように記す。

> 美しく見せるための一行があつてもならぬ。美は、特に美を意識して成された所からは生れてこない。どうしても書かねばならぬこと、書く必要のあること、たゞ、そのやむべからざる必要にのみ応じて、書きつくされなければならぬ。(中略)実質からの要求を外れ、美的とか詩的といふ立場に立つて一本の柱を立てゝも、それは、も

う、たわいもない細工物になつてしまふ。これが、散文の精神であり、小説の真骨頂である。

このように安吾は、日本的美に対して「散文の精神」を対置させる。この安吾の散文精神の主張の背景には、一九三〇年代の広津和郎をはじめとする人民文庫派と林房雄らをはじめとする日本浪曼派との散文芸術論争がある。日本浪曼派に代表される、詩精神が称揚された時代にあって、人民文庫派の主張はファシズム批判へと展開していく可能性の萌芽はあった（本章第一節参照）。しかし、広津や高見順らの人民文庫派の戦時下の文章を読むかぎりにおいては、それが可能性のうちに留まったと言わざるをえない。

安吾もまた散文精神を主張しつつも、「日本文化私観」の「三、家に就て」という、やや異質な章で述べているように、詩的なものに魅せられてもいた。帰るところとしての家が、悔悟と自省の場であり、そこは「文学のふるさと」（『現代文学』一九四一年八月）で言うところの「生存それ自体が孕んでゐる絶対の孤独」という場所でもある。安吾は、「家」「日本」から逃れられない、日本回帰は不可避であるということを一方では認識しており、このエッセー全体が、両義的である。「ふるさと」「日本文化」「日本」に帰ることのうしろめたさとは、人間は「絶対の孤独」という「家」から逃れることはできないという安吾の認識の反映なのである。*10

また「四、美に就て」では、「小菅刑務所」「佃島のドライアイス工場」「駆逐艦」を例に出しながら機能性、直接性の美を称揚している。だが「小菅刑務所」は、むしろ美しい刑務所として知られていた。日本が自慢するモダニズム建築で、チャップリンを案内したというエピソードが残されているように、安吾の評価はかなり独特である。伝統文化の観念性に対して「必要性」「実質」を対置しているのは間違いないが、単なる機能主義の主張ではないし、建築物を美的対象とみなしているのでもない。それらに惹かれてしまうものは何かと自省し、それを「郷愁」「懐かしい」という言葉で語るのである。

安吾は日本の建築についても九軍神についても、安吾流のポエジーを見ていた。安吾は、「五月の詩」（『現代文学』

一九四二年一二月）においては、切腹した夫に捧げた妻の和歌「百花の咲きて青葉のよき時に／男らしくも人死にゝけり」に素直に感動している。「真珠」という小説は、「僕」のいる、俗なる散文の世界を描きつつ、彼らの詩的世界に思いを馳せる。詩と散文のあいだに揺らいでいる小説である。

そして安吾の死に対する態度であるが、「真珠」においては、アメリカの報復による死の予感はあったものの、「僕」自身はまだ死に「直面」していない。安吾が真に死に直面するのは、空襲体験によってであり、そこにおいて安吾の死に対する認識が明瞭になる。

「わが戦争に対処せる工夫の数々」（『文学季刊』一九四七年四月）に述べられているように、死に直面した安吾は、九軍神たちのように死を忘却などしなかった。それとは対照的に「なるべく死なゝい工夫」を行った。日本海で猛特訓し、水風呂に潜り、十五貫の大谷石を担いで走る訓練を始める。

一方で疎開をすすめられても断るという矛盾も安吾は自覚していた。「決して死に就て悟りをひらいてゐるわけではない私が、否、人一倍死を怖れてゐる私が、それを押しても東京にふみとどまり、戦禍の中心に最後まで逃げのこり、敵が上陸して包囲され、重砲でドカ〳〵やられ、飛行機にピュー〳〵機銃をばらまかれて、最後に白旗があがるまで息を殺してどこかにひそんでゐてやらうとゐふのは、大いに矛盾してゐる」のである。

空襲に「偉大な破壊、その驚くべき愛情」（「堕落論」）を感じた安吾は、戦争に美と崇高を見てもいたのである。死を美学化しつつも、散文的に生きる努力を惜しまない安吾の矛盾は、言いかえれば、詩と散文のあいだで思考せざるをえなかった戦時下の言説空間の境界と限界をやはり指し示していたのである。

こうした実践は、「青春論」（『文学界』一九四二年一一、一二月）の宮本武蔵の評価に既に胚胎している。安吾は、若き日の勝つためには手段を選ばない武蔵の勝負第一主義の剣術を高く評価し、「いつ殺されてもいゝ」という覚悟を剣術の極意として語る、悟り済ましたような晩年の武蔵を評価しない。「要するに、生きることが全部だといふより外に仕方がない」と言う。このように、散文的世界に生きた武蔵像を評価し、死＝詩的世界に安住してしまった晩年の武蔵像を否認する。だが、死の覚悟を語った武蔵の『五輪書』を批判しながらも、勝海舟の父、夢酔の言文一致で書かれた自叙伝『夢酔独言』の「行間に不思議な妖気を放ちながら休みなく流れてゐる」「いつでも死ねる」という覚悟を読み取り、感動している。

「真珠」から「トカトントン」へ

詩と散文というパースペクティブは、太宰治の「散華」（『新若人』一九四四年三月）では、病死した若き親友の〈小説家〉三井と、アッツ島で玉砕した若き〈詩人〉三田との対比のうちにも見出せる。

アッツ島に一九四三年五月十二日、米軍が上陸し、二十九日、山崎保代大佐率いる日本軍守備隊は全滅する。大本営は、次のように発表した。

アッツ島守備隊は五月十二日以来極めて困難なる状況下に寡兵よく優勢なる敵に対し血戦継続中の処五月廿九日夜敵主力部隊に対し最後の鉄槌を下し皇軍の神髄を発揮せんと決意し全力を挙げて壮烈なる攻撃を敢行せり、爾後通信全く杜絶全員玉砕せるものと認む、傷病者にして攻撃に参加し得ざる者は之に先立ち悉く自決せり、我が守備隊は二千数百名にして部隊長は陸軍大佐山崎保代なり
敵は特殊優秀装備の約二万にして五月廿八日迄に与へたる損害六千を下らず*[11]

この時から、玉砕という言葉が使われるようになった。『朝日新聞』には、「私たちもガン張る／アッツ島勇士玉砕の報に／女子挺身隊員・感激の手記」（一九四三年六月一日）、「燦然たり民族魂／壮烈の玉砕鬼神も哭く」（一九四三年六月二日）、「アッツ島玉砕不滅の武勲」（一九四三年八月二九日）といった見出しが躍る。それ以降、マキン島の玉砕・タ

ワラ島の玉砕・サイパン島の玉砕・テニアン島の玉砕・グアム島の玉砕・硫黄島の玉砕と、玉砕という言葉で、日本軍守備隊の全滅を美化しつづける。

「十二月八日」の日付と同様、多くの文学者たちが、アッツ島玉砕の「五月二十九日」を題材にした詩歌を残した。高村光太郎の戦争詩「五月二十九日の事」（詩集『記録』昭和一九年）はその典型である。この詩はラジオで朗読もされた。

玉砕という用語がジャーナリズムを賑わしていたという時代背景を踏まえた上で、「散華」の冒頭部を読んでみよう。

> 玉砕といふ題にするつもりで原稿用紙に、玉砕と書いてみたが、それはあまりに美しい言葉で、私の下手な小説の題などには、もつたいない気がして来て、玉砕の文字を消し、題を散華と改めた。
> ことし、私は二人の友人と別れた。早春に三井君が死んだ。それから五月に三田君が、北方の孤島で玉砕した。三井君も、三田君も、まだ二十六、七歳くらゐであつた筈である。

散華とは仏教用語で、仏を供養するために花をまき散らすこと、特に法会で、偈を唱えながら列をつくって歩き、蓮の花びらの形をした紙をまき散らす法要のことである。それが転じて、戦死を美化していう語になる。玉砕も、九軍神の辞世の歌にあるように、玉のように美しく砕け散る意から、大義・名誉などに殉じて、いさぎよく死ぬことであり、散華と同様、戦死を美化する用語である。しかし、太宰は、二つの言葉の上下関係を認識している。それはどういうことか。

北川透[*12]は、玉砕という用語に対して散華は、「心うつ最後の逆襲／散華まで烈々の攻勢」（『朝日新聞』一九四三年六月一日）の見出しのように、山崎部隊長個人に対して用いられているところから、散華には、個別的・個人的ニュアンスがあり、太宰もそのような言語感覚を持って、玉砕ではなく散華という語をタイトルにしたと言う。この小説で扱っている死者は、アッツ島で玉砕した若者だけではなく、もう一人の肺結核で病死した若者についても触れているからだ。

さらに北川は作中のモデルは、実名で登場し、病死した三井君を除けば特定できる点に着目している。戸石泰一は、三田と同様、東京帝大の国文科の学生として登場する。戸石は太宰や田中英光らに師事し、戦後、八雲書店に入り、最初の『太宰治全集』の編集にも従事した。三田が「私」の元を去り、詩を習いに行くのが山岸外史のところである。山岸は、同人誌『青い花』以来、太宰・檀一雄らと親交があった。そして、三田循司の名は、「永久に薫るアッツの雄魂」（『朝日新聞』一九四三年八月二九日）に「兵長　三田循司　花巻」と記載されている。

三井のみが不明なのである。北川は、戦争の死とは何の関係もない「非国民」的病死を描いた点に「散華」の批評性を読み取っている。確かに二人の死に対する態度は対照的である。太宰は三井の肺結核を、隠喩としての病としてロマン派的に美化しながら、「このやうな時代に、からだが悪くて兵隊にもなれず、病床で息を引きとる若いひとは、あはれである」と同情する。三井には病を治す気がなく、自らの身体を国のために捧げることはしなかった。

それに対して三田は、「哲学者のやうな」風貌の真面目な性格である。戸石泰一[*13]の回想の三田は、小説のイメージと共通する。三田は、兵隊に行っても、幹部候補生の試験を受けなかった。「一兵卒として殉ずる」という義を貫き、そのためにアッツ島に行かされて、玉砕する。その玉砕によって、三田は二階級特進で兵長になったわけで、当時は最下級の兵隊だった。

しかし、太宰が三田に共感したのは、何も彼がアッツ島で玉砕したからではない。「アッツ玉砕の報を聞かずとも、私はこのお便りだけで、この年少の友人を心から尊敬する事が出来たのである」と、彼からの葉書の文章に感動したのである。

御元気ですか。

遠い空から御伺ひします。
無事、任地に着きました。
大いなる文学のために、
死んで下さい。
自分も死にます、
この戦争のために。

この文章は、小説中に三度も引用され、太宰の感動の大きさがうかがわれる。「はじめから私の意図は、たつた一つしか無かつた。私は、最後の一通を受け取つたときの感動を書きたかつたのである」と、この小説の執筆の目的が示される。

それではなぜ、太宰は三田のことだけ書かずに、作品の前半で、しかも、分量的にはさほど割いてはいない、三井の死に触れているのか。

「三井君の小説は、ところどころ澄んで美しかつたけれども、全体がよろよろして、どうもいけなかつた。背骨を忘れてゐる小説だつた。それでも段々よくなつて来てゐたが、いつも私に悪口を言はれ、死ぬまで一度もほめられなかつた」と小説家としては、才能がなかった。

にもかかわらず、「人間の最高の栄冠は、美しい臨終以外のものではないと思つた。小説の上手下手など、まるで問題にも何もなるものではないと思つた」と、三井の死に感動するのは、彼が、国のためでも、誰のためでもなく、自分ひとりの死を全うしたことにある。太宰も、国のために死にたいなどとは思わなかったに違いない。文学のために死ぬこと、それは、三井のように、大成はしなかったが小説家として死んでいった姿と重なる。

山岸が三田の遺稿集を出すと言った時、「私」は、三田の手紙を、一つの詩として載せることを願う。「私」は、小説家と詩人の二人の死を美学化しており、「私」は小説家として、文学に殉じようとする。しかし、そうした決意を促したのが、詩人の言葉であった。

戦後書かれた「トカトントン」（『群像』一九四七年一月）に至ると、散文精神が復活する。そこには美的なものへの情熱はもはやない。むしろ、美的な情熱が挫折してしまう物語である。加藤典洋[*14]は、「散華」の三田と、死んで帰らない「未帰還の友」（『潮流』一九四六年五月）や、生きて戦後の日本を生き延びる「トカトントン」の若者は、対立するものとしてあると言う。別言すれば、もし「散華」の三田が玉砕せずに生還したら、「トカトントン」の若者になっていたのではないかと想像できるというのだ。

太宰治の「トカトントン」は、敗戦後の現実に幻滅する「私」とそれをキリストに仮託して批判する冷淡な「某作家」との書簡体小説の形式をとっている。敗戦の日、最初のトカトントンの音を聞き、「ミリタリズムの幻影」から解放されるのだが、それ以来、ことあるごとにトカトントンの幻聴に悩まされる。トカトントンの音を聞いたとたん、小説を書くことの情熱、労働の情熱、恋の情熱、労働者のデモへの情熱、スポーツの情熱などが失われてしまう。しかし、それによって戦後日本に対する違和感や虚無感をあらわしているだけではない。素人の駅伝に情熱を傾ける若者たちに、「私」は、「無報酬の行為」「虚無の情熱」を感じるのだが、それは、戦中に散華・玉砕した若者たちの情熱への共感と軌を一にしている。「トカトントン」とは、情熱が報われないことの喩えであって、単なる無気力・虚無的な若者への批判ではないだろう。

ここで、太宰の「トカトントン」を持ち出したのは、安吾の戦後への関わりとの相同性を確認したいためである。太宰の「散華」から「トカトントン」への転回は、安吾の「真珠」から「特攻隊に捧ぐ」への転回と類似している。その意味で「特攻隊に捧ぐ」は、「真珠」の事後的な解説にもなっている。安吾は「特攻隊に捧ぐ」の中で、「真珠」の特攻隊に見出したような「無償の行為」をみ、感動するのだが、「美に惑溺してゐる」という冷静な目を持ってもいた。

安吾や太宰の転回は決して転向ではない。彼らの戦中と戦後に大きな断絶はなかったのではないのか。確かに、戦中は、詩的なものに比重が置かれたが、散文精神は忘れなかった。戦中、戦後を生き延びること、そのためには、詩ではなく、散文精神が必要であったことを彼らは認識していたのではないだろうか。美的なもの、詩的なものが、現実で生起する葛藤や矛盾を隠蔽し、括弧に入れるのだとしたら、散文的なるものは、逆にそれを露呈させる。

彼らは本質的に小説家であった。

散文の時代

安吾の「真珠」は、聖なる世界に属する「あなた方」をいっそう輝かすために、「僕」の俗なる世界との隔たりを対照させた小説といえる。しかし、「僕」のそうした試みは、「本末顚倒」のレトリックによって、自らの意図を裏切っていく。そして、この小説を同時代の言説空間の中に位置づけてみると、逆に同時代の言説の編成のあり方が浮かび上がってくる。詩と散文というパースペクティブである。太宰もまた、安吾と同じようなパースペクティブを共有していた。詩と散文のあいだの振幅には、時代や作品によって差異はあるものの、安吾や太宰には、戦中の詩の時代から、戦後の散文の時代へというゆるやかな移行があったように思う。彼らが、戦中、特攻精神を擁護し、散華・玉砕することのできなかった者たちを擁護したところに、それはうかがえるのではないか。

ヘーゲルにとって美とは、作品を生み出したその時代の共同体精神を体現していなければならない。そしてその理想の美が体現されているのが、芸術と宗教、そして個と全体が融合調和した「古典芸術」と呼ばれるギリシャの芸術であった。だが、この古代ギリシャの共同体精神は精神自身の内発的な発展により、ロマン的芸術に取って代わられる。古代ギリシャの都市国家の崩壊と共に、ホメロスに代表される叙事詩的世界のような人間と自然とが調和し、主人公が主体的に自由に振舞える神々の時代は過ぎ去る。内的精神世界と外界は分裂し、芸術は世俗化していく。[*15]

確かに、ヘーゲルは世俗化された近代を詩の時代から零落した散文の時代ととらえたが、日本の戦前は、むしろポエジーの時代だった。個人と国家が、死の美学化を媒介にして、同心円的に一体化を志向するのが詩精神だとするなら、他者と葛藤し、他者に規定されざるをえない、この散文的世界における、生き延びるための方法が、散文精神といえる。

安吾、そして太宰は、詩と散文のあいだで思考し続けた小説家であった。

四　「雨ニモマケズ」のパロディ――坂口安吾「肝臓先生」の戦略

「肝臓先生」再評価のために

　坂口安吾の小説「肝臓先生」（『文学界』一九五〇年一月）は、一九四九年八月、薬物中毒の病後療養のため、伊豆伊東に転居したのを機に執筆された作品の一つである。安吾の小説の中では、本格的に論じられていない作品である。そもそもこの作品は、安吾の全くの創作というわけではなく、実話に基づいている。モデルは安吾と親交のあった天城診療所の佐藤清一で、天城診療所という看板から天城先生と呼ばれていた。呼吸器専門の内科医だった佐藤医師は、伊東で患者を診察しているうち、肝臓肥大の多いのに気がついた。以来肝臓病の研究に没頭し、戦時下において流行性肝炎の症例を追究した。患者を触診しては「あなたは肝臓が悪い」と言うことが多いので、いつしか「肝臓先生」というあだ名がついた。佐藤清一『あなたも肝臓病人だ』（一九八三年、実業之日本社）を読むと、「缶」と「象」の言葉遊びのエピソード、軍部とのやりとり、恩師の謝恩会席上での出来事なども、ほぼそのまま活かされている。

　この作品が一般に知られるようになるのは、今村昌平監督による映画「カンゾー先生」（一九九八年一〇月公開）によるところが大きい。「肝臓先生」を軸に「堕落論」（『新潮』一九四六年四月）、「行雲流水」（『オール読物』一九四九年九月）といった原作を素材にして自在に組み合わせて作られている。舞台も、瀬戸内海、岡山県の田舎町に変えられている。登場人物もストーリーも大きく異なり、安吾の原作を素材にしているだけで、全く今村流に仕上がっている。その今村にしても、「ジロリの女」（『文藝春秋』一九四八年四月）に比べて「肝臓先生」には「ブッ飛ぶような無責任な力感はない。マットウなのである」[*1]と述べているように、「肝臓先生」という小説それ自体にはあまり魅力を感じていない。

　また、先行研究としては、解説や解題といった短いものばかりで、本格的な作品論がないのが現状である。しかも、その評価の仕方も不十分である。奥野健男は、最後に「私」によって記念碑に刻まれた詩は「まことに切なく、美しい」と述べ、「安吾はこのような無私の美しい人生を、最後を、いつも空想し、憧憬していたのに違いない。安吾文学を代表する傑作のひとつと言ってよい」[*2]と高い評価を下している。関井光男は、「作品の浪曼的香気が『死』を通して甘美な世界を要請しているが、それは彼岸への夢想的郷愁からであって、坂口安吾の夢想的性格が投影している」[*3]と言う。このように、奥野も関井も、この作品のパロディ性を全く理解していない。

その点、池内紀は、初期の「風博士」(『青い馬』一九三一年六月)と対照させながら、「ファルス」として「肝臓先生」の側面をうまくとらえている。

「肝臓先生」は、もう一人の「風博士」であって、風博士のかたわらに蛸博士がいたように、肝臓先生のかたわらには烏賊虎がいる。そして風博士がある夜、きれいさっぱり地上からいなくなったように、肝臓先生もまた、あとかたなくこの世から姿を消した。風博士は風になったらしかった。一方、肝臓先生は肝臓そのものになって相模湾の底に沈んでいるのかもしれない。あるいは海そのものになったのか。安吾は多少なりとも道化た手法で先生を殺した、おしまいにわざわざ碑銘をつけた。

「……肝臓の騎士道をも全うして先生の五体は四散して果てたるなりき
しかあれど肝臓先生は死ぬことなし」
みずからのドン・キホーテ性を、サンチョ・パンサの目でからかったぐあいである。[*4]

このような自作も含めた先行作品の引用がこの小説の特色であるのだが、最も重要な引用は、実は池内が全く触れていない「雨ニモマケズ」であり、最後の詩だけでなく、「肝臓先生」という小説自体が、すぐれた「雨ニモマケズ」のパロディになっているのである。

「肝臓先生」がどのような形で「雨ニモマケズ」を引用し、そこにどのような安吾の批評精神があるのか。それがこの小説を再評価するきっかけになるかもしれない。

「雨ニモマケズ」と「肝臓先生」

賢治と安吾の接点といえば、「教祖の文学」(『新潮』一九四七年六月)がまずは挙げられるだろう。この評論で安吾は小林秀雄批判を展開するのであるが、賢治の「眼にて云ふ」という詩を引用しながら、小林秀雄の「思想や意見によって動かされるということのない見えすぎる目などには、宮沢賢治の見た青ぞらやすきとおった風などは見ることができない」と述べ、賢治を高く評価した。だが、両者には決定的な差異がある。

安吾にとって「文学のふるさと」(『現代文学』一九四一年八月)は帰る場所であると同時にそこから突き放されてしまう場所である。「なぜなら、ふるさとは我々のゆりかごではあるけれども、大人の仕事は、決してふるさとへは帰ることではないから」である。賢治の仕事は、イーハトーヴへ回帰するという点で、やはり子供の仕事に止まっていたといわなければならないだろう。イーハトーヴとは、「罪や、かなしみでさへそこでは聖くきれいにかがやいてゐる」(童話集『注文の多い料理店』広告ちらし)ような場所であり、あらゆる葛藤や矛盾が美的に無化される。

戦時下で書かれた有名なエッセー「日本文化私観」(『現代文学』一九四二年三月)の中で、安吾は「美しく見せるための一行があつてもならぬ。美は特に意識して成された所からは生れてこない」といい、こうした「美的とか詩的という立場」に対して、「やむべからざる実質」に裏づけられた「散文の精神」「小説」を擁護する。このような書くことの基盤に「生活の必要」を置き、書くことが生きることであるような散文的世界を生きている安吾からすれば、小林秀雄の「美しい『花』がある。『花』の美しさという様なものはない」(「当麻」)といったレトリックは、鼻持ちならなかったのであろう。

要するに、賢治が詩人だとしたら、安吾は小説家であったということだ。しかし、「肝臓先生」においては、「私」は、詩を書くのである。そしてそれは、「雨ニモマケズ」のパロディ詩である。こうした、「雨ニモマケズ」の取りこみ方は、「雨ニモマケズ」批判、ないしは「雨ニモマケズ」受容批判を内包しているのではないだろうか。結論を急ぐ前に、まずは「雨ニモマケズ」の引用のされ方をみていこう。

終戦後二年目の八月十五日、「私」は友人の彫刻家Qの招きで、伊豆の伊東温泉を訪れた。三浦按針祭というのがあって、当日に限って占領軍によって布かれた料理飲食店禁止令が解禁になり、お酒が飲めるというので出かけたのであったが、それはデマであった。そこでQは唐突に故医学士赤城風雨先生の肝臓を模した記念碑に刻む詩の制作を「私」に依頼する。この「赤城風雨」という名前自体が、「雨ニモマケズ／風ニモマケズ」のパロディになっている。

その赤城先生の第一級の信奉者である、漁師の烏賊虎を紹介され、以下、烏賊虎から聞き知った赤城先生の生涯を「私」が要約するというスタイルで、「文中、私とあるのは烏賊虎さんである」という但し書きを付して、書かれている。

烏賊虎の語るところによれば、先生は「風ニモマケズ、雨ニモマケズ、常に歩いて疲れを知らぬ足そのものでなければならぬ」という信念を持ち、日々「足の医者」として、「天城山の谷ふかく炭やく小屋に病む人があれば、ゲートルをまき、雲をわけて、走らねばならぬ。小島に血を吐く漁夫あれば、小舟にうちのり」東奔西走する。

日中戦争頃から、診る患者がことごとく肝臓を腫らしていることに驚愕する。この肝臓炎の真相を究め天下に公表することが神の意志ではないかと先生は煩悶する。しかし、研究は自分の役割ではない、あくまで臨床家としての本分を果たすべきだと決意した先生は、粉骨砕身、治療に当りながらも、腫れた肝臓をつぶさに観察し、一方に慢性的な進行性と一方に甚だしい伝染性のあることを突きとめる。かくして先生は、後者は戦争がもたらした大陸風邪が肝臓を侵したことが原因であるという結論を得て、「流行性肝臓炎」（患者向けにはオーダンカゼ）と命名する。

今や自覚することなく、大半の日本人が流行性肝臓炎に侵されていると確信した先生は、「赤城性肝臓炎」と揶揄されながらも、いつ終るともしれない肝臓炎との闘いに寝食を忘れ没頭する。

心の友であった待合の女将の葬儀に参列しようとしていた折、肝臓病の急患の報を受け小舟で離れ小島へと向かうが、敵機の爆撃に遭い、先生の姿は相模湾の底深く永久に消えてしまう。不屈の闘志でその生涯を肝臓炎との闘いに捧げ、壮絶なる最後をとげる、滑稽にして実直、悲哀ただよう人間像は、賢治とドン・キホーテを足して二で割って医者にしたような印象を与える。

この烏賊虎の話を聞き、「私」は感無量のうちに、偉大なる「肝臓の騎士」の事績を讃える次のような詩を最後に掲げる。

この町に仁術を施す騎士住みたりき
町民のために足の医者たるの小さき生涯を全うせんとしてシシとして奮励努力し
天城山の炭やく小屋にオーダンをやむ男あれば箸を投げうってゲートルをまき雲をひらいて山林を走る
孤島に血を吐くアマあれば一直線に海辺に駈けて小舟にうちのり風よ浪よ舟をはこべ島よ近づけとあせりにあせりぬ
片足折れなば片足にて走らん
両足折れなば手にて走らん
手も足も折れなば首のみにても走らんものを
疲れても走れ
寝ても走れ
われは小さき足の医者なり走りに走りて生涯を終らんものをと思いしに天これを許したまわず
肺を病む人の肝臓をみれば腫れてあるなり

胃腸を痛む人の肝臓をみれば腫れてあるなり
カゼひきてセキする人の肝臓をみればこれも腫れてあるなり
ついに診る人の肝臓の腫れざるはなかりけり
流行性肝臓炎！
流行性肝臓炎！
戦禍ここに至りてきわまれり
大陸の流感性肝臓炎は海をわたりて侵入せるなり
日本全土の肝臓はすべて肥大して圧痛を訴えんとす
道に行き交う人を見てはあれも肝臓ならむこれも肝臓ならむと煩悶し
患者を見れば急いで葡萄糖の注射器をにぎり
肝臓の肥大をふせげ！　肝臓を治せ！
たたかえ！　たたかえ！　流行性肝臓炎と！
かく叫びて町に村に山に海に注射をうちて走りに走りぬ
人よんで肝臓医者とののしれども後へはひかず
山に猪あれども往診をいとわず
足のうらにウニのトゲをさしても目的の注射をうたざれば倒れず
ついに孤島に肝臓を病む父ありて空襲警報を物ともせずヒタ漕ぎに漕ぎいそぐ
海上はるか彼方なり
敵機降り来ってバクゲキす瞬時にして肝臓先生の姿は見えず
足の医者のみかは肝臓の騎士道をも全うして先生の五体は四散して果てたるなりき

しかあれど肝臓先生は死ぬことなし
海底に叫びてあらむ
肝臓を治せ！　肝臓を治せ！と
なつかしの伊東の町に叫びてあらむ
あの人も肝臓なりこの人も肝臓なりと
肝臓の騎士の住みたる町、歩みたる道の尊きかな
道行く人よ耳をすませ
いつの世も肝臓先生の慈愛の言葉はこの道の上に絶ゆることはなかるべし
肝臓を治せ
たたかえ！　たたかえ！　流行性肝臓炎と！
たたかえ！　たたかえ！
たたかえ！　と

小説家である「私」にとって、「圧縮された微妙な語感はすでに無縁で、語にとらわれると、物自体を失う。物自体に即することが散文の本質で、語に焦点をおくことを本質的に嫌わねばならない」という考えの持主である。しかし、安吾はあえてこのような下手くそな詩を「私」に書かせるのである。それはなぜか。まずはこの詩のパロディ性をみていくところから、この問いに答えていこう。

とりわけ、前半部は、「雨ニモマケズ」のイメージと構文が利用されている。

東ニ病気ノコドモアレバ

行ッテ看病シテヤリ
西ニツカレタ母アレバ
行ッテソノ稲ノ束ヲ負ヒ
南ニ死ニサウナ人アレバ
行ッテコハガラナクテモイヽトイヒ
北ニケンクヮヤソショウガアレバ
ツマラナイカラヤメロトイヒ

このような東西南北奔走し、他者のために自己を役立てようとする「ワタシ」と同じように、肝臓先生は、デクノボーとまでは呼ばれないまでも、出世を望まず、医学博士になることもなく、「町医者」「足の医者」として奔走する。ただし、「片足折れなば片足にて走らん／両足折れなば手にて走らん／手も足も折れなば首のみにても走らんものを／疲れても走れ／寝ても走れ」と、その奔走ぶりは過剰に誇張されユーモラスである。

また、「天城山の炭やく小屋にオーダンをやむ男あれば箸を投げうってゲートルをまき／孤島に血を吐くアマあれば一直線に海辺に駈けて小舟にうちのり／肺を病む人の肝臓をみれば腫れてあるなり／胃腸を痛む人の肝臓をみれば腫れてあるなり／カゼひきてセキする人の肝臓をみればこれも腫れてあるなり」……と「雨ニモマケズ」で反復される仮定法の構文も同様に過激に再利用されている。

さらにこの詩は「雨ニモマケズ」のパロディだけではなく、戦争詩のパロディにもなっている。全体の威勢のいいスローガン的ないしはキッチュなものいい、とりわけ最後の「たたかえ！　たたかえ！　流行性肝臓炎と！／たたかえ！　たたかえ！／たたかえ！　と」といった呼びかけ表現の「流行性肝臓炎」の代わりに「鬼畜米英」を入れたら、そのまま戦時中の戦争詩に出てきそうなフレーズである。

戦時下における言語使用のあり方をめぐる問題を視野に収めながら、「肝臓先生」を読み直してみると、この作品のすぐれて批評的な側面が照らし出されることになる。熱狂の渦の中で、空疎なレトリックにとらえられ、詩の言葉を語らされてしまうのだろう。

もちろん、「私」の最後の詩は、戦後に書かれたわけだが、先の「たたかえ！」というリフレインは、肝臓先生を回想する場面にも使われているように、肝臓先生の生きた時代を語る「私」の語り方が、すでに戦時下のファナティックな感性と共鳴している。

「雨ニモマケズ」の〈歴史化〉

「雨ニモマケズ」が、戦前に広く一般に知られるようになるのは、松田甚次郎編『宮沢賢治名作選』（一九三九年、羽田書店）の刊行による。桑島玄二[*5]は、戦没した学徒兵がこの選集を内地の兵営で愛読していたことを紹介している。さらに、一九四二年三月発行の大政翼賛会文化部編『詩歌翼賛・第二集』に収められ、時局のプロパガンダとして流布していく。また、「雨ニモマケズ」の手帳には、「11.3」という日付が記されていた。戦前「雨ニモマケズ」をいち早く評価した哲学者・谷川徹三[*6]は、この作品が天長節に書かれた意義を説いた。

もともと賢治自身がファシズムの感性と近い位置にいた。多くの日蓮主義の特徴は、近代天皇制国家を前提とした日本国体論と不可分の関係にあり、天皇と日蓮仏教の政教両面の統一を目指し、そうしたあるべき日本と現実の日本との溝を認識して、その溝を埋めるべく実践が求められた。活発な社会的実践活動がその信仰の重要な柱となっていたのである。小集団での信仰生活共同体は、一般社会ではとうてい求めることのできない、互いの慈愛に満ちた人々の交わりを理想とするようなユートピア的コミューンにつながるものである。国柱会の場合も「本時郷団＝法華村」運動を構想していた。

賢治が創設した羅須地人協会も、この国柱会の運動に倣っていたものと思われる。ただ、その実態は肺疾の身を家族から隔離するために設けられた家に、かつての農学校時代の教え子たちを集めて、夢想的な農村改良を議論しただけのことである。

賢治が夢想した理想社会では全ての人々は耕作にいそしんでいるから、階級対立などという矛盾は全く存在しない。このような現実社会の分析と洞察を欠いた夢想主義は、当然ことごとく失敗してしまうのであるが、石原莞爾は、満州で階級矛盾を超越した農本主義的理想社会の実現を目指した。このとき賢治を聖化して、「雨ニモマケズ」が、寄生地主制度に苦しめられていた貧農の二、三男たちを欺瞞し、満蒙開拓団に組織していくことに盛んに利用された。

森荘已池[*7]は、満州奉天在の県の協和会の事務所が、県全体の農家に、下手な訳ではあったが「雨ニモマケズ」漢訳のチラシを配り、米の供出に一役買ったことを記している。ちなみに、「雨ニモマケズ」の最初の中国語訳は、銭稲孫訳「北國農謡」（北京近代科学図書館編『日本詩歌選』一九四一年、文求堂）で、森は銭稲孫の訳の方が原作よりもすばらしかったと述べている。

戦後になって、国定教科書第一号（文部省編『中等国語一』一九四七年）に「雨にも負けず」とカタカナをひらがなに換えて掲載される。その際に、進駐軍からのクレームで、「一日ニ玄米四合ト／味噌ト少シノ野菜ヲタベ」の「四合」が「三合」に変えられたというエピソードも有名である。当時の米の配給が一日二・五合であったことに対する配慮であったのである。

このエピソードは、井伏鱒二『黒い雨』（一九六六年、新潮社）の閑間重松の妻シゲ子の「広島にて戦時下に於ける食生活」と題した手記の中では、戦時下に置き換えて語り直されている。国定教科書に載った「宮沢賢治という詩人の代表的な作品で、農民の耐乏生活をよく理解した修道的な美しさの光っている絶唱」が、配給米が三合に減らされ、それに合わせて時局の都合のいいように改ざんされたと伝えている。シゲ子はそれを隣組のある奥さんから聞かされたのだが、その奥さんは、「其筋」に呼び出され、「流言蜚語は固く慎め。お前が闇の買出しに行った事実はわかっておる。そんな人間が、教科書のことに余計な容喙する資格はない。戦時下に於いて流言蜚語を放つ罪は、民法や刑法に抵触するばかりとは云われない」[*8]と、暗に国家総動員法に抵触すると言わんばかりであった。

このようにして、戦前から戦後へとその時代の願望に応じて、読み替えられながらも、「雨ニモマケズ」礼讃は続いていく。

安吾は「二合五勺に関する愛国的考察」(『女性改造』一九四七年二月)の中で、戦時中の「軍神」などを例に挙げて、「美談はおおむね歴史化であり、偉人も悪党も、なべて同時代の人間の語りぐさもあらかたそう」であると言う。そういう意味では、「雨ニモマケズ」という美談は、〈歴史化〉されてきたわけである。

「肝臓先生」の時代性

この小説は、単純に肝臓先生のひたむきな生き方を称讃しているわけでないことは、一目瞭然である。肝臓先生を称揚するだけなら、「私」や烏賊虎の語りなどを介在させずに、最初から肝臓先生だけに焦点をあてればいいはずである。肝臓先生のひたむきさは、烏賊虎と「私」の二重の語りによって表象されることで、相対化されているのである。とりわけ、肝臓先生の医学的な功績については判断を保留している。

烏賊虎は、医学上の見識ではなく、人格的に肝臓先生の高徳を慕う「信者」である。彫刻家のQも同じく「信者」である。「赤城先生には、こんな患者がたくさんいました。つまり、信者です。まったく人格によるものでして、中には先生のミタテはダメだが、お人柄が忘れられないという信者もいました。これでは先生も浮かばれません。だいたい医者が、医学上の見識でなくて、人格上の崇敬をうけるなどということは、本人にとって満足なことではありません」と烏賊虎は「私」に語る。それを聞いた「私」は、「赤城風雨先生の生涯が全部笑えない悲劇であった」と批評する。

確かに肝臓先生は、肝臓炎の研究に没頭するあまり、なんでも肝臓炎に結びつけて盲目的になってしまうのであるが、その盲目性がかえって戦時下の時代状況に対して批評的に振る舞う結果になる。

温泉町にも社会健康保険制度が施行され、儲けの少ない国民健康保険に加入している患者たちのために、せっせと保険報酬請求書類を県の保険課に出す。莫大な請求書に記された患者の大部分が「流行性肝臓炎」で、治療のためのブドウ糖の回数が半端ではない。そこで保険課から抗議が来るのだが、肝臓先生は意に介さず、以前よりも増して、ブドウ糖を打ちまくる。厳しい物資の統制下にあって、肝臓先生の行為は反時代的であったわけだ。しかも、ブドウ糖の注射は、食糧難の時代に、栄養の補給になるかもしれないが、肝臓炎そのものに対しては無効である。

A型肝炎が「伝染性肝炎」という病名で呼ばれたのは、一九一二年のことで、A型とB型肝炎に分類されたのは、一九四七年である。そして、肝炎の原因がウィルスであることが分かるのは、一九六〇年代になってからで、肝臓先生が肝炎がウィルスによるものであることを知るよしはなかった。

肝臓先生は、肝臓の謎を究明する研究医としてではなく、患者の苦痛を和らげる「臨床家」としての本分を果たそうとしているわけで、今日の医学的水準から肝臓先生の治療法を批判することは、そもそも不当というものであろう。同様に、肝臓先生の肝臓炎の大陸からの感染経路の仮説も、事実かどうかは別として（確かに戦時下での肝炎の集団発生がいくつも報告されてはいるが）、病と戦争の関連性、交通としての戦争の視点は、ユニークである。

かくて先生はその由って来たるところにより結論を得たが、これぞ戦争がもたらしたイタズラ小僧の末弟の一人だ。コロンブスによってもたらされたスピロヘーテンパリーダが忽ちにして全世界を侵略するに至ったのも戦争のせいである。鎖国の別天地、日本を侵略するに最も多くの時間がかかったとはいえ、ヨーロッパの侵略におくれることたッた六十年で、日本人の鼻を落としているのである。

日支事変によって、日本と大陸とに莫大な人員物資の大交流が行われ、大陸の肝臓炎が輸入されてきたのだ。はじめ先生はこれを大陸カゼとよんだ。スペインカゼが心臓を侵したように、大陸カゼは好んで肝臓を侵すのである。元来肝臓炎は風邪に随伴して起りやすいが、肝臓病者がカゼをひきやすくもあるのである。

かくて大陸渡来の風邪性肝臓炎は今や全日本を犯しつつあり、赤城風雨先生の診察室に戸をたたく患者のすべての肝臓を腫れあがらせているほどの暴威をふるうに至っているのだ。

日本軍の大陸への侵略に復讐するかのように、大陸から肝臓炎が日本に侵略するという構図が示されている。ウィルス性の肝臓炎は、経口や性交によっても感染する。日本軍が女性という植民地を犯し続けることで、感染は拡大していくのである。

このような主張は、恩師の謝恩会でも披瀝し、肝臓に関する権威者から賛同を得る。その一人である、長崎医大の角尾教授がその後原爆で亡くなったことを、「私」はさりげなく加えている。

もちろん、肝臓先生は、反戦主義者ではなく、「最も熱心な愛国者」であったが、軍部と対立する事件が起った。戦争がたけなわになって、温泉旅館が軍のために徴用され、その中で一番大きな旅館で傷痍軍人たちにチブスが発生する。軍医が調べてみると、女中の一人が保菌者と分かり、全従業員が隔離される。旅館の主人が疑問をもち、その女中を連れて、肝臓先生に見てもらうと、チブスではなく、流行性肝臓炎という診断であった。威信を傷つけられた軍は、「毎日毎日、風雨ニマケズ」従業員の便を調べ、チブス菌を探そうと躍起になる。

肝臓先生の方は、それが自分に対する復讐の一念からだとは気づかず、それほど研究熱心なら共に肝臓炎の正体を突きとめようと援助を申し出る始末である。結局チブス菌は発見されず、肝臓先生は軍からお咎めがなかったのであるが、肝臓先生の無二の友であった女傑が、彼女を国賊呼ばわりした軍を恨んで自殺してしまう事件が引き続き起きる。彼女も「最も熱烈な愛国者の一人」であった。

このような示唆的な形で、肝臓先生を取り巻く時代状況を批判的に点描することに成功している。「雨ニモマケズ」のパロディ化も言うまでもなく、その一つである。

また、烏賊虎が語る肝臓先生の生涯がこの小説の中心に位置しているわけだが、それを語り出す前の「私」の語りも重要である。烏賊虎をはじめとする生活に根ざした漁師たちの生き方に「私」は共感を示す。漁師は無口で月並みな挨拶などしない。それでいて暖かくて親切である。「彼らにとって、人間族は一律にただ人間であって、その絶対の信頼感と同族感が漁師町に溢れ」、漁に明け暮れ、温泉町の連中とは異なり、決してケンカなどはしない。「私」の漁民への賞讃は、烏賊虎の肝臓先生への称讃と匹敵する。

だが、漁師町の人たちは、偏食のため「若干体質が畸形」であるという。また、勤労の性質として、上体は逞しく発達するのに対して、「下肢が若干退化」しているともいう。そのため医薬品は必要で、烏賊虎が肝臓先生と深い繋がりを持つに至るのも不思議ではなかったのである。

「私」の役割は、伊東の平和的な漁師町の風情を伝えるだけではなく、また烏賊虎の聞き手というだけでなく、烏賊虎の語りを飛び越えて、烏賊虎が知るはずもない場面や肝臓先生の内面までも語るのである。そもそも、烏賊虎は無口な漁師であるという設定ではなかったのか。この作品の饒舌性は、「私」によるものであって、「肝臓先生」は、やはり「私」が書いたフィクションであることを半ば自己暴露している小説なのである。そして、肝臓先生というモデルを安吾流にデフォルメして、戦時下という時代状況を批判的に照らし出しているのである。

安吾（「二合五勺に関する愛国的考察」）は、明治の初め、肉体的な拷問に屈しなかった浦上の切支丹農民が、一人一日当り米三合という配給に耐えかねて、棄教した史実（『浦上切支丹史』）を伝えている。農民は一升めしが普通であった時代、一日米三合では空腹で、拷問よりもつらかったというのだ。現在と比べれば、かつては米の消費量はかなり多かったのは確かである。東西南北奔走し、他者のために自己を役立てようとする、「雨ニモマケズ」の自己犠牲的なデクノボー教徒も、浦上の切支丹のように、三合に減らされたら、棄教していたかもしれない。

しかし、安吾は、先のエッセーで拷問に屈しなかった彼らが、米三合の配給で神を裏切ったことに対して非難はしない。むしろ、戦時中の少ない配給に暴動を起こさない我々の方が異常であって、「殉国者」「歴史的愛国者」であったと言う。でっち上げられた軍神や、歴史的に美化された殉国者などよりも、「夫婦喧嘩だの、三角くじの残念無念だの、酔っぱらって怪我をしたのと、あさましいことばかりで、二合一勺のそのまた欠配つづきでも祖国を売らなかった」現実の「人間」の方を肯定する。

歴史的美談を怖れる必要もなく、また、われわれの現実のぐうたらを怖れる必要もない。すべては同じもの、人間、ただ、それだけなのである。

この小説は、愛国者である肝臓先生の歴史的美談を、「雨ニモマケズ」を過剰に反復、消費しつつ語ることで、戦時下における「雨ニモマケズ」のイデオロギー性を脱臼させてしまった、過剰な小説なのである。さらに、肝臓先生とは対照的な、酒飲みのぐうたらな小説家を配置させ、その語りを通して、「人間」として生きている烏賊虎たちの漁民たちにも共感を示す。パロディという戦略を通して、美談が歴史化される一歩手前で、「人間」とは何かを問い続けている。

五　六〇年代詩の帰趨――天沢退二郎論

宮沢賢治から天沢退二郎へ

漱石・賢治・安吾という、年表的で単線的な系譜ではない、系譜を浮かび上がらせようとする本論の目的において、賢治から天沢退二郎へという系譜もまた、単純な影響関係を超えて、今日の詩的状況を照射し、詩と散文という問題系を再検討する上でも重要である。

天沢の詩業は、学生時代から早くも始まる。ガリ版刷り雑誌『舟唄』（一九五六年一月創刊、彦坂紹男・秋元潔ら）に参加。『赤門詩人』（一九五八年八月～六〇年一二月）を創刊し、編集人をつとめている。第一詩集『道道』は、この頃にまとめられている。

やがて『赤門詩人』を母体に『暴走』（一九六〇年八月～六四年一月）が生まれ、『バッテン』（一九六一年六月～六四年二月）が生まれた。天沢をはじめとする、同人たち、渡辺武信・鈴木志郎康・高野民雄・菅谷規矩雄・山本道子・秋元潔・野沢暎・彦坂紹男・藤田治の十人（後に金井美恵子が同人に迎えられる）が結集して、『凶区』（六四年四月～七一年三月）は創刊され、六〇年代を代表する詩誌となる。

〈凶区〉という詩名は、まず形態として、私たち10人の意識の領域が互いに重なり合うある空間の位置に、偶然に貫かれた真空の通路を通つて、浮かび上つて来た。

そこでは細胞分裂した二つの×が、一方が閉されずにいるために不完全に見えるある囲われた空間に不安に漂つている。二つの×は、また互いに出会うためには、ひどく曲りくねつて複雑な経路をたどらなければならないと考え、とまどつているかに見える。

×は不安である。その分裂について、その境界を分つとも見える囲みについて、その開かれた方向について、その連続し、または不連続なその内側と外に拡がる白紙の空間について。あるとき×はそれらを拒否するかに見え、あるときその錯覚的な空間の不安定さに、陶酔し、享楽し、ときには怖れ、敵意を抱き、憎しみ、愛する。しばしば疑い深げであり、探りを入れ、闘いをいどむ。

（中略）

また、この二つの象形文字は、互いに結び合され、各部分を緊密に接合した強固な力強い姿で、表紙に印された。ここでは、あるいは不吉なバリケードの形が連想される。それは私たちの世界の至るところで、境界し、隔離し、拒否し、悲惨と不幸とを囲いするものの形に似ている。[*1]

最盛期には発行部数は当時の詩誌としては破格の千を超え、桑山弥三郎のタイポグラフィー・デザインによる斬新な表紙も手伝って「商品」となりえた。「凶区日録」の同人らの言動が注目を集めた。その中でも『道道』を携えて二十一歳の若さでデビューした天沢こと「アマタイ」はバリケード的暴力に対して詩的言語の暴力の優位性を主張し、六〇年代の詩的ラディカリズムの旗手として脚光を浴びた。

作品行為論の展開

天沢は、初期の詩論において、「ぼくらが詩を書くとき、ぼくらは見えざる不在の読者との間に、奇跡的なやり方で、まさしくけいれん的に心をかよわせあう（ここに不可能性の影が見てとれることは、もう云うまでもないだろう。）」[*2]と、自らの作品行為は〈詩の不可能性〉にあることを述べている。そうした認識のもとに、「作中存在のアクション、それから、作家のアクション、それから、そういうものを通じて自己を追求していく〈作品〉のアクションという三つのアクションからエクリチュールは生成される。これが、作品行為論のエッセンスである。その応用として「つげ義春論」「深沢七郎論」「映画評論」などジャンル横断的な試みがなされている。このような作品行為論のきっかけは、天沢自ら語っているように六八年、六九年の学園闘争にある。言語表現・言語活動が具体的な行動の要請により、相対的に下落していく時代にあって、つまりは、政治と文学という当時の支配的な二項対立図式に対して、書くことの政治性を主張したのであった。[3]

「結局のところ私の最大の関心はまず作品について語ることだ。〈について〉註釈を生み出し、読むことと書くこととを重ねあわせることによって読むことを自立させ、かくしてはじめて作品を成立させ、作品の徹底的内在性自体をはじめて固有の徹底的外在性たらしめることだ」[4]と述べているように、天沢によってあらゆる書く行為は、ジャンルは多様でも、絶えざる註釈の註釈（の註釈……）の行為という意味では一貫している。

他方、天沢は「古来のすぐれた詩はいつも主題を裏切ってきた。その裏切り行為においてこそ詩はつねに根源において人間的真実の味方だったのである。（中略）ところが今、詩が私たちを裏切ろうというのだ、言葉――この馴致されたおのれの忠僕を手先に」[5]と詩の言葉の逆説的な特権性も自覚している。主題を裏切ることで詩は無意識や言語化困難な対象を志向する。言語とそれを使う主体との関係性は転倒し、書くことの非人称性と出会うことになる。非人称性とは、根源への遡行行為によって、作家が匿名性へと解体していくことである。

詩的出発点

初期の天沢が詩に求めたものは、「心象風景」である。例えば、初期短編の一つ「松樹独白（Mental sketch copied）」というタイトルが端的にそれを示していよう。だが、天沢の言う「心象風景」とは、詩人の内的風景の単なる自己表出ではありえない。「心象描写は単にその心象風景を『模写』するに留まらず、この反映作用に対し能動的に働きかけるもの」[*6]なのである。ここには後に天沢が展開することになる作品行為論の萌芽が認められるだろう。また「Mental sketch copied」とは宮沢賢治の心象スケッチの方法たる「mental sketch modified」から採られたものだ。そこには、自己の心象風景を「模写」＝コピーするだけではなく、他者の言葉をもコピーすることが含意されている。

賢治の詩集『春と修羅』（一九二四年）や童話集『注文の多い料理店』（一九二四年）のエッセンスをコピーした初期短編が次の「詩と林檎（interview——六月）」である。

不透明昇冪結晶です
いかにも明らかな
わたしの声は
風が眠るとき

などと云いながら
親愛なる山詩人ザッコ君は
にやりと笑って
梢波うつ松古里山（まつごりやま）の頂へ
ななめに視線を上向けた

……するとつまり
あなたという現象は

でんしんばしらの碍子ですな……

　僕のこんな愚問にも
　わが敬慕する山詩人ザッコ君は
　怒りもせず頬を赤らめもせず
　ごく鷹揚に答えて云った

ええ
つまりそうです
白くて高いやつです

　そこで僕が図に乗って

……詩と林檎とではどちらが
水分豊かかとお思いですか……

　などと訊ねたものだから
　孤高の山詩人ザッコ君は
　頬もかすかに青ざめて
　そっぽを向いてしまったのだ

（風が林の遠くをわたり
　いかにも敏感な
　葉緑素系感応体を鳴らしていた）[*7]

このように、語彙・行わけや、風物の擬人化の方法など初期短編には賢治の言葉と方法がコピーされている。賢治のほかにも、「椿」（「花について」）は、モダニズム詩からのコピーである。

　椿

電撃……
少女はそのまま土橋の上に崩折れた
悠然として川を下る落花一輪

この短詩が依拠しているのは、次の北川冬彦の同名の短詩であることは言うまでもない。

　椿

女子八百米リレー。彼女は第三コーナーでぽとりと倒れた。

落花。

後者は、一九二六年の北川冬彦の第二詩集『検温器と花』所収の詩である。初期の天沢が賢治や北川といった一九二〇年代前後に活躍したモダニズムの詩人たちに傾倒したのにはわけがある。彼らは、それまでの口語自由詩が制度化してしまった、言葉の表象／代行性（representation）に対して、何らかの形で言葉の物質性を擁護した詩人たちだったからである。北川は「新散文詩への道」（『詩と詩論』第三冊、一九二九年三月）の中で「今日の詩人は、もはや、断じて魂の記録者ではない。また感情の流露者ではない。彼は、尖鋭な頭脳によつて、散在せる無数の言葉を周密に、選択し、整理して一個の優れた構成物を築くところの技師である」[*8]と、天沢の詩観と通底する散文詩観を述べている。主題や意味からの従属から逃れるためのオートマティスムの手法など、シュールレアリスムやモダニズムの詩人たちの試みを天沢が知らなかったはずはない。

もちろん、十代後半の頃に書いた天沢の初期短編を先行する詩人たちからの「影響」から脱し切れていない、「習作」と位置づけるのは簡単である。しかし、天沢が詩的出発点において獲得した他者の言葉の引用という方法意識（オリジナル／コピーの破棄）は、これまでの「作者」「作品」「読者」というヒエラルキー構造に再考を迫るものであった。

次に天沢の第一詩集『道道』の特質をみてみよう。詩集『道道』には、道を行くことへのある種強迫的な衝動が繰り返し表出されている。

行軍

歩くんだぞ

歩くんだぞ
鼻緒の切れたゲタは木の枝にひっ懸けろ
底のぬけた靴は蛇の首輪にくれちまえ
さあ　歩くんだ歩くんだ
雲がきれて
向うの高杉のてっぺんに　またひとつ
ガラスの首が吊るさがったぞ
さあ　歩け！
……雨のあとのじめじめ濡れた林のなか
　　朽葉の下の蜥蜴の下の朽葉の下の……
それにしても
あの蕈どもの青ざめた眼のいろはどうだ

「ぼくはもうとまらない／たちどまって桜桃や百合を考えるのはもうごめんだ（中略）／もう　たちどまらない／ふりかえらずに　ぼくは行くのだ／眼をほそめ　仰ぐ天によろめきながら」（「道標第七」）、「もうずいぶん前にぼくは出発した筈だ／暑い太陽が背後に高くて空はビンビンと青く／透った風がその空いっぱいに荒れまわっていた日／樹々の息もたえだえな公園の裏に立ったぼく／そのときぼくは出発するのだったのだ／思いきり明るい道々にひとかげはなく／そこからぼくは帽子のリボンのようにひらひらして／夏のまひるを出発した筈だった／けれどもそれはどれほど近い日のように思えるだろう」（「道標第十二」――傍点原文）と繰り返される、このような「行くこと」へのオブセッションは、賢治の詩集『春と修羅』の巻頭詩「屈折率」と共鳴している。

屈折率

七つ森のこつちのひとつが
水の中よりもつと明るく
そしてたいへん巨きいのに
わたくしはでこぼこ凍つたみちをふみ
このでこぼこの雪をふみ
向ふの縮れた亜鉛(あえん)の雲へ
陰気な郵便脚夫(きやくふ)のやうに
（またアラツデイン　洋燈(ランプ)とり）
急がなければならないのか

賢治の長編詩「小岩井農場」について「歩くこと」と「詩を書くこと」とが密接不可分な関係にあることを論じたのがほかならぬ天沢自身（『宮沢賢治の彼方へ』）であったことを想起しよう。また天沢は、[*9] 大岡信の歩行者の意識が詩の方法論に結びついている戦後詩人の系譜（「戦後詩概観Ⅲ」一九六七年）に触れながら、賢治詩の歩行意識が現代詩と拮抗してアクチュアリティをもち続けている理由を論じている。

賢治の「屈折率」が詩作品の歩行の始まりであったように、『道道』もまた天沢の詩作の始まりである。始まりがあるのなら、終りもあるはずである。だが天沢の道程は目的地へと単線的に向かうような方向性を欠き、しかも旅する風景はどこか空虚で死の匂いがする。始まりも終りもなく、歩み続ける行為・意味自体が問われている。「木立のおくの十字路さえ墓地の静寂／ヒバリもとばない　すさんだひるま／——こんなに誰もいないのも／やはり僕の風景だからなのだ／くもり空が苦しく記憶を揺する／そして道標はいつも青くさびている」（「渇いた道――六月」）とさびついた道標は詩人の進むべき方向を指し示してはくれないだろう。「歩くんだぞ」「さあ　歩け！」（「行軍」）といった情動的リズムで、「僕」自身をはげますのであるが、「僕」は方向を失調した歩行者なのである。そして、誰もいない孤独な旅の風景は、「ぼくをみているけれどその眼のみえない街がいい／にんげんどもは家の中で死んだようになって祈りを捧げ／電柱だの建物だの塀だの樹だのがまるでにんげんのような街がいい」（「街について」）とあるように、望まれた詩人の心象風景なのである。歩くことに疲れた詩人は、歩行を中断し、このような死の街に佇むことになる。そして旅の途中「にんげんども」のように移動のかなわぬ、植物に「ぼく」はなろうとする。

草のうた

ゆくりなくもぼくは草原に片足で立った
そうしなければ草になることができなかったから
林の上にはとがった雲の耳がつき出ていて
そいつの疑わしそうな眼つきがぼくにはつらかった
ぼくはかぎがたに曲げた手をさらさら振って
いっしょうけんめい草のなびくふりをした
けものたちは何も気づかずにとおって行った
よろよろそうやって立っていると草なのだと思った
まえの自分もあとの自分も考えられない
ぼくは草なのだと胸いっぱいに波をたてた

風がたえず吹いてぼくの眼をつめたく黒く乾かした
ぼくの右にもひだりにも　前にも
ずっとむこうの林のへりまで
せの高い草やぬるんだ草がぞろぞろ生えていた
そいつらは草なのだった
ぼくはそいつらに挨拶したいと思った
そいつらとヘラヘラ笑って合図をしたかった
そいつらはけれどもちっともぼくを見なかった
いや　そいつらはぼくのようには見えなかった
てんでに茎を揺すったりそらをながめたり
細い眼をあけてひょろひょろ風に笛を吹かせたりしていた
ほんとにぼくはそいつらではないのだった
青いそらを雲がはしっていた
林はしんとしてもくもく並んでいた
ぼくはしびれた片足の上に立っているぼくで
ぼくは草ではないのだと思った
草でないぼくのなかにぼくは草のうたをきいていた

平出隆は、「行くことの単一性の徹底」がかえって「非連続性」を呼び込んでしまった「草のうた」を「書くことの実験そのもの」として高く評価している。つまり、「『ぼく』は『道』を行くのではなく、『道』に生えている『草』の真似をする。そうすることで、『草』の意識との断層を行こうとする。むろん、『草』に成り切ることはうまくいかない。しかし、うまくいかないことではじめて、『草のうた』が聞えてくる。詩を追求するプロセスとしての『道』は、このようにして、外景の事物や影像の懐ふかくにまで分け入って行く。同時にこれは、『うた』という先験的な観念の側からの不可解な試練に耐えることでもある[*10]」と言うのだ。

水のモチーフ

天沢にとって旅は、始まりも終りもない作品行為の修辞であったように、雨もまた、不意打ちのように詩人を襲う作品行為の修辞にほかならない。『天沢退二郎詩集』（青土社）、『続・天沢退二郎詩集』（現代詩文庫）、『天沢退二郎集』（房総文芸選集）には、「初期詩篇」「少年詩篇」が収められているが、いずれもその冒頭に掲載されているのが、詩「夕立ち」である。初出は、一九五二年十二月号の受験雑誌『学燈』で、これが天沢の初公表詩でもあった。突然、恐ろしい夕立が一人の老婆を襲う。「雷鳴が、風と雨との、争闘に対するジュピターの審判であったかのように」雨と風は治まるのであるが、老婆は倒れたまま動かない。習作ではあるが、「雨」「風」「死」といったモチーフが既に孕まれていた。

天沢は、「雨は沈黙自身の発する言葉がいちめんに降りおちてくるものの謂いだ。だが雨は詩の言葉ではなくて、作品そのものではないのか。ぼくたちがとどめ定着するひまもあらばこそ、あたら開口し啓示する機会を失って次から次へ地にこぼれしみていく果実たち。作品は雨のように降ってくる果実ではないか[*11]」と、賢治を通して、雨とポエジーの関係性を語ってもいる。第二詩集のタイトルは『朝の河』（一九六一年、国文社）である。

朝の河

夜が幾重もの層となって砂漠に倒れ
瀬戸びきの喪の幟があちこちではためき
そのあたりに河が薄ぐろく照りはじめる
風に曝された祠を孕女たちが流れ出る
けむりの唄を靡かせ
猫眼石（キャッツ・アイ）の朝を種子のように喰いちらす
その癖ひとつなぎの茶色い草がそらを走るとき
彼女たちはたちまち唇をそぎ落し
踝のとげで男の背をむざんに踏みにじりながら
全身　土じみた髪となって追いかけるのだ
あとにはつめたく赤草の嘔吐がもえる
ひえきった壁にはてんてんと癩の斑が咲き
夜の残滓はかわいた旋風を醸し
稀れに　血の混った羊水が
男の襤褸の小さなのどを潤す
見棄てられた街々の砂には
やがて男たちの灰色の傘が疫病のように立並ぶだろう
酸っぱい昼の舗道にも
くずれた木の河底にもびっしりと眼を敷きつめて
男たちはふたたび祭をゆめみる

しかし遂に孕女は帰らず
馬よりも不毛な榛色の処女たち
はるかな真昼の運河を
ひたすら遠ざかり続けるだろう

表題作「朝の河」は、意味に従って読むという、停滞する時間を嫌悪するかのように、言葉が河を流れ、意味から逃れ続ける。夜が砂漠に倒れるとはどういうことなのか、けむりの唄とはどういう唄か、猫眼石（キャッツ・アイ）の朝を喰いちらすとは何のメタファーなのか……、そのような愚問をあざ笑うかのような、意味をはぐらかすスピード感がこの詩にはある。もちろん、オートマティスムの手法による、単なるナンセンス詩ではない。男たちをとらえながらも逃れいく「孕女」のイメージは強烈である。「祠を孕女たちが流れ出る」というような、日本語の統辞法をずらしながら、豊穣性を帯びているはずの「孕女」は、同時に流産を暗示する。何を孕み何を流産するのか、それは「作品」である。詩「分娩歌」（『朝の河』所収）では、死んだ母を担いだ男から「ぼく」は生まれる。

平井隆は、「朝の河」に触れ「『祠』という詩の根源、そこに孕まれていた『孕女』つまり、詩神が、さらに孕んでいるもの、それは来るべき詩の言葉であるはずだが、その言葉をとりあげようとして詩人は、無残にもその背を孕女たちから踏みにじられてしまう。それればかりか、孕女たちは何かおぞましい嵐を追いかけて、詩の根源からの河を下り、詩人を見棄てて帰らない」[*12]（傍点原文）と、天沢的詩の不可能性をここでも読み込んでいる。

こうして、「朝の河」は、過激な六〇年代詩の出発を告げる作品となる。

六〇年代の詩と死

六〇年代になると、これまでみてきたような天沢の詩の方法論は、政治的ラディカリズムの進行につれ、過激に尖鋭化されていく。六〇年代前後にデビューした詩人たちは、五〇年代の『櫂』同人たちのように、自己の日常性の感性を信じることもできず、さらに上の戦争体験を詩的出発点にしている『荒地』の世代とも異なっていた。それは、それぞれの世代が第二次世界大戦を、幼年期、思春期、青年期という異なる時期に経験したことによる差異でもある。上の世代と違い、彼らは戦争体験の傷が相対的には薄い世代だった。天沢は引き揚げ前後の時期を「1945年8月——ソ連参戦。父はすでに出生していて、母子四人、父の勤務先の留守家族団に加わって無蓋貨車で南下、朝鮮北部宣川で終戦を迎える。ここに11月までいてから新京へ逆戻り、伯母一家と同居して翌年7月引揚、8月に母たちの故郷である新発田に着くと、お諏訪様の祭日であった。この旅と祭は、私の〈幼年時代〉の終りを劃った」[*13]と回想していた。終戦よりも引揚の旅と旅先の祭りが印象に残っていたのである。

むしろ彼らの年代を特徴づけているのは、二十代前後で体験した六〇年反安保闘争であった。

彼らのもつていた役割の大なるものがその徹底的なラジカリズムにあつたことはいくつもの意味で否定できまい。〃暴走〃とはそのラジカリズムを端的に表徴するものだつた通り、ぼくらの〈暴走〉はまず、全学連の政治的ラジカリズムをその本質面から、詩意識の次元において全体的に獲得・発展させようとする試みだつたといえる。本来〈ラジカル〉とは、より語源に則していえば〈根本的〉〈本質的〉という意味だつたではないか。詩とは「詩」の徹底的探求であり、それは必然的に「詩」への挑戦としてのラジカルな加速性を惹起せずにいないが、そのラジカリズムは、存在や生の全体性との関係において政治的ラジカリズムと深くつながりあつている。

しかし、これもまた当然のことながら、ぼくらの〈暴走〉が継承したのは全学連ラジカリズムの〈役割〉ではなくてその原形質的意味である。[*14]

天沢は「だがこれほどまでに現代文明を犯しつくしたかのようなこれらの精神たちがついにおのれのなかへ含みきれないでいるもの、含みきれずに非現実化してしまったため却って外へ外へと実体を追いやってしまっているものがある。《革命》や《詩》がそれだ」[*15]と、詩と革命の共通点についても述べている。

それではそうした主張は詩作の上でどのように実現しているのだろうか。ここでは、同時代のしかも同じ大学の樺美智子の死に対する態度をみてみたい。樺美智子は、周知のとおり一九六〇年の安保当時、東京大学文学部学生であり、同年六月十五日の安保闘争で死亡した最初の大学生であった。六月十五日の事件はラジオでも実況中継され、樺の死は多くの人に衝撃を与え、悲劇のヒロインとして、その後の学生運動の象徴となった。だが、天沢のスタンスは、あの〈詩＝死の不可能性〉であった。

眼と現在

　　六月の死者を求めて

何よりもまず
その少女には口がなかった
少女の首をはさみつけている二本の棒には
奇妙な斑とたくさんの節があった
みひらかれた硬い瞳いっぱいに

湿った壁が填っていた
その壁の向う側から
死んだ少女のまなざしはきた

少女の首から下を海が洗っただろう
波にちぎれた腸やさまざまの内臓は
みがかれ輝いて方々の岸に漂いつき
それぞれ黒い港町に成長していっただろう
手足だけはくらげより軟かくすべすべして
いつまでも首の下に揺れ続けただろう

長大な蛇よりも長大な一羽の鳥が
もっと長くなるために身をよじっている
稀になった羽毛がひとつ散るたびに
子どもがすばやく駆けよっては
母親の叱声に引き戻される
見上げるとぼくらの上に空はせばまり
鳥の呻きの翔けのぼる白い道すじが
その鳥よりも長大な幟をふるわせるばかりだ

壁はつめたくそして軟かかった
手を入れれば入り底はなく
ただ透った非常に高いひとつの声が
たくさんの小さな血の鞠となってちらばっていた
それらを伝わってあのまなざしはきたと
信じぼくらは向うの側へ出たが——
ぼくらは黒い港町の廃墟をただ歩きまわった
死んだ少女のにおいがときに流れると
そのあたりに必ず一組の母子がひそんでいた
細かいひだのある臭い土管をいくつも跨いだ
帰るみちはもうわからなかった

「眼と現在」（詩集『朝の河』所収）は、サブタイトルから樺美智子の死を暗示させながらも、しかしそこで描かれる少女からはそれを想起することはできないし、あえて固有名詞に還元することを拒んでさえもいる。「母親の叱声に引き戻される」とある母は、現実的な母ではなく天沢的な語りのオリジンとしての「母」であり、非人称の声でもある。

一九六六年に刊行された第四詩集『時間錯誤』（思潮社）所収の「反動西部劇」は、〈またぎ越せ無能な河は〉という鮮烈な言葉で始まる。菅谷規矩雄[*16]は、この詩は、安保反対闘争のデモの列を「反動」の極から見下した詩ととらえている。そうであるなら、「破廉恥に日ざしがきらめく／指ならすくしゃみの地平線よ／われわれは一列一万五千人／鼻づらをそろえて河岸にならび／陶然として鐘鳴を聞く」の「われわれ」とは戯画化された機動隊のことであろう。

確かに天沢は「詩が生命を無限に溢れさせ膨張させうるのは、自分のものとして死を引きよせてその彼方へまたぎ出ることによってでしかない。そうでなく無防備で『死』と対決し、死の魅惑にとりつかれてしまうならば、美化された死によって逆に詩はとりこまれ、またぎ越されて遠く押しやられてしまうだろう。いわば右翼的な死の観念がぼくらの詩と全く無縁な理由がここにある。（中略）詩がつくりだす世界＝詩的現実は、日常的現実の向う側にオーバー・ランして『すべて』に対して開かれる非日常的日常の原形質性空間であり、ぼくらの詩がかち得るはずの力は、そのつくりだした非現実空間の深さ、その深さがもつ、オニリックな力学構造の反動力、それにぼくらが与えることのできる秩序の質にかかっている」[*17]（傍点原文）と述べており、この詩の自注としても読みうる。

だが、天沢は政治のラディカリズムを言葉のラディカリズムによって易々と乗り越えたわけではない。野村喜和夫は、「反動西部劇」の鑑賞の中で「『河』はひとつのへり、詩の行為の限界を示すへりであり、いわば決してまたぎ越すことのかなわない対象である（『無能』にみえるのはそのカモフラージュだ）」[*18]と述べているように、政治的な状況に対しては両義的に関わっていた。菅谷と天沢は、それぞれ在職していた大学で、造反教員として全共闘の学生を支持し、学園紛争のただ中にいた。

言語破壊と詩的ラディカリズム

天沢は自身の心情といったセンチメンタルな内面性に詩の意味を置かない。むしろ、内面表出の手段・媒介としてみなされてきた既成の言語使用に対する違和を経て、さらには言語破壊へと向かっていったのである。

言語の統辞法への破壊は、第三詩集『夜中から朝まで』（一九六三年、新芸術社）で加速する。

この町角の割れめのサックスはにせものだ
おれの怒りはキラキラ飛び散った
おれの首にまたがる馬蹄形の輝く女
何のため骨の凹みにそって手をさし入れ
何のために手くびの
環状のめざめをねがうのか
はげしく回る車輪をいくつもおれは渡った
震えあがるめざめの鳥の平衡を
いくつもおれは崩壊させた
おれの舌はいま細く裂けて
透った敷石のすきまに死んだ女の唾をさぐる

（以下略）

「ソドム」の各行の意味はほとんど不明である。意味の呪縛を振り切るかのようなスピードで言葉を畳み込みことで、意味のまとまりはつかめないものの、旧約聖書のソドムという淫乱と悪徳の都と現代都市を重ね合わせながら、加虐と被虐のグロテスクなイメージの連鎖によって「おれ」の呪詛は伝わってくる。

死刑執行官

布告および執行前一時間のモノローグ

旗にうごめく子どもたちを裏がえすものは死刑
回転する銃身の希薄なソースを吐き戻す者は死刑
海でめざめる者は死刑
胃から下を失って黒い坂をすべるもの死刑
いきなり鼻血出して突き刺さる者は死刑
はじめに名乗るもの死刑
夜を嚥下し唾で空をつくる者死刑
ひとりだけ逆立ちする者を死刑にする者死刑
つばさがないので歩く鳥は死刑
鳥の死をよろこばぬ者死刑
めざめぬ者は死刑
めざめても青いまぶたのへりを旅する者死刑
死刑にならぬというものら
死刑を行うものら
死刑を知らぬものら
を除くすべてのもの死刑
(以下略)

同じく『夜中から朝まで』所収の「死刑執行官」は、同型のパターンが繰り返される行為遂行的で即興的な語りになっており、ナンセンス詩への志向がうかがえる。もちろん、最後の四行に明らかなように、論理階梯を意図的に攪乱したものであり、この詩は計算されて作られている。有機的な意味の列挙を廃し、ある種無秩序と思われる言葉を置く。そして現実には決して「死刑」にできないものたちに「死刑」を宣告していく。詩という虚構の場でしか出会えない言葉たちは、しかし「死刑」の宣告によって抹殺すべきものとして、不在の存在としての言語的存在が炙り出される。

散文詩の特質——七〇年代以降

一九七〇年に入ると、『凶区』が先導していた政治に先行する詩的ラディカリズムは失速していく。そうした危機意識をいち早く感じたのが、菅谷規矩雄である。政治的状況の核心を離れ脱落したとみなす『凶区』同人たちを批判し、「国家——暴力・性——自然、〈国家にむかって詩を書くことができるか〉」[*19]という問いを突きつけたのであった。

それに対して一九七〇年代の後半から天沢も、夢記述風の散文詩の連作といった新たな試みを実践していく。夢語りが帯びてしまう非人称性や境界侵犯を喚起するためである。もちろん、このような夢への関心は、七〇年以降突然現れたわけではなく、初期から継続していたものである。詩とは、主題に仕えるのではなく、「彼方」にあって到達できないものであり、不意にやってくるものという認識の下に、その不意打ちの詩の例として自作「田舎生れ」(「わが本生譚の試み」/詩集『時間錯誤』一九六六年)を天沢は挙げている。[*20]それは「夢の記録のコラージュ」である。天沢のいう「詩を生きる」というのはそういう意味である。天沢にとって「夢」のモチーフの重要性がここで示されている。不意打ちの連続する非連続的な時空間としての夢の構造——彷徨と帰還、始めもなく終りもないもの=エクリチュールのテーマ——が頻出する。しかしそのテーマは変容をよぎなくされる。

その川には縁(へり)というものがなかった。水面にも水中にもまた川底にもいたるところに住みついてひらひらとなびきうごく広葉の水つる草がいつのまにかそのまま岸の上へ、土手の斜面をおおって自転車道までも達していたから。どこまでが川でどこからが岸であるか、当の川水自体にさえもわからないそのさだかならぬ縁（へり）のない縁（へり）を、一疋の肺を食いつくした馬が旅していた。

一九七六年に上梓された詩集『les invisibles　目に見えぬものたち』（以下、『目に見えぬものたち』と略記）は、51のパートより成る。引用したのは、パート1の冒頭部である。全パートを貫くゆるやかなストーリーをあえて求めるとするなら、それは水面上へ浮上したいという果てしない上方向志向に支えられながらも、縁のない川を泳ぎ続けて悪戦苦闘する一疋の馬の物語である。縁のない川を泳ぎもがく「水中馬」とは、作品行為が自らのオリジンを求めてさまよう、書くことの寓意である。「水中馬」が水上面へ浮上したいという欲望の実現は不可能であるのだが、あるいはそれゆえに、その不可能性が書くことの持続を支えている。そしてその持続に耐え切れなくなるのが、最終パートにおける、馬の死である。

その川には縁（へり）というものがなかった。夢とうつつの変幻のあわいに馬は初めて水面の上へ出て、首をめぐらすまでもなく暗赤色の嶺線をこぼれ出る不在の太陽の腕どもが指し示すままに、深さも奥行きも歴史もない湿地帯のいたるところに川があふれ出し不定形の浸潤をひろげたまま氷結しているのを、みじろぎもせず氷結しているのを馬のまなざしは照らし出していた。しかしこれはいったい〈前〉であるか、〈後〉であるか。馬じたい凝然と氷結しているのか――いまこの馬になりかわって私たちは告げよう、馬を見棄てるべき時がきたと――馬は死んだかって？　何を！　誰だって二度死ねるわけがない――いま馬は二重に不可視であって、馬は誰の目にも見えず馬の目には何も見えぬ、ただ、馬は耳を澄ましているのだ、じっと聴き入ろうとしているのだ、転生の呼び水が氷を穿ってつくる笛の最初のひよめきを。（傍点原文）

この詩集は、天沢の転換点に位置づけられる。「水」「縁（へり）」といった、作品行為の修辞はここでは変容していく。この詩集によって、天沢の作品行為論の展開の終りが告げられていると読むこともできる。書くことの隠喩であった川は氷結し、馬の死によって、書くことの始まりに、終りを呼び込んでしまう。書くことはすでに始まっており、しかしいまだ始まりに過ぎず、しかも常に始まりであるほかない、狂おしいまでの始まりへの繰り返しと未発性が終わりという目的へと整序化される。果たして、馬は転生するのか。そして、馬の語りを暴力的に奪った話者とは何者なのか。天沢の作品行為論は新たなステージを迎えることになる。死に馬に天沢自身の姿が重なる。

詩的転回点――八〇年以降の詩

詩集『目に見えぬものたち』の続編と呼べるものが、詩集『帰りなき者たち』（一九八一年、河出書房新社）と詩集『眠りなき者たち』（一九八二年、中央公論社）である。この三部作の位置づけをめぐって、吉田文憲は、「『目に見えぬものたち』が『作品行為論』の実践としての書くことの不可能性の寓意に重ね合わせられた〈詩人の死〉への歩みの物語であったとすれば、『帰りなき者たち』『眠りなき者たち』は〈詩人の死〉以後の事後の物語、あるいは別の言葉で言えば、超越的なものからの〈詩人〉のこの地上への追放と彷徨の物語であった、と。いわば〈詩人の死〉以後を、『書くこと』はなおもいかに生き長らえるか」[*21]（傍点原文）と、〈詩人の死〉という悲劇の後を語るとすれば、喜劇にならざるをえないと結論づける。以後の天沢の詩的営為が喜劇かどうかは別にしても、物語を志向する散文詩が執拗なまでに反復され、六〇年代の詩がもっていたような意味の断片化や速度感は失われていく。それが読むものにある種のマンネリズムを感じさせてしまう要因にはなっている。

社会学者の宮台真司は、八〇年代に蔓延していく、この先の世界には輝かしき進歩もなく、おぞましき破滅もなく、今のままの日常が永遠に続くという感覚・終末観を「終わりなき日常」（『終わりなき日常を生きろ』一九九五年、筑摩書房）

と呼んだが、八〇年代の天沢の詩もそのような時代状況とはからずも共鳴していたのではないだろうか。これまでの語る行為自体の迷宮性は、日常の迷宮性に譲渡され、その日常性に居心地の悪さを感じつつも、折り合いをつけようとする。それが『帰りなき者たち』『眠りなき者たち』のタイトルに含意されている。

一九八〇年に発表された詩集『乙姫様』（青土社）の表題詩は、天沢の八〇年代のある意味困難な詩的状況を予告したものと読みうる。

部屋のすぐ外はもう海で、泥を含んだ大波が次から次へ、濡縁をこえて畳にまでしぶきをちらしながらざぶり、ざぶりとうちよせていた。なすすべもなく待っている必要は何もないのだ、泳ぎの術もこころえぬわたしではあるが一念凝らせばできぬことのあるわけはない。両手のさきをそろえてのばし、濡縁から思い切って大波へとびこむと見よう見まねの平泳ぎ、波につれて上下しながらなまぬるい海を泳いで泳いで、行くほどに水は次第に希薄になり間もなくわたしはあの女のところに着いたのだった。女は来てくれてとても嬉しいと云い、あなたのところへ行ったらうんとつくしてあげる、今ちょうどおいしいものができたからまずこれを食べなさいと云って野天にすえた大釜の中の煮物をひしゃくでしきりにかきまわした。わたしも嬉しさに恍然として何も云わずに、茶褐色にかがやく女の頬、長い黒髪、黒い瞳の上にくっきり刻まれた眉をうっとりと見上げていたのだった。

そうだ、あの女のところへしかしどうすればもういちど戻れるというのだろう。泳ぎの術もこころえぬわたしがあのときよくまああんなに泳げたものだ、こうやったのだろうか、こうして、こうやって、こうやるのだろうか。両手のさきをそろえてのばし、空中にとび上がって必死に平泳ぎのかたちに手足を動かすとある程度までわたしの身体は空中を上昇し進行するのだけれどもすぐ揚力を失って地表へ下降しはじめる。そうなったらどんなに絶望的に両手を動かしてもだめなのだ。もういちど地面に立ってはじめからやり直す、そんなことをくりかえすたびにいよいよ宙を泳ぐのは下手になっていく。（以下略）

『目に見えぬものたち』の馬と同じように「わたし」は波に飲まれながら泳ぐ。「泳ぎの術もこころえぬわたし」は一度は乙姫様のところへたどり着くのであるが、再び戻ろうとすると「いよいよ宙を泳ぐのは下手になっていく」。泳ぎの術がないにもかかわらず、なお泳ぎ続けるという作品行為は共通しているようにみえながらも、馬が目的地へ到達できなかったのに対して、「わたし」はいともたやすくあの乙姫のところに到着できてしまう。もちろん二度と女の元へは行くことができず、起源への遡行の不可能性というモチーフは一貫しているのであるが、これまでの、死にゆくことの終りなきエクリチュールといった焦燥感や彼方からの非人称の声の呼びかけといった不可視性は影をひそめ、オリジンは「乙姫様」といった実体的なものへと可視化されていく。それとともに語り手の世俗性や私性がせり上がってくる。

一九八四年に刊行された詩集『〈地獄〉にて』（思潮社）の表題詩「〈地獄〉にて」においても、同型の物語構造になっている。「わたし」は部屋から部屋へ、階段から階段へと地下深く降りていき、「そのほとんどどんづまりの部屋に、死せる老夫婦が暮らしているところへたどり着いた。そしてやがて、名残り惜しそうな老夫婦におそらく最後の別れを告げて」「わたし」は地上に戻る。再び自死を選んだ姉とともに地下へ降りるのであるが、そこは老夫婦のすむ極楽ではなく地獄であった。

天沢が好む冥府譚、オルフェの神話をなぞりながらも、「わたし」が地獄から帰還しようとする場所は、あのオルフェが詩人となって帰還した場所とは大きく異なり、「この世ならぬ者と見破った警官に路上で激しいライトを浴びせられ」るような、差別や偏見に満ちた世俗的な場所なのである。

譚＝物語の系譜

天沢における物語への傾斜は、『時間錯誤』（一九六六年）所収の「わが本生譚の試み」連作あたりから意識化される。

以降「譚」を表題に含む作品群（「創生譚」「風呂屋譚」「旅無旅譚」「早世譚」「風呂屋譚補足」「性急譚」「百乗譚」）が量産されていく。長編詩『取経譚』（一九七二年、山梨シルクセンター出版部）や詩集『譚海』（一九七四年、青土社）など、詩集の表題に用いられた詩集もある。

このような一連の詩群を支えている作品行為の掛金は、「略譚の岸辺」（詩集『譚海』所収）の「（心ある者耳ある者はしかしこのときかす／かに膝を引き　物語るものと物語られる／もののあいだのひそかなずれと　その／ずれ自体の内部をはしるするどい《危機》／の音とを聴きとるべきなのだ）」というような一節にあるように、「物語るものと物語られるものとのあいだのひそかなずれ」であった。

だが、『目に見えぬものたち』を境にして、そのような「ずれ自体の内部をはしるするどい《危機》の音」は聴取されなくなる。語る行為と語られた内容との〈ずれ〉はあまり問題化されることなく、書くことのテーマが物語内容のレベルで主題化されるのである。

例えば『目に見えぬものたち』のパート21。

オリジン、オリジンはどこにある？
海だ、もちろん海
それとも海岸にきまってるさ——
焦茶色のフードの耳隠しを肩よりも
すこし下まで垂らしたまま
鼻もまぶたも重く曲ったオリジン探し（ハンター）どもが
長い長い石灰挟みを杖にして
ほら、砂浜をうろうろ彷徨っているよ

焦茶色のマントの裾は汐にぬれ
おい、その長い長い石灰挟みで
オリジン探し(ハンター)ども、何を拾っているのだ
貝殻にクラゲに煙草吸殻！
血管のように澪のはしる出洲海岸
オリジン、オリジンはどこにある？
もうさむざむと日も落ちるじゃないか

主題や意図に従属する言葉を嫌悪するところから出発し、言語破壊にまで至ったはずの天沢であったが、「オリジン」は探求すべき主題として定位されている。しかしそれを変節あるいは退行と見なすのは間違っている。

禁忌やタブーの侵犯といったドラマツルギーがもはや失調してしまっていることに天沢は自覚的であったということもできる。確かに天沢は物語に従属するかのように振舞うことで、滑らかな語りと饒舌さを手に入れるのであるが、それが何を代償にして可能であったのかを知っていたはずだ。

『目に見えぬものたち』のパート8の「みみみみみ見るな／きききき聞くな／どもるのはおれでなくて言葉だ／ゆえに見えないのは言葉でなくおれだ／きこえないのはおれでなくて言葉だ／いいいいい云うな／きこえないのはお前ではなくて言葉だ／／ひさしく開け放されたままの祠の中／これら三匹の動物には／ひさしく名前がない　ゆえに／書くな／この語だけはおれも言葉もどもらぬ」という吃音がそれを物語っている。

世界＝言語への根本的な違和を現すものとしての「吃音」。「吃音」は矯正されることなく、強弱の差はあるものの、天沢の詩を貫く通低音となっている。

天沢の詩的現在——九〇年以降

九〇年代以降も「書くこと」の原理の追求は続くが、散文の可能性を自在に往還する書法でつづった長編連作詩集『欄外紀行』(一九九一年、思潮社)では、夢と書くことの迷宮性は、迷子に似たユーモラスな地上性をまとい始める。

詩集『夜の戦い』(一九九五年、思潮社)も、天沢が得意とする、ショートショートの夢記述譚である。「夢」「夜」「死」といった天沢的なモチーフが反復されているのであるが、帯文にあるような「不可視な彼方に向かって夢を見る。行き着く先、帰る道はどこに。転位と迷宮、魅惑と不安にみちた天沢譚」はもはや展開していない。

詩集『胴乱詩篇』(一九九七年、思潮社)も同様の、過去と現在、日常と非日常が交錯するショートショートの連作詩編である。その「夢魔」の世界とは、自らの過去の作品のパロディとしても読みうる。

「Ⅳ　聖杯問題」という詩では、「聖杯」はもはや不可能性の象徴ではなく、逆に起源のいかがわしさを語っている。間抜けなテロリストとおぼしき二人の男が、団地に不発の缶の爆発物を落していく。小さな孔から出てくる青白いけむりは、なかなか消えない。そこで「私」は次のような提案をする。

むしろ、と私は言った、この炎が永遠につづくものだとしたら、これは一種の聖杯ではないか。とすれば、はっきりこれを聖杯として祀ることにしたら、事はじつにはっきりするし、以後の危険もないではないか。そこで私たちは缶を半分地面で埋(い)けてしっかり固定し、その一画を霊場として、上には立派なクリスタルの十字架を立てたのである。

その数日後、新聞に《聖杯問題》と題して短い論説が載った。それによると、私たちの処置は一見適切のようにも見えるが、じつはたいへん危険である。いつの日か狂信的な指導者が現われて、この《聖杯》を御徴(みしるし)とした過激な宗教運動がわきおこり、燎原の火のごとくに大陸を席捲するかもしれないではないか。そうなったら動乱は世界中に波及し、多くの家が焼かれ多くの人の生命が失われることになる、というのである。そんな大げさな、とは思うものの、平凡な団地の隅の、ゴミ箱わきに生まれたこの聖地をめざして、ぽつりぽつりと巡礼たちが訪れはじめた。さてどうなるか、とりあえず私たちは静観しているところだ。

天沢はかつて「『聖杯探求』が、詩作というものの本質を、期せずして象徴的に表わしているのではないか[*22]」（傍点原文）と述べていた。詩にはもはや、そのような特権性はないし、誰でも詩人になることのできる時代になった。出版不況の中にあって、詩集の自費出版は隆盛であるし、ネット上のブログで、誰でもが詩（のようなもの）を公開できる条件も整っている。詩集『悪魔祓いのために』（一九九九年、思潮社）の「おぼえがき」に「読者へのお願いはただ一つ、読んで下さい——これに尽きる」（傍点原文）と書かねばならない詩的状況にあって、天沢はユーモアによって生き延びようとしているのである。続く詩集『幽明偶輪歌』（二〇〇一年、思潮社）、『御身　あるいは奇談紀聞集』（二〇〇四年、思潮社）を救っているのは、パロディとユーモアであると思われる。「カビの生えた詩人のバラード」「偽詩三昧」「反詩神考（ミューズ）」（いずれも詩集『御身　あるいは奇談紀聞集』所収）という詩のタイトルからも類推されるように、詩人自らを戯画化せざるをえない。『幽明偶輪歌』のタイトルにアナグラムのように織り込まれた「夢」「寓意」「歌」という、これまでの一貫したモチーフをもちながら、かつての天沢譚が採用していたレトリカルで多層的な語りは鳴りを潜め、平易で口語的な語りが頻出するようになる。言葉が他者へ届かないことのもどかしさの裏返しではある。

しかし、天沢の詩が今日でも読むに耐えうるのは、例えば「葡萄畑の妖精たちの物語」（詩集『幽明偶輪歌』所収）のようなアクチュアルな詩を書いているからである。葡萄畑の主人をはじめとする大人たちが留守の間に、子どもたちは葡萄をめちゃくちゃに食い散らかす。しかし祟りはじきにやってきて、子どもたちはすさまじい腹痛と嘔吐と下痢に見舞われる。悪性の疫病かとも疑われた。激怒した園の主人によって、子どもたちは打ち首になり、さらされる。

葡萄の木はすべて消毒と称して焼かれ、園主も発狂する。

けれどもそれから数年して、
葡萄の木はそろって再び芽を出し、花をつけ、
ゆたかな稔りがもどってきた。
それにしてもあの子どもたちは、
思えば不憫なことをした……
子どもたちの群像が、
《葡萄畑の妖精たち》と題されて、
新装になった塔の玄関に
レリーフになって懸っている。

起源の遡行の不可能性を担保に詩作を行った天沢はここにきて、逆に「Ⅳ　聖杯問題」のように起源のいかがわしさを炙り出すと同時に、共同体の物語の起源には暴力があること、そしてそうした暴力の起源が忘却されたところで物語が成立することを寓意的に語っている。菅谷がかつて『凶区』への決別の辞として天沢らに突きつけた課題——詩は果たして国家や暴力の正体を暴き出すことができるのか——に、天沢は今応えているのかもしれない。ヴィクトル・ユゴーの小説『レ・ミゼラブル』の浮浪児・ガヴローシュは、一八三二年六月の暴動に参加し、政府軍の銃弾を浴びながらも歌を歌い、絶命する。それに対して、「赤い水」（詩集『幽明偶輪歌』）の浮浪児の「おれ」は機銃掃射の中、「物も言わずに／ただとめどなく赤い水を吐きつづけた」のだった。天沢の歌の不可能性というモチーフは、最後に歌うことすら叶わぬ今日の圧倒的な暴力状況をも刺し貫いている。

終章　文学のフラット化に向けて

パロディの不可能性

二〇〇八年八月十九日から二十一日にかけて、ブリティッシュ・コロンビア大学で開催されたＡＪＬＳ（Association for Japanese Literary Studies）の大会に参加した。大会のテーマは、「パロディ」であった。過去の著名な作品や文体・韻律などを模倣しながら、風刺や揶揄の意図をもって改作された作品及び方法をパロディの要点とみなすならば、全発表四十九本の半分近くが古典、とりわけ近世文学に関するものに集中したのも肯ける。近代文学では、高橋源一郎、荻野アンナ、清水義範、金井美恵子、松浦理英子、水村美苗といった、パロディやフェミニズムと親和性がある作家たちが取り上げられていた。純文学という制度や男性中心主義的な制度といった支配的なコードや言説がある（と信じられている）領域においては、パロディは有効に機能するだろう。

リンダ・ハッチオン『パロディの理論』（原著一九八五年）[*1]を引用した発表もいくつか見られた。パロディとは「類似よりも差異を際出たせる批評的距離を置いた反復」ととらえるハッチオンは、そういった距離こそが、「『文脈横断』の複雑な形式と転倒」を生むことで、個々の芸術ジャンルを革新し、ときに新しいジャンルを産み出す機動力となると考えている。そして「批評的距離」は、まず作者によってコード化され、そのコードを共有する受容者によって解釈されねばならない。しかし、その距離は、ジャンルの歴史の連続性に登録される。つまり、パロディは引用元の作品を一時的に侵犯したり転覆したりするが、最終的には承認を得ることで、そうした作品の系列やジャンルに正統に位置づけられる。

このようなハッチオンのパロディ論は、本格ミステリ読解にうってつけの理論のようにもみえる。明治期翻案探偵小説、佐藤春夫、江戸川乱歩などのミステリの発表も確かに目に付いた。そういう論者の発表も、現代ミステリをパロディという観点から分析したものである。本格ミステリを読むためには、それまでに書かれた過去の作品群をある程度以上は知っていなければならない。そのようなミステリの歴史性を過剰に意識した叙述トリックをはじめとするメタフィクション性の高いミステリは、パロディ性を内包している。

だが、論者が用いた「パロディ」の定義はむしろ、〈つぎはぎ〉を意味するイタリア語に由来する「パスティッシュ」に近い。現代ミステリとその受容には、先行作品に対する批評的差異が消えつつあるように思えるからだ。ジャンルの文脈に遠近法的に配置するのではなく、雑然と並んでいる平面から、順列的に配合する創作や読みへと大きく変容している。後述するように、歴史的に蓄積されたミステリとしての形式性を純化・理論化していく方向性がある一方、そのようなジャンルの記憶などはじめからなかったものとして書かれた、フラットなミステリが登場してきた。そして、後者が前者に比して読むに耐えないミステリかといえばそうでもなく、また、同一の作品でも、その受容において本格ミステリ読者と好みのキャラクターにのみ関心を示す、キャラ読み読者がディスコミュニケーション状態のまま共存さえしている。

ミステリは本来的に極度に形式性の高いジャンルでもある。かつて柄谷行人は、プレモダンに過ぎないものをポストモダンとみなすような日本的な思想風土、構築なき脱構築の思考を批判し、あえて数学における脱構築問題＝ゲーデル的問題に関わった。文学という、もともと脱構築的なジャンルを脱構築しても無益であるというスタンスからの形式化の意志であった。それを引き継いだのが法月綸太郎のミステリにおけるゲーデル問題であった。法月はミステリ形式の徹底化が孕む自己言及的な決定不可能性を問題にした。[*2] しかし、昨今のキャラ読み読者は、ミステリ形式を知る上で必須の条件であるはずの、ミステリを読むという「教養」をまったく必要としていない。ミステリを熟知した教養ある読者と、ミステリをマンガやアニメと同等のフラットな水準で消費しキャラ読みする読者との間には、ミステリに対する歴史意識において決定的な断絶が生じている。京極夏彦や森博嗣をミステリとして読む読者もいれば、彼らの特定のキャラクターの描写のみを拾い読みする読者がいるのである。

『金田一少年の事件簿』シリーズの「異人館村殺人事件」が島田荘司『占星術殺人事件』（一九八一年）のメイントリ

ックを流用して問題になったことは有名であるが、実は当時の読者の多くは『占星術殺人事件』よりも『金田一少年の事件簿』のマンガやドラマの方を先に見ていたという事例からも分かるように、そもそもなにが「引用」されているのかさえも知らない読者層には、パロディなど成立しようがない。笠井潔は九〇年代以降顕在化するこのような本格読者とキャラ読み読者との間のディスコミュニケーション状況を、「趣味的共同体の乱立と自閉の城」[*3]と呼んだ。

引用と著作権

「パロディ」や「引用」の批評的意義が希薄になっていくミステリの状況に棹さすような出来事があった。飛鳥部勝則『誰のための綾織』（二〇〇五年、原書房）が、三原順のマンガ『はみだしっ子』シリーズ（一九七六〜一九八一年、白泉社）との類似表現が確認されたとの理由で、版元の原書房によって書店より回収・絶版の処分を受けた事件が起きた。堀川成美は、「『誰のための綾織』とは、そもそも飛鳥部がデビュー十作目の記念碑として書いた作品であり、過去その推理小説の道に入るにあたった当時、多大な影響をもたらしたであろう作品を題材として選び、織り込むことによって自らの作品を成すことを目的とした作品であると考えられる。／『はみだしっ子』そのものも、引用の仕方から、動機・心情に該当する部分以外は「メルクマール（指標）」としての役をになっている可能性が高いことから、飛鳥部が踏まえた方法は四つ（アガサ・クリスティー『アクロイド殺人事件』、同『そして誰もいなくなった』、横溝正史『本陣殺人事件』、三原順『はみだしっ子』――引用者注）ともにパスティーシュとして何ら問題なく、四つともに著名な作品であることから、盗作との認定は全く理にかなわぬ判断である」[*4]と述べているが、正鵠を得ている。作中作『誰のための綾織』のメイントリックは、人物誤認トリックという、やや使い古された叙述トリックであり、ミステリとしてはそれほど高く評価はしないが、検証サイトを立ち上げ、類似の語句や表現のみを見つけ出し、それを糾弾するというやり方は、ジャンル的な差異を無視した言葉狩りのようなものだ。このような「パクリ」告発は、ネット作家として出発した田口ランディの盗作告発などに顕著なように、ネット上で盛んに行われている。電子メディアの特性を利用したハイパーテクストの可能性が追求される一方、[*5]素朴なオリジナリティ神話がネット上にも回帰している。

栗原裕一郎[*6]が指摘しているように、「剽窃」「盗作」「無断引用」「パクリ」等は、ジャーナリスティックなジャーゴンで、著作権法第三十二条にあるように、「引用」するのに許可はいらない。「無断引用」はナンセンスな用語なのである。これまでに、文芸における著作権侵害の判例が二件（山崎豊子『大地の子』裁判――二〇〇一年判決、NHK大河ドラマ『春の波濤』裁判――一九九四年判決、ともにノンフィクション・伝記からの「盗用」として告訴）あったが、いずれも著作権侵害にあたらないという判決であった。ジャーナリズムやネット上で繰り返される「盗用」「剽窃」疑惑、及びその指摘に対する作者及び出版社の対応は、あまりにも過敏でありすぎる。学術書でも、とりわけ映像・図版資料を引用するのが非常に困難な状況になっているが、これも著者や出版社が「無断引用」に過敏になっていることが要因の一つである。ネット社会に対応した、「引用」をめぐる新たな倫理が模索されなければならないだろうし、それとともに文学における「引用」のあり方も変容せざるをえないのも事実である。

ネット社会の到来によって、本来出会う機会のなかった、モノ・コト・ヒトが瞬時に結びつくようになり、文学もまたこうした情報のフラット化と無縁ではいられない。文学の終焉を加速化したのがフラット化であり、サブカルチャーの台頭の要因でもあった。[*7]前述したミステリ読者のリテラシーが両極化しつつある現象も、読書行為のフラット化と言える。

フラット文学としてのミステリ

このような共約不可能なミステリ制作と受容の状況下においてなお、ミステリの形式化の可能性を追求したのが、小森健太朗[*8]である。小森は柄谷行人によって行われた「ゲーデル的問題」の元となっているラッセルとホワイトヘッドの共著『プリンキピア・マテマティカ』まで遡行して、柄谷のラッセルの論理学に関する不正確な理解を指摘しつつ、「叙述の真実性の保証」、「探偵存在の保証」、「犯人の行動の合理性の保証」という三つの公理から、ミステリの存立条件を浮き彫りにする作品を論じてゆく。具体的には、「論理的」な謎解きスタイルを確立した初期クイーンから後期クイーンへの変遷をたどる。さらには、論理学で扱う「論理」よりも広い概念である「ロゴス・コード」、すなわち本格ミステリならではの謎解き論理の枠組みを措定し、ロゴス・コードの時代的変遷という観点を導入した。

小森は二〇〇〇年以降のミステリの一傾向――一見すると短絡的な殺人動機と短絡的な探偵の推理――をロゴス・コードの変容ととらえ、むしろ肯定的に論じている。例えば、西尾維新『クビシメロマンチスト』(二〇〇二年)の人物たちは意味記憶を欠き、そのことに自覚的である。過去と未来に拡がる持続的な自己を持たず、他者とのつながりの感覚も希薄である。解離型的なキャラクターがさまざまなジャンルで登場していることとその傾向はつながっているのだが、それだけではなく、西尾の登場人物たちは代入によって値域をとることができる変数的な存在へと変貌し、不定形な世界にもかかわらず様相論理に即した謎解き物語として成立していることを述べている。ミステリ様式の形式化の一つの達成である。

一九九四年の京極夏彦登場以後、ミステリ・シーンは大きく変容したと言われているが、その京極作品の今日的なリアリティの水準を明らかにしたのが、円堂都司昭[*9]である。円堂は、バーコードのようなPOSシステム(販売時点情報管理)によって商品や個人のデータの特定が効率的に拡大されていく一方で、インターネットに代表される匿名的メディアの流行についても触れ、そうした個人の特定と自由という相反する欲求の存在が、非POS的に個人を特定する本格ミステリが八〇年代の後半以降、娯楽として再発見された原因の一つではないかと想定している。対照的に清涼院流水のミステリは、名探偵三五〇名を抱えるJDC(日本探偵倶楽部)シリーズに顕著なように、名探偵が独特のネーミングをつけた推理(集中考疑、傾奇推理、理路乱歩、超迷推理…)によって事件を解決する。このやり方は、POSデータを処理するのと同等の作法であると指摘している。また、事件の複雑な様相と思い込みに囚われた登場人物相互の認識のギャップを描いた京極夏彦の京極堂シリーズは、戦後を舞台にしながらも今日の環境管理型権力の寓話になっていると言う。

「セカイ」から「世間」へ

次に別の角度から文学のフラット化の問題を考えよう。社会のフラット化の例として、セカイ系的なものの流行が挙げられるだろう。「私」と「世界」が無媒介的に結びついているという感覚は、明らかに今日の電子メディア社会のリアリティの一つだろうし、そのようなリアリティを文学に持ち込んだのがメフィスト賞から輩出した、清涼院流水、舞城王太郎、佐藤友哉、西尾維新らである。これらの文学作品の特徴を「ゲーム的リアリズム」と命名したのが東浩紀[*10]である。井口時男[*11]は、舞城や佐藤作品に横溢する暴力表現が、幼児的な無力感と全能感に支えられていると指摘している。宇野常寛[*12]は、セカイ系レイプ・ファンタジーなどにみられる成熟忌避的な想像力を「母性のディストピア」と呼んで批判した。宇野は、九〇年代の「引きこもり／心理主義」の態度は、ゼロ年代以降「決断主義」へと移行せざるを得ないことも指摘し、さらに無根拠であることを承知で、「あえて」各人が信じたいものを信じるという決断主義的態度にも、思考停止に導き排他的な暴力性を帯びる危険性があると言う。そして、共同体における自分とはあくまで特定の共同体の中で与えられた、書き換え（入れ替え）可能なものにすぎないことを理解し、その中で相対的な位置を獲得するというメタ的な態度を取るべきであるとする。そのようなポスト決断主義的態度を顕著に描いたものとして、宇野は宮藤官九郎、木皿泉のドラマやよしながふみのマンガなどを挙げ、彼らの作品こそが九・一一以降の動員ゲーム＝バトルロワイヤル的状況を回避し、流動的な共同体モデルを提示したと評価する。

セカイ系的世界観から脱出した小説として阿部和重『シンセミア』（二〇〇三年）を高く評価したのが、仲俣暁生[*13]である。おびただしい登場人物を配した群集劇『シンセミア』には、「自己と世界を短絡させる『セカイ系』物語や、自己を『世界の中心』に置くことに疑問をもたない『純愛』小説では決して描かれることのない、複雑で豊かな世界のディテールが立ち上がってくる」と言う。もちろん、雑多で猥雑な中間領域を描けばいいというものではないだろう。そのような中間領域が「私」と「世界」との間にどのように配置され、どのように重層的・錯綜的に関わっているのかを見る必要がある。

「世間」は、同一平面上に複数あるということ、それをミステリの手法で描いたのが、京極夏彦『邪魅の雫』（二〇〇六年）である。昭和二十八年夏、江戸川、大磯、平塚で相次いだ毒殺事件は、連続しているようで連続せず、誰かが操っているようで誰も操っていない。殺意があるから殺人が実行されるのではなく、毒薬の「雫」があるから殺人がアクシデントとして起こるという転倒性を描いている。

大塚英志[*14]は、柳田民俗学が目指したのは、田山花袋とは異なる自然主義で、公共的な言葉を作ろうとしたと言う。確かに大塚も触れている柳田國男「世間話の研究」（一九三一年）においては、「内証話」に堕したジャーナリズムの言葉を公共化する必要性を説いている。その柳田の「世間話[*15]」観を作中で引用したのが、ほかならぬ『邪魅の雫』である。要するにこのミステリは、同一の平面に居ながらも、それぞれの犯人の世間が他の犯人の世間と交錯せずに自己完結していたがために起った連続殺人事件（無自覚な「決断主義」の暴力の連鎖）を、探偵役の京極堂がてんでばらばらの世間を公共化することで、解決したのである。犯人の内面は描いてはいけないというミステリのコードを無視し、個人の世界の内／外を読者に意識させつつ、被害者たちの共通項が見つからない連続殺人事件を不連続につないでみせたのである。犯人たちは、毒という「魅」があったから「邪魅」という妖怪になってしまった物語としても読むことができる。京極が繰り返し語っているように妖怪というのは、キャラクターである。

この連作は「妖怪」を構成する要素を作品全体にちりばめることで作品自体を「妖怪」に仕立てられないかという仕組みで書かれている[*16]。犯人たちは自分が世界＝世間の中心にいて、何かとダイレクトにシンクロして世界を動かしているかのように錯覚している。個人的な行為が世界を一変させたり、崩壊させたりしてしまうというセカイ系的認識があるから、殺害に至るのである。しかし、自分以外には何の影響力をもたない。世界は個人とは関係なくあり続ける。犯人たちの世界は、彼らを取り巻くきわめて狭い世間でしかなく、それぞれの世間もぴったりと重なることはない。かといって島宇宙的に林立しているわけでもなく、フラットな面に亀裂や襞を残しながら共存／闘争している。戦後を舞台にしていながらも、今日の電子メディア／フラット社会の繋がっているようで繋がっていない、平坦な異場所性ともいうべき問題領域を開示している。京極夏彦にもセカイ系的・無媒介的なものの暴力性を乗り越える可能性があるのではないだろうか。

ポスト「日本近代文学の終焉」をめぐるフラット文学の議論は始まったばかりである。

注

序章　漱石・賢治・安吾の系譜

(一) 本論の目的と方法

*1 『日本近代文学の起源』（一九八〇年、講談社）
*2 『想像の共同体――ナショナリズムの起源と流行』（白石隆他訳、一九八七年、リブロポート）
*3 「『芸術の終わり』か、『歴史の終わり』か？」（『早稲田文学』二〇〇四年九月）
*4 「国文学」を対象とした近年の文化研究としては、安田敏朗『国文学の時空――久松潜一と日本文化論』（二〇〇二年、三元社）や笹沼俊暁『「国文学」の思想――その繁栄と終焉』（二〇〇六年、学術出版会）などがある。安田は、日本文化・日本文学は、どのような時空の中で整序されてきたのかを、「まこと」「もののあわれ」「わび」といった今日でも日本文化論のキーワードとされる概念や一国文学者の議論を中心に検証したものである。同様に笹沼も、明治から昭和戦前・戦中の代表的な「国文学者」たちの思想を検討し、「国文学」の政治性とイデオロギー性を指摘している。
*5 小路田泰直『国民〈喪失〉の近代』（一九九八年、吉川弘文館）参照。
*6 中山昭彦「〝文〟と〝声〟の抗争――明治三十年代の〈国語〉と〈文学〉」（『メディア・表象・イデオロギー――明治三十年代の文化研究』一九九七年、小沢書店）など。
*7 『小説の終焉』（二〇〇四年、岩波新書）
*8 「近代文学の終り」（『早稲田文学』二〇〇四年五月）。引用は、『近代文学の終り』（二〇〇五年、インスクリプト）に拠った。
*9 大塚英志「不良債権としての『文学』」（『群像』二〇〇二年六月）参照。
*10 「『近代文学の終り』とライトノベル」（『ユリイカ』二〇〇四年九月）
*11 『物語消滅論――キャラクター化する「私」、イデオロギー化する「物語」』（二〇〇四年、角川書店）

＊12『ゲーム的リアリズムの誕生』（二〇〇七年、講談社現代新書）
＊13 拙稿「ジャポニスムの現在」（中山昭彦編『ヴィジュアル・クリティシズム』二〇〇八年、玉川大学出版部）において、サブカルチャーを巧みに引用して海外で高い評価を得ている村上隆らの日本の現代美術が「第二のジャポニスム」として消費されている側面を論じた。
＊14『知の考古学』（中村雄二郎訳、二〇〇六年、河出書房新社）
＊15「二合五勺に関する愛国的考察」（『女性改造』一九四七年二月）
＊16「デカダン文学論」（『新潮』一九四六年一〇月）

(二) 系譜学的試み

＊1 拙著『宮沢賢治の美学』（二〇〇〇年、翰林書房）参照。
＊2「一九七〇年＝昭和四十五年──近代日本の言説空間」（『終焉をめぐって』一九九〇年、福武書店）
＊3「市蔵という名前──宮沢賢治の命名意識」（『宮沢賢治論』三、一九八一年、東京書籍）
＊4 伊豆利彦「夏目漱石『彼岸過迄』の『高等遊民』」（『横浜市立大学論叢』一九九〇年三月）参照。
＊5 引用は、『石川啄木全集』第二巻（一九七九年、筑摩書房）に拠った。
＊6『近代日本の知識人と農民』（一九九七年、家の光協会）
＊7「死語をめぐって」＊2に同じ。
＊8『近代の天皇』（一九九二年、岩波ブックレット）
＊9「文学の位置──鷗外試論」（『群像』一九九八年六月）
＊10 蓮實重彥「『大正的』言説と批評」（『批評空間』一九九一年七月）参照。
＊11『彼らの物語──日本近代文学とジェンダー』（一九九八年、名古屋大学出版会）
＊12『反＝日本語論』（一九七七年、筑摩書房）

＊13　小森陽一「『こころ』を生成する『心臓（ハート）』」（『文体としての物語』一九八八年、筑摩書房）参照。

第一章　夏目漱石と同時代言説

一　「平凡」をめぐる冒険――『門』論

＊1　藤村作品の引用は、『島崎藤村全集』（第八・九巻、一九五七年、筑摩書房）に拠った。
＊2　川本彰『近代文学に於ける「家」の構造――その社会学的考察』（一九七三年、社会思想社）が既に指摘している。『門』の結末は、『道草』の結末にも対応していることは言うまでもない。
＊3　石原千秋『反転する漱石』（一九九七年、青土社）参照。
＊4　ロマーン・ヤーコブソン「言語の二つの面と失語症の二つのタイプ」（『一般言語学』川本茂雄監修、一九七三年、みすず書房）参照。
＊5　前田愛「山の手の奥」（『都市空間のなかの文学』一九八二年、筑摩書房）参照。
＊6　「『門』第十七章――心理学的考察――」（『比較文学研究』加納孝代訳、一九七八年五月）
＊7　谷崎潤一郎「『門』を評す」（『新思潮』一九一〇年九月）及び、江藤淳「『門』――罪からの遁走」（『決定版夏目漱石』一九七四年、新潮社）等の評価を参照。
＊8　「夏目漱石氏の『門』」（『文章世界』一九一一年四月）
＊9　「子殺し」（『別冊国文学・夏目漱石事典』一九九〇年、学燈社）
＊10　赤井恵子・浅野洋・藤井淑禎「鼎談」（『漱石作品論集成　門』第七巻、一九九一年、桜楓社）
＊11　柄谷行人（『門』解説、一九七八年、新潮文庫）は、「勝利した男はどこかで潜在的に女を憎んでおり、敗北した男に自

己同一している」と言う。関谷由美子「循環するエージェンシー――『門』再考――」（『日本文学』二〇〇四年六月）も同様の指摘をしている。

＊12　小森陽一・五味渕典嗣・内藤千珠子注釈『漱石文学全注釈　門』九（二〇〇一年、若草書房）参照。尚、他の注釈箇所も適宜参照。

＊13　『妊娠小説』（一九九四年、筑摩書房）

＊14　『大正女性史』上（一九八二年、理論社）

＊15　＊3に同じ。

＊16　「夏目漱石論」（『中央公論』一九二八年六月）

＊17　荒畑寒村『新版　寒村自伝』上巻（一九六五年、筑摩書房）他参照。

＊18　＊16に同じ。

＊19　＊7に同じ。

＊20　『漱石　片付かない〈近代〉』（二〇〇二年、日本放送出版協会）

＊21　「漱石文学と植民地主義」（『国文学　解釈と教材の研究』二〇〇一年一月）

＊22　田島達之輔『船舶用石油発動機』（一九一六年、大日本水産会）他参照。

＊23　庄司淺水『世界印刷文化史年表』（『定本　庄司淺水著作集』第九巻、一九八二年、出版ニュース社）参照。

＊24　社団法人日本印刷技術協会「写真植字機の発明略史（2）」（http://www.print-better.ne.jp/story_memo_view/tubo.asp?StoryID=6789）参照。

＊25　『馬賊になるまで』（一九二四年、後楽社）の引用は、『出にっぽん記――明治の冒険者たち――』第一〇巻（一九九三年、ゆまに書房）に拠った。

＊26　一宮操子『蒙古土産』（一九〇九年、実業之日本社／『出にっぽん記――明治の冒険者たち――』第一三巻、一九九四年、ゆまに書房）参照。彼女は、カラチン王の家庭教師であり、「日露戦争当時の女間諜」と呼ばれていた。

＊27　「鳥居君子女子が蒙古王の家庭教師に」（『報知新聞』一九〇六年二月二三日）、「鳥居龍蔵、夫人の後を追い蒙古へ」（『日本たいむす』一九〇六年四月二五日）といった記事がある。『明治ニュース事典』全八巻（一九八六年、毎日コミュニケーションズ）参照。

＊28　『蒙古横断録』（一九〇九年、青木嵩山堂）の引用は、『出にっぽん記——明治の冒険者たち——』第一六巻（一九九四年、ゆまに書房）に拠った。

＊29　磯野富士子『モンゴル革命』（一九七四年、中公新書）他参照。

＊30　「漱石文学と植民地——大陸へ行く冒険者像」（『比較文学研究』一九九五年五月）。佐々木安五郎に関しては、秦郁彦編『日本近現代人物履歴事典』（二〇〇二年、東京大学出版会）等参照。

＊31　『漱石のリアル　測量としての文学』（二〇〇二年、紀伊國屋書店）

二　〈浪漫趣味〉の地平——『彼岸過迄』論

＊1　さらにいえば、漱石が専攻した「英文学」という制度自体が、インドの植民地支配の一環として形成されたのであった。Gauri Viswanathan, Masks of Conquest: Literary Study and British Rule in India (Columbia University Press, 1989) 参照。

＊2　Elleke Boehmer, Colonial and Postcolonial Literature (Oxford University Press, 1995) 参照。

＊3　ただ、スチーブンソンの小説は、コンラッドのように、ポストコロニアリズムの視点も提供している。"New Arabian Nights" には序文の代わりに、次のような作者による皮肉な注がある。「他人の心血を搾った作物の筋を勝手に剽窃して、これをわが物に公にするなんて、随分乱暴な輩が西洋にもあるものだ。それではさしもの温厚の君子も怒るのが当然である。R. L. S」（岡倉由三郎訳、研究社英文学叢書）。敬太郎の関心は、アラビアン・ナイトではなく、スチーブンソンの描く世紀末ロンドンの探偵小説的世界にある。しかし、敬太郎の「探検」や「冒険」への憧れは、植民地へと向けられていく。敬太郎には、スチーブンソンのような自己言及性、文学の知的簒奪という自覚など望むべくもない。もし、『彼岸過迄』にポストコロニアルなものがあるとすれば、帝国主義が帝国の弱体化（血統のいかがわしさ）を通して描かれている点に求

められるかもしれない。

＊4　成田龍一「文明／野蛮／暗黒」（吉見俊哉編『都市の空間　都市の身体』一九九六年、勁草書房）参照。

＊5　「〈移動〉する文学――明治期の『移植民』表象をめぐって」（佐々木昭夫編『日本近代文学と西欧』一九九七年、翰林書房）

＊6　原覺天『現代アジア研究成立史論』（一九八四年、勁草書房）参照。

＊7　君島和彦「移民――『植民』と『廃民』」（週刊朝日百科『日本の歴史』六三六号、一九八八年）参照。

＊8　古厩忠夫「上海――アジア最大の『西洋』」（週刊朝日百科『日本の歴史』六四四号、一九八八年）参照。

＊9　「仮象の街」（『都市空間のなかの文学』一九八二年、筑摩書房）

＊10　原田勝正『満鉄』（一九八一年、岩波新書）によれば、『彼岸過迄』の連載終了の直後の「一九一二年六月一五日には、日本国内・朝鮮・中国東北を通じて全面的な時刻改正がおこなわれた。東京を午前八時三〇分に出発する日本最初の特別急行列車が運転をはじめた。この列車の下関到着が翌日午前九時三八分。連絡船で釜山に渡り、午後二時二〇分釜山発の急行列車に乗ると、新義州に翌日の午後三時四五分に着く。列車はそのまま鴨緑江の橋梁を渡って、安東に到着するのは午後四時であった。安東で税関の検査をうけて、その日の午後九時五五分には奉天に到着する。釜山から安東までは週三回運転されていた」とある。

＊11　＊10に同じ。

＊12　松岡陽子マックレイン『孫娘から見た漱石』（一九九五年、新潮社）参照。

＊13　佐藤忠男『日本映画史』第一巻（一九九五年、岩波書店）参照。

＊14　「死語をめぐって」（『終焉をめぐって』一九九〇年、福武書店）

＊15　『愛の言語学』（一九九五年、夏目書房）

＊16　柄谷行人「漱石のアレゴリー」（『群像』一九九二年五月）参照。

＊17　『大正女性史』上（一九八二年、理論社）

＊18　菊池久「近代天皇家　血の相克」（別冊歴史読本『天皇家系譜総覧』一九八六年、新人物往来社）参照。

三　『こゝろ』における抑圧の構造

＊1　「『こころ』を生成する『心臓（ハート）』」（『成城国文学』一九八五年三月）
＊2　「『こゝろ』の孤独と愛」（『湖の本』一九八六年九月）。さらに秦には三好行雄の「〈先生〉はコキュか」（『海燕』一九八六年一一月）に対する反論「『先生』はコキュではない」（『ちくま』一九八六年一二月）がある。
＊3　「『こゝろ』のオイディプス――反転する語り――」（『成城国文学』一九八五年三月）
＊4　「成城だよりⅢ」八（『文学界』一九八五年一〇月）
＊5　「『善悪の彼岸過迄』としての『こゝろ』」（『成城国文学』一九八六年三月）
＊6　「国文学――近代・現代」（『国語年鑑　昭六一年版』一九八六年、秀英出版）
＊7　「『こゝろ』という掛け橋」（『日本文学』一九八六年一二月）
＊8　「こころの行方」（『成城国文学』一九八七年三月）
＊9　「制度としての『研究文体』」（『日本近代文学』一九八七年一〇月）
＊10　「ワトソンは背信者か――『こころ』再説――」（『文学』一九八八年五月）
＊11　＊9に同じ。
＊12　座談会「『批評』とは何か」（『国文学　解釈と教材の研究』一九九一年六月）
＊13　寺田健「お嬢さんの〝笑い〟――漱石『こゝろ』の一視点――」（『日本文学』一九八〇年七月）、秋山公男「『こゝろ』の死と倫理――我執との相関――」（『国語と国文学』一九八二年二月）、米田利昭「『こゝろ』を読む」（『日本文学』一九八四年一〇月）、佐々木英昭『夏目漱石と女性――愛させる理由――』（一九九〇年、新典社）等。
＊14　「夏目漱石におけるファミリー・ロマンス」（『批評空間』一九九二年一月）
＊15　『探究』Ⅰ・Ⅱ（一九八六、一九八九年、講談社）

*16 『誘惑論――言語と（しての）主体――』（一九九一年、新曜社）、山田広昭共著『現代言語論』（一九九〇年、新曜社）。

*17 小森は「『私』という〈他者〉性――『こゝろ』をめぐるオートクリティック」（『季刊文学』一九九二年秋号）で、自身のかつての『こゝろ』論を転倒すべく、「先生」と「私」のディスコミュニケーションを問題にし、「私」の他者性を浮かび上がらせた。しかし、「静」の他者性については触れていない。

*18 「消滅する象形文字――『こゝろ』を読む」（『新潮』一九八九年六月）

*19 絓秀実氏（前掲論文）が既に「『こゝろ』の死者たちは、すべて擬似的な主＝人という役割において死ぬ」と指摘している。

*20 「見合いか結婚か・夏目漱石『行人』論」上（『批評空間』一九九一年一月）

*21 『明治大正史 Ⅳ 世相篇』（一九三一年、朝日新聞社）。引用は、『明治大正史・世相篇』下（一九七六年、講談社学術文庫）に拠った。

*22 『恋愛小説の陥穽』（一九九一年、青土社）

*23 このような動向は、大正期になって活発になる平塚らいてう等の女性運動をはじめとする、〝新しい女性〟の登場と関係があるだろう。漱石はあくまでそのような自己主張する〝新しい女性〟を嫌悪していた。平塚は後年、「夏目先生などは、いっそう封建的な方だと思いましたね。新しい女への理解など全くなかったでしょうね」（『元始、女性は太陽であった』上、一九七一年、大月書店）と回想している。

四　漱石と「大逆」事件論争の行方

*1 「個人作家研究会の功罪」（『昭和文学研究』二〇〇二年三月）

*2 「『大逆』と明治――『帝国』の文学』を読む」（『批評空間』二〇〇二年一月）

*3 「『天皇と文学』という問題は存在するのか?」（『文学界』二〇〇一年五月）

*4 「定説の破壊」（『群像』二〇〇一年一一月）

＊5　大杉は、『アンチ漱石――固有名批判』（二〇〇四年、講談社）においてこの箇所に触れ、論拠を示すように求めている。念頭にあったのは、中山昭彦「『漱石梗概学派』批判序説」（『日本近代文学』一九九五年五月）などである。
＊6　「裏声で語れ、不敬文学?・」（『早稲田文学』一九九九年一一月）
＊7　「〝文〟と〝声〟の抗争――明治三十年代の〈国語〉と〈文学〉」（『メディア・表象・イデオロギー――明治三十年代の文化研究』一九九七年、小沢書店）
＊8　「文学を擁護し、詩を保守する――ポストコロニアル批評／カルチュラル・スタディーズと『文学』」（『現代詩手帖』一九九七年九月）
＊9　「『「帝国」の文学』および絓秀実の現在について」（『早稲田文学』二〇〇二年七月）
＊10　書評『「帝国」の文学――戦争と「大逆」の間』（『日本近代文学』二〇〇二年五月）
＊11　書評『「帝国」の文学――戦争と「大逆」の間』（『週刊読書人』二〇〇一年九月二一日）

第二章　病と死の修辞学

一　〈痔〉の記号学――夏目漱石『明暗』論

＊1　『小説家夏目漱石』（一九八八年、筑摩書房）
＊2　以下、それぞれの比喩の定義は佐藤信夫『レトリック感覚』（一九七八年、講談社）参照。
＊3　『一般修辞学』（佐々木健一・樋口桂子訳、一九八一年、大修館書店）
＊4　「言語の二つの面と失語症の二つのタイプ」（『一般言語学』川本茂雄監修、一九七三年、みすず書房）
＊5　「『明暗』の構成」（『漱石襍記』一九三五年、小山書店）

＊6　「『明暗』論」（『夏目漱石』一九五六年、修道社）
＊7　「『則天去私』をめぐって――『明暗』と則天去私の関係――」（『近代文学鑑賞講座』第五巻、一九五八年、角川書店）
＊8　『隠喩としての病い』（富山太佳夫訳、一九八二年、みすず書房）
＊9　藤井淑禎『不如帰の時代――水底の漱石と青年たち――』（一九九〇年、名古屋大学出版会）参照。
＊10　立川昭二『日本人の病歴』（一九七六年、中公新書）参照。
＊11　柄谷行人『日本近代文学の起源』（一九八〇年、講談社）参照。
＊12　「漱石の女たち――妹たちの系譜――」（『季刊文学』一九九一年冬号）
＊13　『医学大辞典』（一九六四年、南山堂）参照。
＊14　「『明暗』の構造」（『最後の小説』一九八八年、講談社）

二　夢の修辞学――宮沢賢治「ガドルフの百合」論

＊1　引用は、『太宰治全集』第二巻（一九七一年、筑摩書房）に拠った。
＊2　小仲信孝「ナルシスの面影――『ガドルフの百合』をめぐって――」（『宮沢賢治関係所蔵目録　増補版1』一九九四年、跡見学園短期大学図書館）及び、拙著『童貞としての宮沢賢治』（二〇〇三年、ちくま新書）参照。
＊3　『宮沢賢治の肖像』（一九七四年、津軽書房）
＊4　引用は、『フロイト著作集』第二巻（高橋義孝訳、一九六八年、人文書院）に拠った。
＊5　『可能なるコミュニズム』（二〇〇〇年、太田出版）
＊6　「言語の二つの面と失語症の二つのタイプ」（『一般言語学』川本茂雄監修、一九七三年、みすず書房）
＊7　小林敏明『精神病理からみる現代思想』（一九九一年、講談社現代新書）参照。
＊8　「無意識における文字の審級、あるいはフロイト以後の理性」（『エクリ』Ⅱ、佐々木孝次他訳、一九七七年、弘文堂）
＊9　『《宮沢賢治》論』（一九七六年、筑摩書房）

＊10　多田幸正「賢治の初恋と『まことの恋』――『ガドルフの百合』を中心に――」（『日本文学』一九八〇年一一月）参照。

＊11　『宮沢賢治　心象の宇宙論』（一九九三年、朝文社）

三　〈クラムボン〉再考――宮沢賢治「やまなし」論

＊1　童話「おきなぐさ」裏表紙メモに、「花鳥童話集」として、「蟻ときのこ」「おきなぐさ」「畑のへり」「やまなし」「いてふの実」「まなづるとダリヤ」「せきれい」「ひのきとひなげし」「ぼとしぎ」「虹とめぐらぶだう」「十力金剛石」「黄いろのトマト」が挙げられている。

＊2　クラムボン解釈については、原子朗『新宮沢賢治語彙辞典』（一九九九年、東京書籍）、九頭見和夫「宮沢賢治と外国文学――童話『やまなし』の比較文学的考察（その1）」（『福島大学教育学部論集　人文科学部門』一九九六年一二月）及び、「やまなし」に関するホームページ（http://kenji.yamanasi.net）等参照。

＊3　秋枝美保「やまなし」（『国文学　解釈と鑑賞』一九九六年一一月）も、この冒頭の一節の印象は、意味のある会話というよりも音楽的な詩のようなもので、さらには水中で聞こえる独特の物音ではないだろうかと述べている。

＊4　"My mother has killed me" の引用は "Three Young Rats and Other Rhymes / edited by James Johnson Sweeney (Museum of Modern Art, 1944)"、他の引用は、The Oxford dictionary of nursery rhymes / edited by Iona and Peter Opie (Oxford University Press, 1951) に拠った。

＊5　引用は、『まざあ・ぐうす』（一九七六年、角川文庫）に拠った。

＊6　日本におけるマザー・グース受容に関しては、平野敬一『マザー・グースの唄』（一九七二年、中公新書）及び、鷲津名都江「日本におけるマザーグースの夜明け」（『学鐙』二〇〇〇年六月）等参照。

＊7　平野敬一（前掲書）によれば、「だれが殺した、コック・ロビンを？」には、イギリスの首相、サー・ロバート・ウォルポールの失脚（一七四二年）をめぐるさまざまの風説や噂を歌いこんだものとする説がある。信憑性はないが、「意味という病」に侵された者たちは、言葉の無根拠性に耐えられず、謎を作りだし、その答えを求めようとする。

＊8　日本語訳は、ルイス・キャロル『鏡の国のアリス』（高杉一郎訳、一九八八年、講談社文庫）に拠った。

＊9　確かに、古くはハンプティ・ダンプティは卵ではなかったし、卵のイメージと結びつかないヴァージョンも伝承されている。The Oxford dictionary of nursery rhymes（前掲書）解説参照。

＊10　もちろん、マザー・グースは、イギリスでは、幼年の押韻詩（nursery rhyme）と呼ばれているように、マザー・グースのすべてが、曲がついて歌われているわけではないが、少なくとも強弱のリズムに合わせて口ずさまれて、伝承されてきたのである。鷲津名都江（前掲論文）参照。

＊11　『カフカ短篇集』解説（一九八七年、岩波文庫）。「父の気がかり」の引用は、これに拠った。

＊12　『思考の紋章学』（一九八五年、河出文庫）

四　ばらまかれた身体――モダニズム文学と身体表象

＊1　三者の部分的な接点について触れた先行研究として、天沢退二郎「魔界都市の幻想と妄想――江戸川乱歩と宮沢賢治」（『国文学　解釈と教材の研究』一九九一年三月）は両者の都会的な遊民性を、島村輝「序論・言葉が交錯する時」（『臨界の近代日本文学』一九九九年、世織書房）は、宮沢賢治の詩「発電所」と葉山嘉樹の「セメント樽の中の手紙」の〈発電所〉表象に着目し、賢治の「〈新しい人間〉がもたらす未来への建設的なイメージ」と葉山の「大規模な〈機械〉化による〈人間〉のスポイル」という否定的イメージの差異を問題にしている。荒俣宏『プロレタリア文学はものすごい』（二〇〇〇年、平凡社新書）は、葉山をはじめとするプロレタリア文学と乱歩の探偵小説との怪奇性やエンターテイメント性をめぐる共通性を論じている。

＊2　乱歩作品の引用は、『江戸川乱歩全集』全三〇巻（二〇〇三〜〇六年、光文社文庫）に拠った。

＊3　葉山作品の引用は、『日本プロレタリア文学集・八　葉山嘉樹集』（一九八四年、新日本出版社）に拠った。

＊4　「文化学院」のホームページ（http://bunka.gakuin.ac.jp/about/index.html）参照。

＊5　石川祐一「京都・住まいの近代――西洋館からモダン住宅へ――」（http://www.kyobunka.or.jp/sumai/index.html）参照。

＊6　『遊びと人間』（多田道太郎・塚崎幹夫訳、一九九〇年、講談社学術文庫）

＊7　松山巖『乱歩と東京』（一九八四年、PARCO出版局）参照。

＊8　馬場伸彦「機械主義の淵源へ――未来派・コルビュジエ・板垣鷹穂」（『ロボットの文化誌』二〇〇四年、森話社）参照。

＊9　安智史「江戸川乱歩における感覚と身体性の世紀――アヴァンギャルドな身体」（『国文学　解釈と鑑賞　別冊　江戸川乱歩と大衆の二十世紀』二〇〇四年、至文堂）参照。

＊10　谷口基「〈うつし世の夢〉を求めて――戦時下の江戸川乱歩」（『国文学　解釈と鑑賞　別冊　江戸川乱歩と大衆の二十世紀』二〇〇四年、至文堂）参照。

＊11　「名前と身体――近世小説と乱歩」（『国文学　解釈と鑑賞　別冊　江戸川乱歩と大衆の二十世紀』二〇〇四年、至文堂）

＊12　「プロレタリアのお化け――葉山嘉樹『セメント樽の中の手紙』――」（『国文学研究』一九九八年一〇月）

＊13　石川巧「『あなた』への誘惑――葉山嘉樹『セメント樽の中の手紙』論」（『山口国文』一九九六年三月）参照。

＊14　平岡敏夫「肉体破砕のイメージ――葉山嘉樹論――」（『日本文学研究』一九六八年一月）参照。

＊15　同時代評については、＊12＊13参照。

＊16　賢治作品における死と身体表象については、拙著『宮沢賢治の美学』（二〇〇〇年、翰林書房）参照。

第三章　詩と散文のあいだ

一　南島オリエンタリズムへの抵抗――広津和郎の〈散文精神〉

＊1　「田島先生の旧稿『琉球語研究』を出版するにあたつて」（『琉球文学研究』一九二四年、青山書店）

＊2　引用は、『定本柳田國男集』第一巻（一九六三年、筑摩書房）に拠った。

＊3 『南島イデオロギーの発生――柳田国男と植民地主義』（一九九二年、福武書店）

＊4 『オリエンタリズム』（今沢紀子訳、一九八六年、平凡社）

＊5 引用は、『日本現代文学全集』五四（一九六六年、講談社）に拠った。

＊6 当時沖縄人は自己自身をどのように表象したのだろうか。仲程昌徳（『沖縄の文学 一九二七年～一九四五年』一九九一年、沖縄タイムス社）は、佐藤惣之助が主宰した『詩之家』に集まった沖縄出身の詩人の中には、「蛇皮線」「泡盛」「毛遊び」等のキーワードで琉球讃歌を唱えた詩人が多かった中に、モダニズムの詩人でもあった津嘉山一穂は、琉球讃歌のパロディ詩を書いたと述べている。南島オリエンタリズムを内面化する者と津嘉山や山之口のように内面化を否認する二つのタイプに分けられよう。

＊7 「会話」（『思弁の苑』一九三八年、巌松堂／『山之口貘全集』第一巻、一九七五年、思潮社）

＊8 国吉真哲「『さまよへる琉球人』の周辺」（『新沖縄文学』一九七〇年夏季号）参照。

＊9 広津作品の引用は、『広津和郎全集』全一三巻（一九八八～八九年、中央公論社）に拠った。

＊10 「沖縄青年同盟よりの抗議書――拙作『さまよへる琉球人』について――」（『中央公論』一九二六年五月）

＊11 「広津和郎作『さまよへる琉球人』掲載にあたって」（『新沖縄文学』一九七〇年夏季号）

＊12 抗議文の引用は＊10に拠った。

＊13 久志芙沙子の「滅びゆく琉球女の手記」（『婦人公論』一九三二年六月）も同じような筆禍事件を引き起した。原題は「片隅の悲哀」であったのを編集部が改めたという経緯もさることながら、この小説に対して沖縄県学生会が沖縄のことを洗いざらい書き立てられ、アイヌ人、朝鮮人、台湾人と琉球人とを同一視されかねないとして抗議したのであった。こうした被差別者の倒錯意識に関しては、川満信一『沖縄・根からの問い――共生への渇望』（一九七八年、泰流社）参照。

＊14 「差別とエクリチュール――『破戒』への道」上（『批評空間』一九九二年四月）

＊15 「個性と独創」（原題「或批評家が」、『洪水以後』一九一六年三月）

＊16 「武者小路氏の『燃えざる火』」（『新潮』一九一六年一〇月）

*17 引用は、臼井吉見『近代文学論争』上（一九七五年、筑摩書房）に拠った。

*18 「二つの気質――青野季吉氏に答う――」（『読売新聞』一九二六年六月一〇～一三日）

*19 「散文芸術の位置」（『新潮』一九二四年九月）

*20 藤井省三「植民地台湾へのまなざし――佐藤春夫『女誡扇綺譚』をめぐって」（『日本文学』一九九三年一月）は、佐藤春夫が植民地としての台湾の現実を的確にとらえていたと指摘しているが、これもまた広津の沖縄への眼差しと共通するものがある。両者の散文精神が南島イデオロギーを否認させたと言えようか。

*21 「散文芸術諸問題」（『中央公論』一九三九年一〇月）

*22 「散文精神について」（『東京日日新聞』一九三六年一〇月二七～二九日）

*23 *21に同じ。

二 ファシズムと文学（I）――坂口安吾「真珠」の両義性

*1 ガヤトリ・スピヴァック『ポスト植民地主義の思想』（清水和子・崎谷若菜訳、一九九二年、彩流社）参照。

*2 『評伝坂口安吾　魂の事件簿』（二〇〇二年、集英社）

*3 安藤宏「太宰治・戦中から戦後へ」（『国語と国文学』一九八九年五月）は、太宰の無頼派のイメージ／反俗の文学が戦中の文学に投影されて、評価されたことを問題にしている。

*4 「坂口安吾の精神」（秋山駿との対談『ユリイカ』一九七五年一二月）

*5 『わが坂口安吾』（一九七六年、昭和出版）

*6 「アジア太平洋戦争期における意味をめぐる闘争（1）――序説――」（『北大文学研究科紀要』二〇〇〇年一二月）

*7 大井広介「坂口安吾伝」（『現代日本文学館27』一九六八年、文藝春秋）参照。

*8 神谷忠孝編『鑑賞日本現代文学22　坂口安吾』（一九八一年、角川書店）及び、花田俊典校注『交錯する軌跡』（一九九一年、双文社出版）参照。

＊9 「尽忠古今に絶す軍神九柱」（『朝日新聞』一九四二年三月七日）
＊10 「超人と常人のあいだ——坂口安吾『真珠』攷」（『文学論輯』一九九二年三月）
＊11 「坂口安吾『真珠』論」——所謂「『十二月八日』小説」との関連から——」（『近代文学研究』一九九五年三月）
＊12 「坂口安吾『真珠』の戦略」（『日本文藝研究』一九九九年九月）
＊13 「出来事の感触——坂口安吾『真珠』論——」（『早稲田大学教育学部　学術研究（国語・国文学編）』一九九九年二月）
＊14 「それぞれの遠足——坂口安吾『真珠』論」（『三田文学』二〇〇〇年一一月）
＊15 「『歴史』を書くこと——坂口安吾『真珠』の方法——」（『日本近代文学』二〇〇一年一〇月）
＊16 引用は、尾崎喜八『此の糧』（一九四二年、二見書房）に拠った。
＊17 引用は、『高村光太郎全集』第三巻（一九五八年、筑摩書房）に拠った。
＊18 「欲の深さに就て」（『新潮』一九四二年七月）
＊19 引用は、『坂口安吾研究Ⅰ』（一九七二年、冬樹社）に拠った。
＊20 「進路への展望」（『日本評論』一九四二年九月）
＊21 引用は、『新訂小林秀雄全集』第七巻（一九七八年、新潮社）に拠った。
＊22 火野葦平「朝」（『新潮』一九四二年一月）、広津和郎「号外」（『日本評論』一九四二年一月）、上林暁「歴史の日」（『新潮』一九四二年二月）、伊藤整「十二月八日の記録」（『新潮』一九四二年二月）、太宰治「十二月八日」（『婦人公論』一九四二年二月）などの作品がある。
＊23 「歴史的事実性と現実性——文芸時評——」（『文芸主潮』一九四二年七月）
＊24 若園清太郎の回想には、もう一つの作者の意図を裏切る同時代の「不愉快」の事例がみられる。「彼が私に話したところでは、海軍報道部から召喚をうけて平出大佐に会い叱られたという。小説『真珠』は真珠湾攻撃の九軍神を扱ったものだが、安吾は《九人の特攻隊員が出撃の命令を受けた時、顔色がサッと変った》と書いたが、その顔色が変ったという文句がいけないというのだ。『凡そ軍人なんてバッカなことを言うね。どんな若武者だって、決死隊として出撃命令が出れば、

顔色が変るのは当り前じゃないか。肉体があるんだものね。俺は顔が紅潮した意味で表現したのだが、奴等は死が怖くそれで顔色を変えたという意味にとっておる。いや、全く話にならんよ。俺は発禁にされては困るので神妙にして謝ってきたよ。泣く子と地頭には勝てぬからね』ということだった」（傍点原文）。＊5に同じ。

＊25 「坂口安吾・その性と変貌」（『堕落論の発展』一九六九年、三一書房）

＊26 ＊14に同じ。

＊27 「日本的なるものと死――坂口安吾論」（『球体と亀裂』一九九五年、情況出版）

＊28 「戦争と文学――文学者たちの十二月八日をめぐって――」（『立命館文学』二〇〇二年二月）

＊29 昭和戦争文学全集第四巻『太平洋開戦――12月8日――』解説（一九六四年、集英社）

三　ファシズムと文学（Ⅱ）――「十二月八日」作品群をめぐって

＊1 松本和也「小説表象としての〝十二月八日〟――太宰治『十二月八日』論――」（『日本文学』二〇〇四年九月）及び、関谷一郎「安吾作品の構造――太宰と対照しつつ」（『現代文学史研究』二〇〇四年一二月）は、本節といくつかの点で問題意識を共有しているが、松本氏の同時代言説のとらえ方や、小説「十二月八日」の読み方、関谷氏の太宰評価等に関しては、立場を異にしている。

＊2 引用は、復刻版『文学報国』（一九九〇、不二出版）に拠った。

＊3 太宰作品の引用は、『太宰治全集』全一三巻（筑摩書房）に拠った。

＊4 「『十二月八日』（太宰治）解読」（『日本文学』一九八八年一二月）

＊5 『複製技術の時代における芸術作品』（高木久雄・高原宏平訳、一九七〇年、晶文社）

＊6 坪井秀人「ラジオフォビアからラジオマニアへ」（『文学史を読みかえる4　戦時下の文学』二〇〇〇年、インパクト出版会）参照。

＊7 「太宰治・戦中から戦後へ」（『国語と国文学』一九八九年五月）

＊8 『鑑賞日本現代文学22　坂口安吾』（一九八一年、角川書店）

＊9 「日本的なるものと死――坂口安吾論」（『球体と亀裂』一九九五年、情況出版）

＊10 山城むつみ「戦争について」（『文学のプログラム』一九九五年、太田出版）参照。

＊11 「アッツ島の我守備部隊二千数百名全員玉砕す」（『読売報知』一九四三年五月三一日）

＊12 「文学の一兵卒――太宰治『散華』について」（『日本文学研究』一九九九年一月）

＊13 「『散華』の頃」（『太宰治全集』第六巻月報、一九五六年、筑摩書房）

＊14 「戦後後論」（『敗戦後論』一九九七年、講談社）

＊15 『美学』第三巻の下（竹内敏雄訳、一九八一年、岩波書店）及び、長谷川宏『新しいヘーゲル』（一九九七年、講談社）参照。

四　「雨ニモマケズ」のパロディ――坂口安吾「肝臓先生」の戦略

＊1 「安吾と肝臓先生」（『坂口安吾全集』第八巻月報、一九九八年、筑摩書房）

＊2 『定本坂口安吾全集』第四巻・解説（一九六八年、冬樹社）

＊3 『定本坂口安吾全集』第四巻・解題（一九六八年、冬樹社）

＊4 『肝臓先生』解説（一九九七年、角川文庫）

＊5 「『雨ニモマケズ……』私観」（『宮沢賢治』第三号、一九八三年、洋々社）

＊6 東京女子大学における講演「雨ニモマケズ」（一九四四年九月二〇日／『雨ニモマケズ』一九七九年、講談社学術文庫）

＊7 「『雨ニモマケズ』の漢訳」（『宮沢賢治の肖像』一九七四年、津軽書房）

＊8 引用は、『井伏鱒二全集』第二三巻（一九九八年、筑摩書房）に拠った。

五　六〇年代詩の帰趨――天沢退二郎論

＊1　「私たちはどこへ行くのか？・」（「『凶区』号外」、『詩学』一九六五年四月）
＊2　「詩はどのようにして可能か」（『紙の鏡』一九七二年、山梨シルクセンター出版部）
＊3　「作品行為論とはなにか」（『夢魔の構造』一九七二年、田畑書店）
＊4　「作品論と作品の逸脱」（『作品行為論を求めて』一九七〇年、田畑書店）
＊5　「わが現在詩点」（『南北』一九六七年二月）。引用は、現代詩文庫『天沢退二郎集』（一九七七年、思潮社）に拠った。
＊6　「一つの失敗に就ての覚書」（『蒼い貝殻通信』一九五七年七月）。引用は、現代詩文庫『天沢退二郎詩集』（一九七七年、思潮社）に拠った。
＊7　天沢の「少年詩篇」から詩集『〈地獄〉にて』までの詩の引用は、現代詩文庫『天沢退二郎詩集』（一九七七年、思潮社）、『続・天沢退二郎詩集』（一九九三年、思潮社）、『続続・天沢退二郎詩集』（一九九三年、思潮社）に拠った。
＊8　引用は、澤正宏・和田博文編著『作品で読む現代詩史』（一九九三年、白地社）に拠った。
＊9　「現代詩と宮沢賢治――歩行と詩法――」（『国文学　解釈と鑑賞』一九七三年一二月）
＊10　「草のうた」鑑賞（天沢退二郎・大岡信他編『日本名詩集成』一九九六年、學燈社）
＊11　「雨と果実」（『宮沢賢治の彼方へ』一九六八年、思潮社）
＊12　「夜明けから夜まで」（現代詩文庫『続・天沢退二郎詩集』解説、一九九三年、思潮社）
＊13　「著者の幼少年時代」（『水族譚　動物童話集』二〇〇五年、ブッキング）
＊14　天沢退二郎「休刊の辞」（『暴走』一九六四年一月）。引用は、＊8に拠った。
＊15　＊5に同じ。
＊16　「『凶区』あるいは一九六〇年代の思想的ゼロ準位」（『現代詩手帖』一九八七年九月）
＊17　「現代詩の倫理」（『大学論叢』一九六三年五月）。引用は、現代詩文庫『天沢退二郎詩集』（一九七七年、思潮社）に拠った。
＊18　大岡信編『現代詩の鑑賞101』（一九九八年、新書館）

＊19　「詩的状況論序章」（『ユリイカ』一九七〇年八月）
＊20　＊5に同じ。
＊21　「書くことの荒廃、あるいは事後をいかに生き長らえるか——天沢退二郎の三部作をめぐって」（『現代詩手帖』一九八二年九月）
＊22　「シュルレアリスムの継承」＊2に同じ。

終章　文学のフラット化に向けて

＊1　『パロディの理論』（辻麻子訳、一九九三年、未来社）
＊2　拙稿「〈純粋小説〉としての現代ミステリ」（『社会文学』二〇〇五年六月）参照。
＊3　「第三の波と一九九二年の転換」（『ミネルヴァの梟は黄昏に飛びたつか？』二〇〇一年、早川書房）
＊4　「飛鳥部勝則『誰のための綾織』盗作認定は妥当か」（http://www.horikawanarumi.com/pakuri/asukabe/）
＊5　拙稿「メディア論的文学論——声と文字の共犯性」（『層』二〇〇七年六月）参照。
＊6　『〈盗作〉の文学史』（二〇〇八年、新曜社）
＊7　拙稿「フラット化する文学」（『日本文学』二〇〇八年一月）参照。
＊8　『探偵小説の論理学』（二〇〇七年、南雲堂）
＊9　『「謎」の解像度——ウェブ時代の本格ミステリ』（二〇〇八年、光文社）
＊10　『ゲーム的リアリズムの誕生』（二〇〇七年、講談社現代新書）
＊11　『暴力的な現在』（二〇〇六年、作品社）
＊12　『ゼロ年代の想像力』（二〇〇八年、早川書房）
＊13　「『セカイ』から『世界』へ復帰するために」（『「鍵のかかった部屋」をいかに解体するか』二〇〇七年、バジリコ）
＊14　「『世間話』の改良」（『怪談前後——柳田民俗学と自然主義』二〇〇七年、角川学芸出版）

＊15　本田透『なぜケータイ小説は売れるのか』（二〇〇八年、ソフトバンク新書）は、美嘉『恋空』（二〇〇六年）に代表されるリアル系ケータイ小説の世界を、素朴な「神様」と単純な語りが求められている民間説話のようなものであると述べているが、これも柳田國男の言う「世間話」であるといった方がいいのかもしれない。『遠野物語』（一九一〇年）に収められている話の大半も「世間話」である。「世間話」は、山男や河童が出てこようが、どこか遠い昔の物語ではなく、遠野の人たちが体験した（とされる）最近の出来事の噂話である。口コミで広まり流行した素人の実話系ケータイ小説との共通性がここにもある。ただし、ケータイ小説バッシングが起きたように、世間話を共有しない者たちにとっては、リアリティを共有することができない。

＊16　「Yahoo! ブックス　京極夏彦インタビュー」（http://books.yahoo.co.jp/interview/detail/31775078/01.html）参照。

附記

夏目漱石作品、宮沢賢治作品、坂口安吾作品からの引用は、それぞれ『漱石全集』全二十八巻（一九九三～一九九九年、岩波書店）、『〈新〉校本宮沢賢治全集』全十六巻（一九九五～二〇〇一年、筑摩書房）、『坂口安吾全集』全十七巻（一九九八～二〇〇〇年、筑摩書房）に拠った。但し、適宜旧字体は新字体に改め、ルビは省略した。それ以外からの引用の出典は、注に示した。

あとがき

本書の成り立ちについて述べたい。本書は、東北大学大学院文学研究科に提出し、二〇〇八年七月に学位授与された博士学位請求論文『日本近代文学の帰趨――夏目漱石・宮沢賢治・坂口安吾の系譜』を基に再構成したものである。主査の佐藤伸宏先生、副査の仁平道明先生、佐藤弘夫先生にはこの場を借りてお礼申し上げる。

博士論文の元になった初出稿は、院生時代の一九九〇年から現職の二〇〇七年までの長い期間にわたって発表されたものである。また、院生時代に書いた『明暗』論は発表媒体の当てがないままになっていたもので、やっと日の目を見ることができた。初出稿を本書に収録するにあたって改稿し、序章も加え、できるだけ統一を図ったのではあるが、初出時の歴史性と文体の不統一はいかんともしがたく残ってしまった。また文学の政治的な読みに対しては両義的で、論文間でも揺れている箇所がある。明らかにこの間の文学研究のモードの変遷の反映とそれに対する反発が混在している。ただ、小説（散文精神）を擁護しつづけているという点では一貫している。

博士論文には坂口安吾のミステリをはじめとする戦後本格ミステリから現代ミステリ、またサブカルチャーに関する近年の論考が収められていたが、それらはすべて割愛した。それにともない本書のタイトルを『文学の権能』と改めた。「権能」とは法律上や公的な機関の権限を指す際に多く用いられる言葉である。ものものしいタイトルにしたのであるが、そこには、「文学」がまだ「制度」や「権力」であると信じられていた時代への抵抗とノスタルジアが含意されていることを否定しない。

もちろん、単純に文学の復権などを唱えたいわけではないが、四十半ばに近づき、人間ドックを受診すれば検査に引っかかるからだにもなると、これまでの自分のささやかな研究活動に区切りをつけるべきであると考えた。自分の感性を育ててくれた日本近代文学の正典たちとの対話を通して、自分の感性をとらえ直す作業がそれである。

しかし、そこに留まるわけにはいかない。変容する文学に対して、これまでの文学研究の対象領域と方法ではとらえられない事象や作品が登場し、若い世代に影響を与えている。文学研究の延命策と言われようが、排除するよりもなんでも取り込む方が、やっていて楽しい（文学を豊かにするかどうかは分からないが）。文学と視覚メディアとの交通など課題はまだまだ多いが、文学とサブカルチャーの境界にあるミステリの分析を軸に、次なる準備を考えている。博士論文提出後に発表した小論を終章に掲載することで、来るべき⁉『フラット文学論』の序説に代えたい。

二〇〇七年の前期にサバティカル研修が認められ、その間を利用して博士論文をまとめ、提出することができた。受け入れ機関の東北大学大学院文学研究科及び受け入れ教員の佐藤伸宏先生には重ねて感謝したい。不在の間、北海道大学大学院文学研究科の方々、とりわけ映像・表現文化論講座のスタッフや院生たちにはご迷惑をおかけした。

前著『宮沢賢治の美学』に引き続き、出版不況の中、本書の出版を快諾していただいた翰林書房の今井肇さん、静江さんご夫妻にお礼を申し上げる。前著の校正中に有珠山が噴火し、引っ越し荷物が届かず、赴任早々の札幌でしばらくホテル暮らしを余儀なくされたことを思い出す。それが十年前のことである。前回のような天変地異は起こらなかったが、この十年はあっという間であると同時にさまざまな歴史的な出来事が起こり、価値観も大きく変わった。筆者も自覚しない、この十年という短いようで長い歴史性も本書に刻まれているはずである。

文学及び文学研究をめぐる昨今の状況を嘆く声は至るところから聞こえてくる。先にも述べたように、確かにかつての文学が持っていたアウラや栄光を復権することは時代錯誤であるだろうし、はた迷惑なことでもある。それにもかかわらず、この無益で根拠のない文学への情熱に応答してくれる読者がいることを願わずにはいないし、そのような読者を想定することなしに書くこともできなかった。文学研究などという、お金にならないことに情熱を傾けることほど人間的な営為はないのではないだろうか、とさえ思う。新たな現実に対応した新たな文学＝フラット文学が登場しているという予感も持っている。

ここ三年の間、ほぼ毎週末育児支援のため札幌と仙台を往復する生活が続いている。育児を通して（とはいえ、努力が足りないと妻には叱られているのだが）、無能で時に全能である子どもほど、いろんな意味で〈他者〉のモデルとしてふさわしいものはないと実感できた。それは、本書が採用した恋愛の〈他者〉モデルの限界を痛感することでもあった。仕事と育児を両立している妻の亜生と変容する〈他者〉モデルを提供し続けてくれる三歳の息子、希洋に感謝する。

本書は、平成二十一年度北海道大学大学院文学研究科の出版助成を得て、公刊したものである。最後に記して感謝したい。

押野　武志

二〇〇九年十月一日

初出一覧

序章　漱石・賢治・安吾の系譜

㈠　本論の目的と方法　書き下ろし

㈡　系譜学的試み　『国文学　解釈と教材の研究』第四六巻第一号（二〇〇一年一月）

㈢　本論の構成　書き下ろし

第一章　夏目漱石と同時代言説

一　「平凡」をめぐる冒険――『門』論　『漱石研究』第一七号（二〇〇四年一〇月）

二　〈浪漫趣味〉の地平――『彼岸過迄』論　『漱石研究』第一一号（一九九八年一一月）

三　『こゝろ』における抑圧の構造
『季刊文学』第三巻第四号（一九九二年秋号）再録・猪熊雄治編『夏目漱石『こころ』作品論集』（二〇〇一年、クレス出版）

四　漱石と「大逆」事件論争の行方　『日本近代文学』第六七集（二〇〇二年一〇月）

第二章　病と死の修辞学

一　〈痔〉の記号学――夏目漱石『明暗』論　書き下ろし

二　夢の修辞学――宮沢賢治「ガドルフの百合」論　『論攷宮沢賢治』第六号（二〇〇五年三月）

三　〈クラムボン〉再考――宮沢賢治「やまなし」論　『論攷宮沢賢治』第四号（二〇〇一年一〇月）

四　ばらまかれた身体――モダニズム文学と身体表象
中山昭彦／吉田司雄編『機械＝身体のポリティーク』（二〇〇六年、青弓社）

第三章　詩と散文のあいだ

一　南島オリエンタリズムへの抵抗――広津和郎の〈散文精神〉　『日本近代文学』第四九集（一九九三年一〇月）

二　ファシズムと文学（Ⅰ）――坂口安吾「真珠」の両義性　『文藝研究』第一五六集（二〇〇三年九月）

三　ファシズムと文学（Ⅱ）――「十二月八日」作品群をめぐって　『文藝研究』第一五七集（二〇〇四年三月）

四　「雨ニモマケズ」のパロディ――坂口安吾「肝臓先生」の戦略　『論攷宮沢賢治』第五号（二〇〇三年一月）

五　六〇年代詩の帰趨――天沢退二郎論　飛高隆夫／野山嘉正編『展望　現代の詩歌』第三巻（二〇〇七年、明治書院）

終章　文学のフラット化に向けて　『日本近代文学』第八〇集（二〇〇九年五月）

＊本書収録にあたり、全体の表記・構成にあわせて、加筆・訂正を施し、また一部初出論文の原題を改めたが、論旨に変更はない。

【た】

【な】

人名索引

＊主要なものに限定した。また、全体にわたって頻出する「夏目漱石」「宮沢賢治」「坂口安吾」は省略した。

【著者略歴】
押野武志（おしの・たけし）
1965年山形県生まれ。山形大学人文学部卒。東北大学大学院文学研究科博士後期課程満期退学。文学博士。広島文教女子大学短期大学部講師を経て、現在、北海道大学大学院文学研究科准教授。
著書に『宮沢賢治の美学』（2000年、翰林書房）、『童貞としての宮沢賢治』（2003年、ちくま新書）がある。

文学の権能
漱石・賢治・安吾の系譜

発行日	2009年11月20日 初版第一刷
著者	押野武志
発行人	今井 肇
発行所	翰林書房
	〒101-0051 東京都千代田区神田神保町1-14
	電話 03-3294-0588
	FAX 03-3294-0278
	http://www.kanrin.co.jp/
	Eメール●kanrin@nifty.com
装釘	大久保友博＋島津デザイン事務所
印刷・製本	総印

落丁・乱丁本はお取替えいたします
Printed in Japan. ©Takeshi Oshino 2009.
ISBN978-4-87737-288-0